图书在版编目(CIP)数据

　　北窗夜话：兰堂王文英散文随笔 / 王文英著. --
北京：文化艺术出版社，2010.12
　　ISBN 978-7-5039-4829-9

　　Ⅰ．①北… Ⅱ．①王… Ⅲ．①散文－作品集－中国－
当代②随笔－作品集－中国－当代③汉字－书法－作品集
－中国－现代 Ⅳ．①I267②J292.28

　　中国版本图书馆CIP数据核字(2010)第228211号

北窗夜话
兰堂王文英散文随笔

著　　者：王文英
责任编辑：褚秋艳
封面设计：高良
装帧设计：芥圃书社　廖田才
出版发行：文化艺术出版社
　　　　　Culture and Art Publishing House
地　　址：北京市东城区东四八条52号　10070
网　　址：www.whyscbs.com
电子信箱：www.whysbooks@263.com
电　　话：(010) 84057666　84057667（总编室）
　　　　　(010) 84057691　84057699（发行部）
印　　刷：北京盛兰兄弟印刷装订有限公司
开　　本：889mm×1194mm 1/16
印　　张：19
字　　数：260千字
版　　次：2010年12月第1版
印　　次：2010年12月第1次印刷
书　　号：ISBN 978-7-5039-4829-9
定　　价：(简) 60.00元　（精）70.00元

蘭堂王文英散文隨筆

北窗
夜話

LAN TANG WANG WEN YING
SAN WEN SUI BI

文化藝術出版社
Culture and Art Publishing House

给文字找一个家（自序）

喜欢上文字，好像是很久很久以前的事情，早到什么时候，似乎也记不清确切的时间。总之，我喜欢读书，却是儿时最真切的记忆。读读写写画画，是我少年生活中唯一可以按照自己意愿所做的事情。

可以说，书是我生命中重要的内容之一，读书则是我生活中不可或缺的事情。正是因为书籍，我的少年生活才有了些许的色彩，仿佛打开了一扇窗，让我知道了我生活之外的世界。于是我有了想象，有了梦想，有了一种想飞出去的欲望，飞出我生活的不足百户人家的部队家属院，看一看外面的世界。

但说到写作，却远在爱好读书之后，似乎也是从懵懂中开始。

小学的前几年，因为身为军人的父亲工作调动的频繁，我们的家也随之不断地迁徙，我也只好不断地从一所学校迁到另一所学校，直到小学四年级才稳了下来。而这时的学校是在北京郊区房山县的一个山村。一直到中学毕业，我一直没有离开过这个小山村。对于语文课我没有太深的记忆，而于作文的记忆就更是模糊，只记得没完没了的写批判稿、决心书。直到初中三年级外出考学，才知道自己还有编故事的能力。

那时闹腾了十年的"文化大革命"已经结束，停止十年之久的高考也已恢复，但对于高考我却茫然不知。临近初中毕业，学校里凡是居民户口的初三学生都可以参加技工学校的招生考试。还没弄明白所要报考的学校是怎么一回事，就被部队的军用卡车拉到了几十里外的镇上去参加考试。

这是我平生第一次出外参加考试。周围全是陌生的面孔，而第一次进考场的我，奇怪却没有一丝的紧张。面对语文卷子上的作文题目，更是窃喜。虽然我没有经过特别的写作训练，但我会编故事、讲故事，就像我读的那些书中的故事，我可以信手拈来。写着写着，竟然还为自己所编的故事而莫名的感动。

考完试回到学校正赶上一次课堂作文，我又如法炮制，居然得到新来的语文老师的赞许。这是我第一次听到有人夸赞我的作文。

从此，我知道自己与文字是有缘的，于是变本加厉地找书读，作笔记，听名家讲座。就像许许多多文学青年一样，曾经梦想自己要成为一名作家。虽然当时我不知道一个作家要有怎样的修养和磨砺，更不知道怎样才能成为一个作家。

只因后来，也许是机缘，也许是鬼使神差，我更亲近书法绘画，亲近水墨，时间和精力自然更多的消磨在了笔墨纸砚中。但对文字的喜爱却依然如旧时。

时光在不知不觉中匆匆而过。回首过往的日子，常常俗务缠身，即便入书斋，写写画画，也是忙个不停，因为有许多的任务等着你。而真正能享受一个人的世界，却还是在文字里。读书写诗填词写文章，皆因自己喜欢，没有目的，也没有缘由，更没有任务，只任性情游走。执笔为文的感觉，正如苏东坡所说："我一生之至乐在执笔为文之时，心中错综复杂之情思，我笔皆可畅达之。我自谓人生之乐，未有过于此者也。"

对于文字我只是喜爱，并没有太深入的研究，但直觉上我更喜欢温润地表达心性而非功利地。我想，这或许是自己的心性使然。因为我更喜欢自然，喜欢真实。

但事情往往事与愿违。愿望与结果是有距离的，并不是所有的愿望都能开花，都能结果。我笔下的文字总是与自己的心性有那么点点的距离，似乎永远不能够逾越。我不明白自己的文字为何总是那付面孔，平静得没有一丝涟漪。明明自己有万般的情思，却不能够表达。这或许因为特殊的成长环境，特殊的经历所致。每每下笔，总是忘不了自己还有一种担当；总有一种感觉，这文字是写给别人看的，而不是自己。

于是，一边总是在遗憾自己的文字不能像山林间的小溪那样流淌自然，那样清彻透明；一边照旧地写来写去。

就这样，许多年下来，居然积攒了不少的文字，或长或短。有些发表了，有些依旧藏在桌屉下面的角落里；有些保留着，有些却不知去向。

每每看到那些打印的或手写的文字，总想找个时间，把这些散落的文字整理一下，给他们找一个家，让它们像家人一样聚居在一起。周围的朋友们或许猜到我的想法，或许看到我各处发表的的文字，循着现实常理推测，常常有人向我索要文集。我不愿轻易示人，也不是一个自信的人，面对各色人等纷纷出版的五光十色的文集，我却没有了自信。过去的文字今日看来多有不满意的地方，而我整日还要面对一件又一件似乎永远做不完的事情，如何能首先让自己满意，就不是一道简单易解的题。于是，若干年过去了，这个想法中的家依然只是个想法而已。家与单位的数度搬迁，结果是更多的文字散失而再也找不到了。

我常常地问自己：尽善尽美或许只是人的一种愿望而已。

又到了一年的终结，过了今夜，明天就是新的一年了。我想就在今夜，给自己做一个决定，一定要尽快地完成这件想做而没有做的事情：给自己的文字找一个家。无论文字简陋，还是家的简陋，它都是我曾经的记忆。

因为为文多为工余、书余、画之余，而尤以晚上为多；又因吾之书房北向，仅有一扇窗，也面北，故名曰"北窗夜话"。

2009年12月31日于双清山馆

目录

后记

一·艺潭品藻

王羲之与《兰亭序》

中国书法史上有一座座高峰，王羲之就是其中之一。他一人独揽了书圣和天下第一行书（《兰亭序》）的美誉。

《兰亭序》是王羲之在会稽内史任上，一次与同道宴集于会稽山阴之兰亭，为雅集的诗集所作的序。

《兰亭序》文与书俱佳，相得益彰，散淡洒脱，逸兴勃发，一片神机，堪称双璧，是内容与形式完美和谐的典范。据传说，王羲之非常得意《兰亭序》，却遗憾其中的几处涂抹痕迹，以后又重写十余遍，却均不及原作，只好作罢。《兰亭序》的文本是一篇难得的美文，字里行间流溢着作者潇洒俊逸的晋人风度，读来清朗上口，使人不觉沉醉于散文美妙的意境之中。《兰亭序》被清人吴楚材、吴调侯选入《古文观止》，成为文章的典范。

《兰亭序》书法称绝于世，秀逸清朗，洒脱到了极致，一点一画尽现晋人风神。通篇笔墨清爽灵动，雍容典雅；体态闲雅超逸；章法尤为绝伦，字与字之间点画毫无牵连，却又欹侧多姿，顾盼生情，一气呵成之痛快淋漓尽现其间，妙不可言。每每观之，都会自然地联想到一句话："是真名士自风流。"

明代书画名家董其昌在其《画禅室随笔》中说："古人论书，以章法为一大事。右军《兰亭序》章法为古今第一，其字皆映带而生，或大或小，随手所如，皆入法则，所以为神品也。"从《兰亭序》的点画之间欣赏者能真切地感受到作者创作时的激情，体会作者寄情山水之间，放浪形骸之外的情怀，以及对人生"修短随化，终期于尽"的喟叹。一派静穆中和之美，却极尽变化之能事，内中二十个"之"字，却面目各异，神态自足，充分体现了作者高深的书法造诣。正如宋代著名诗人、书法家黄庭坚《山谷题跋》中所说："《兰亭序》草，王右军平生得意书也。反复观之，略无一字一笔不入人意。

王羲之　兰亭序神龙本

摹写或失之肥瘦，亦自成妍，要各存之以心，会其妙处耳。"《兰亭序》不愧为书法史上永恒的经典。

王羲之出身于晋世家，祖上为仕途中人。他23岁入仕途，任秘书郎，开始官宦生涯。而立之年又应征西将军庾亮之邀，入其幕府任参军，累迁长史。但王羲之对于仕途却不是很积极，常感力不从心，对于政治上的斗争漩涡，极力避之。庾亮临终前，向朝廷举荐羲之，朝廷公卿皆爱其才华，预召其为侍中、吏部尚书。王羲之却坚辞不就。为官的王羲之，还是很有职业精神的，系念国家的安危社稷，他多次写信给扬州刺史殷浩，劝其不要北伐，"国家安危在于内外和"。他关心百姓疾苦，曾多次上书朝廷要求减免赋役，东土饥荒，"开仓赈贷"，"除其烦苛，省其赋役"。由此可见儒家的中庸思想对王羲之的影响之深，《兰亭序》书法的中和静穆之美就正是这种中庸思想的体现。

魏晋时期社会动荡不安，战乱连年不断，人的性命常常受到威胁，道、释成为读书之人求得内心安宁的精神良药，他们"向往自然，向往离尘绝俗，向往玄远虚淡"（《中国美学思想史》敏泽著）。自然之美、人的精神的自由之美成了魏晋名士的审美追求。

作为名士，生活中的王羲之就显得自然、本真的多。他散淡高蹈，亲近自然，倾心山水之胜境所带来的精神享受。据《晋史》记载，他初到浙江，就有终老此地的想法。会稽山水胜地，东晋大画家顾恺之曾赞曰："千岩竞秀，万壑争流，草木蒙胧其上，若云兴霞蔚。"（《世说新语》上卷言语第二）此地正是王羲之醉心的地方，也是许多名士选择的居住地。东晋名士谢安未出仕前也曾居于此。孙绰、李充、许询、支遁等当时

王羲之 兰亭序定武本

文艺冠世的名士都筑室会稽。他们与王羲之趣味相投，常寄情山水，游目骋怀，弋钓为娱，一咏一觞，畅叙幽情。《兰亭序》正是他追求自然之美，徜徉其间所带来的潇洒闲适的心境写照。王羲之性喜爱鹅，其爱之深切，也为后人称道。但战争频仍，纷争不断，常使沉浸自然的王羲之不得不感叹人生的无常。喜好服食药石，求长生不老，便成为他的又一追求，只可惜阳寿也只五十有九。

《晋书》记载王羲之少时不善言辞，人未奇之。他七岁开始学习书法，师从东晋书法世家出身的女书家卫夫人，后又师从书画兼擅的伯父王廙学习。长大之后的王羲之以书法见称于当时，论者评其书法：飘若浮云，矫若惊龙。《世说心语》容止篇以此形容王羲之的仪表风度，虽后人对此有异议，但生活于魏晋时期的名士王羲之，此般风貌正是其真实的风神写照。

王羲之与其子王献之，书法史上并称"二王"，人称大小王。"二王"百年之后的七八十年间（晋末至南朝之宋齐间）小王的书法为时人所重，大王的书法受到冷遇。南朝梁武帝，始开褒扬大王书法，抑小王书法之风，梁之书家推波助澜。南朝梁庾肩吾《书品》定王羲之与张芝、钟繇书法为"上之上"品，献之书法为"上之中"品。到了唐朝太宗皇帝更是极力推崇大王书法，贬抑小王书法，朝野上下无不如此。自此王羲之书圣的地位确立。

唐太宗李世民推崇王羲之书法，尤宝爱《兰亭序》，临终遗旨，将其随葬昭陵。现传世的《兰亭序》均为后人摹本、刻本。有《神龙本兰亭》和《定武本兰亭》传世。前者传为唐冯承素双钩廓填本，纸本；后者为唐欧阳询据王羲之真迹临摹（或曰钩勒）上石，为刻本。定武真本有二种，一为元柯九思藏本，一为元独孤长老藏本。《神龙本兰亭》因是双钩廓填本，是先钩轮廓后填墨，故被认为最接近原迹面目。

王羲之书圣地位自唐确立以后，《兰亭序》遂被立为天下第一行书，成为书法史上标志性的作品，后世书家多临习《兰亭序》，学习书法之人也多从王羲之入手。

一个时代有一个时代的时代精神，一个时代有一个时代的审美理想与审美标准。王羲之与《兰亭序》已诞生一千多年，人们的目光没有离开过这个书法史上永恒的经典，直到晚清书家倡碑抑帖，书法才又多了一条蹊径，注入了雄强俊伟之风。王羲之与《兰亭序》，是书法史上的高峰，就像唐诗宋词是文学史上的经典一样，它们带来的美感是任何后来者都无法替代的。我们可以千遍万遍地咏读，徜徉其间，享受美感，却不能以此作为永久的或唯一的审美价值取向。

经典的诞生意味着创新，意味着生命力，而经典的生命力和精华，却存在于它成为经典之前。经典在成为经典之后才被重视、才被研究；在经典笼罩之下，新的经典的产生，又会有多少的空间，这其中是否有些悖论意味。

生活在二十一世纪的人们，信息化的时代，因特网的诞生已使地球这颗太阳系中的行星变成了一个小小的村落，人们的审美需求也早已呈多元化。面对古老而又传统深厚的书法艺术，面对其中如若王羲之与《兰亭序》一样的经典，我们是否应多一些思考呢。

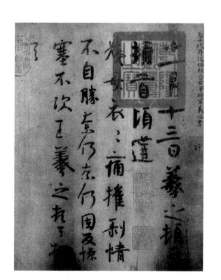

王羲之 姨母帖

（原载《书法导报》2002年10月16日，《新华文摘》2003年第2期）

王献之与《中秋帖》

王献之 中秋帖

在中国文化史上，父子并立，称雄一方而流芳后世者，除了文学史上的"三曹"、"三苏"①，恐怕只有书法史上的"二王"了。

并称书法史的"二王"，是东晋书法家王羲之、王献之父子。后世又称大小王。

东晋是中国书法史上辉煌的时期。书法以晋人最工，书家以晋代为最盛。以"二王"为代表的晋之书法，增损古法，一变汉魏质朴的书风，创造了妍美流便的今体，开创了中和之美与自然之美融合而"尚韵"的书风。

二王父子无疑是东晋书法史上最为亮丽的风景。二人的书法集中体现了晋人书法的最高成就，体现了晋人自由潇洒的风姿；体现了晋人不滞于物，超然尘表之外，雅逸散淡的精神；体现了晋人尚韵的审美理想和艺术追求；体现了雅、逸、清的时代风尚。

大王书法雅逸俊朗，"刚健中正，流美而静"（沈尹默《二王法书管窥》）。唐太宗李世民认为其书："详察古今，妍精篆、素，尽善尽美"。

小王书法则更洒脱飘逸，"情驰神纵，超逸优游"（唐张怀瓘《书议》），英俊豪迈而饶有气势。关于他们书法艺术的比较研究，早已成为书法史上的一大课题，历代不乏其人。而对于他们的书法艺术成就，历来也是众说纷坛，褒贬不一，所论角度、切入点也不尽相同。

东晋最显赫的家族莫过于王、谢、郗、庾四家，而王谢家族无疑是其中的代表，成为华贵家族的象征，常常出现在后人的诗文里。王氏一族又可谓书法世家，无论书法家的数量，还是书法成就，最具代表性而为后人称道。在这个书法世家里，除了王羲之、王献之父子，还有王导、王洽、王凝之、王涣之、王徽之，以及王珣、王珉、王僧虔等等。清乾隆皇帝的书房三希堂，就是因为宝藏了王氏家族中王羲之的《快雪时晴帖》，王献之的《中秋帖》，以及王珣的《伯远帖》而得名。像这样流芳艺术史的家族，不仅在中国文化史上是罕见的，就是在世界文化史上，或恐也是极为少见的。

在王氏家族中，王羲之一脉无疑是这个书法世家中的典范。他的七个儿子都雅好翰墨而为书法名家，尤以他的小儿子献之的书法成就最高。"但闻二王，莫不心醉"（张怀瓘《书议》）。父子二人被后世书坛奉为宗师。

王献之（344——386），字子敬，小字官奴。琅邪临沂（今山东临沂）人。官至中书令，世称大令。其族弟王珉继为中书令，也以书法著名，人称"小令"，以别之。

王献之从小秉承家学，在翰墨的熏陶中长大。从小随父学习书法，得到父亲悉心的传授和指导，奠定了坚实的基础。

《晋书·王羲之传》中记有这样一个有趣的故事：献之习书，羲之悄悄地从后面夺其笔而不得。于是感叹："此儿后当复有大名！"以悄悄揥笔，得与不得，来断定日后书名大小，多少有些滑稽。凡涉猎笔墨者，皆知握笔松紧之间，与成功与否并无关系。

但这个故事却从另一个侧面，反映了献之于书法的专注与用心。

关于王献之书艺成就，据唐代书学理论家张怀瓘[②]《书断》记载："幼从其父，次习于张芝[③]，后改制度，别创其体。"献之从父学转而取法汉代"草圣"张芝，继承张氏的"一笔书"，而有所发展并形成自己的风格。从史书及前人的书论和典籍中，知小王"工草隶，善丹青"（《晋书·王羲之传》），不仅工行书、今草、楷书、隶书、章草，还擅飞白书。张怀瓘《书断》评："子敬隶、行、草、章草、飞白五体俱入神，八分入能。"而我们今天所能见到他的碑版墨迹，只有行草、楷书，其余皆不见踪影，只能从前人的片言只语的记载或品藻中，寻得雪泥鸿爪，于想象中品味其书法的风姿神韵了。

二王父子的书法艺术成就，在世时即为社会所公认，但对二人成就的高下，当时评价不一。在二王百年之后的晋末至南朝之宋齐间的七八十年间，小王的书法为时人所重，以至"比世皆尚子敬书，……海内非唯不复知有元常[④]，于逸少（王羲之）亦然"。（南朝梁陶弘景《与梁武帝论书启》）大王的书法受到冷遇。而到了南朝梁武帝，则开褒扬大王书法，抑小王书法之风。梁之庾肩吾[⑤]的《书品》定大王与张芝、钟繇书法为"上之上"品，小王书法为"上之中"品。时光流转至唐朝，唐太宗李世民更是极力推崇大王书法，贬抑小王书法，朝野上下无不如此。

无论梁武帝，还是唐太宗，极力推崇大王书法，虽然都是基于个人的审美趣味，但因为他们统治者的特殊身份，上行下效，由此客观上奠定了王羲之书圣的地位。

因唐太宗不喜欢小王书法而不求购其书作，内府王献之书迹"仅有存焉"。小王的遗墨留存很少，数量远远没有大王那么丰富。至宋朝初年，始并举"二王"。宋太宗赵光义时代的《淳化阁帖》，一半为"二王"作品，"凡大臣登二府，皆以赐焉。"北宋宣和年间，宋徽宗欣赏小王书法，《宣和书谱》所收其书迹增至89件。但这些墨迹本绝大多数没有保存下来。好在历代刻帖还保留着一些真迹刻本，可以供后人了解学习王献之书法。

社会风尚和审美标准因时而变。虽然这个时尚或标准的形成，原因复杂多样，但却正可说明时尚的意义所在。审美标准随时代变迁而变化，"古不乖时，今不同弊。"（唐孙过庭《书谱》）从"二王"在书法史上的际遇，也可以看出书法风尚的流变。

但无论风尚如何流转，对于"二王"的书法艺术成就，不能用简单的加减法，或者简单的排座次的方法来评判他们的优劣或高低。书法是艺术而非技术，不可能有整齐划一的审美标准。书法史上的评论者，也大多从个人的审美趣味出发来品鉴对象，缺少客观的评判。

书法史上喜欢小王书法者，对其书法，尤其是"一笔书"大加赞扬。

张怀瓘《书议》中说："子敬才高识远，行草之外，更开一门。夫行书，非草非真，离方遁圆，在乎季孟之间。兼真者，谓之真行；带草者，谓之行草。子敬之法，非草非行，流便于草，开张于行，草又处其中间。无籍因循，字拘制则；挺然秀出，务于简易；情驰神纵，超逸优游；临事制宜，从意适便。有若风行雨散，润色开花，笔法体势之中，最为风流者也。"元代俞焯曾评曰："草书自汉张芝而下，妙入神品者，官奴一人而已"。唐李嗣真《书后品》认为："子敬草书，逸气过父。"

而不喜欢小王书者，如南朝梁武帝，在《观钟繇书法十二意》中说："子敬之不迨逸少，犹逸少之不迨元常。学子敬者如画虎也，学元常者如画龙。"唐太宗则直言其好恶："献之虽有父风，殊非新巧。观其字势疏瘦，如隆冬之枯树；览其笔踪拘束，若严家之饿隶。其枯树也，虽槎枿而无屈伸；其饿隶也，则羁羸而不放纵。兼斯二者，固翰墨之病欤！"（《王羲之传论》）南朝王僧虔认为："献之远不及其父，而媚趣过

王献之 二十九日帖

之。"南朝袁昂《古今书评》又说："王子敬书如河、洛间少年，虽皆充悦，而举体沓拖，殊不可耐。"

较之以上的评论，张怀瓘《书议》中的一段话，则要客观的多，他说："逸少秉真行之要，子敬执行草之权，父之灵和，子之神俊，皆古今之独绝也。"

这些评论，对于我们欣赏和理解王献之的书法艺术，不能说没有帮助，但其中的多数评论如唐太宗者，出于个人的好恶和审美情趣，而非客观的评判标准。要正确地认识二王的书法艺术及其成就，只有回归艺术的价值评判。

虽然大王书圣的地位无人能撼，但小王的书法艺术价值并不在乃父之下。究其二王的书法艺术，各有成就，各具神采。平心而论，我以为，较之大王，小王的书法艺术的价值更值得关注。他有着非同一般的，特殊的成长环境和学习经历，又笼罩在父亲成熟书风的影子里。如何能摆脱长期的潜移默化的影响，别开生面，是他所面临的最为艰难的课题。

潜移默化，本作"潜移暗化"，《颜氏家训·慕贤》（北齐颜之推著）中有："潜移暗化，自然似之。"《辞海》中释义："人的思想或性格受到环境或别人的感染，逐步地暗中起变化。"潜移默化如同滴水穿石，常在不经意间左右人的思想和行为。中国艺术史上的欧阳询父子、赵孟頫夫妇、米芾父子、文征明父子、黄道周夫妇……他与他或她之间，书风或画风距离都不远，皆因他们之间过往甚密的师从关系和生活关系。后来者往往摆脱不了前者强势的影响。

小王幼从父亲学习，奠定了坚实的基础。而这坚实的基础，换一个角度来看，或许

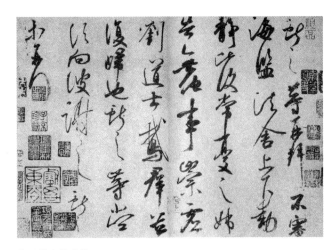

临王献之鹅群帖

成为无形的束缚。父亲的影响力巨大，又如影随形。小王没有守望乃父，而能摆脱其书风的左右，突出重围，树立自己的风格，终与父亲并立后世书坛。非有过人的胆识、智慧和才学，不能成之。

《晋书·王羲之传》中说："（献之）少有盛名，而高迈不羁，虽闲居终日，容止不怠，风流为一时之冠。"又记有一段奇闻。晋太康中新起太极殿，谢安想请子敬题榜，作为万世宝，却不好开口，于是就说韦仲将题凌云台之事。子敬知其所指，乃正色曰："仲将，魏之大臣，宁有此事！使其若此，有以知魏德之不长。"谢安因此而不再相逼。《书断》也载："人有求书，罕能得者，虽权贵所逼，靡不介怀。"足可见其胆识与器量，而成为书法史上的一代宗师也就不足为奇了。

月有阴晴圆缺，人有祸福旦夕。王献之正值盛年之时，生命之舟却戛然搁浅，终年43岁。

这个年纪，对于普通人来说，如日中之光；而对于一个艺术家来说，却正是初升之阳，不得不令人扼腕叹息！否则，东晋的书法史，抑或中国的书法史，是否又当有别观？

《中秋帖》行草，纸本，纵27cm，横11.9cm。3行，共22字。无署款。传为王献之书。北京故宫博物院藏。

《中秋帖》为清乾隆帝宝爱的三件珍品之一，而储于三希堂。曾刻入《戏鸿堂帖》、《三希堂法帖》，著录《石渠宝笈》。前人对此帖多有疑问。明之张丑《清河书画舫》认定，"此帖非真迹，而为唐人临本。"清吴升也认定其为临本，在《大观录》

中说，"书法古厚，墨彩气韵鲜润。但大似肥婢，虽非钩填，恐是宋人临仿。"又因见于宋米芾《书史》，便进一步推定"为米元章⑥所临无疑。"今人大多支持吴升的观点。

据米芾《书史》记载，他曾经收藏过王献之《十二月帖》。《十二月帖》收刻于南宋曹之格摹勒的《宝晋斋法帖》。从文本上说，《十二月帖》与《中秋帖》，只是增减10字之差。《十二月帖》内容为，"十二月割至不？中秋，不复不得相，未复还，恸理为即甚，省如何。然胜人何庆等大军。"共32个字，比《中秋帖》多10字，即多第一句"十二月割至不"并后面的"未复"和"恸理"4字。以此，有人推论：米芾所藏《十二月帖》墨迹本，乃《中秋帖》的底本。

无论现在留传的《中秋帖》，是唐人所临，还是宋人所临，是否是王献之真迹，其实都不重要。重要的是从中多少传达出了王献之草书之风神，也是我们所能见到的不多的王献之草书的墨迹本，弥足珍贵。正如米芾所评，"运笔如火升筯划灰，连属无端末，如不经意，所谓一笔书"。（《书史》）

小王的联绵草书，是其书法中最为人称道，也最为感人的。《中秋帖》被誉为"一笔书"之典范，虽寥寥20余字，但上下映带，气脉贯通，潇洒淋漓，一气呵成，姿态生动，风神毕现，无一点尘俗之气，无一分桎梏束缚。

法国作家布封有"风格即人"之论，中国有"字如其人"之说。小王书与人相映发，由《中秋帖》正可想见其人的潇洒之风神，高洁之姿容。有人认为，后世狂草滥觞于王献之的一笔书，或许有几分道理。

王献之传世墨迹除《中秋帖》外，还有行书《鸭头丸帖》、《新妇地黄汤帖》、

《二十九日帖》等，其余皆为碑版刻帖。楷书代表作《洛神赋》刻本（现存十三行）。

注释：

①三曹、三苏——"三曹"即汉末的曹操、曹丕、曹植父子；"三苏"即宋代的苏洵、苏轼、苏辙父子，他们皆以文学名世，世称"三曹"、"三苏"。

②张怀瓘——唐代书法家、书学理论家。官翰林供奉、右率府兵曹参军。书法评论著作有《书断》、《证书药石论》、《书估》、《书议》、《玉堂禁经》、《用笔十法》、《书诀》、《文字论》等行世。又著《画断》，可惜久已亡佚，唐张彦远《历代名画记》引有部分逸文。

③张芝——生卒年不详，字伯英，敦煌渊泉（今甘肃敦煌）人。《后汉书》中记载"张芝字伯英，最知名。芝及弟昶字文舒，并善草书（卷九五，张奂传）。东汉著名书法家，由章草创造了今草。草书发展到张芝，由实用性开始向艺术性转化。其草书被晋王羲之列为神品，隶书列为妙品。张芝被后世尊称为"草圣"。

④元常——即三国魏时的书法家钟繇，元常是他的字，魏封定陵侯，加太傅，书法史上称"钟太傅"，颍川长社（今河南长葛东）人。世传钟繇楷书《荐季直表》、《宣示表》、《力命表》、《还示帖》等是王羲之的摹本，带有王书笔意，《淳化阁帖》所收的《戎路表》，虽也为后人摹本，但用笔波挑俯仰，有明显的分势，故后世书家多认为此表最能代表钟繇楷书。

⑤庾肩吾——南朝梁文学家、书法理论家。字子慎。原籍南阳新野（今属河南）人。所著《书品》，叙述书法源流演变，评论历代书法家之特色，颇受后人重视。

⑥米元章——即宋书法四家之一的米芾，元章为他的字。初名黻，后改为芾，号襄阳漫士、鹿门居士、海岳外史、中岳外史、溪堂等。世居太原，迁襄阳，后定居润州（今江苏镇江）。尝官书画学博士，礼部员外郎。人称"米襄阳"、"米南宫"。因举止颠狂，人称"米颠"、"米痴"。著有《书史》。

参考书目：

1、《晋书·王羲之传》中华书局

2、《世说新语校笺》中华书局

3、《历代书法论文选》上海书画出版社

4、《初唐书论》湖南美术出版社

5、《中晚唐五代书论》湖南美术出版社

6、《宣和书谱》湖南美术出版社

7、《宋代书论》湖南美术出版社

8、《中国书法全集·王羲之王献之卷》荣宝斋出版社

9、《中国美术全集·书法篆刻卷魏晋南北朝书法》人民美术出版社

（原载《青少年书法报》2008年8月14日）

张旭与《古诗四帖》

张旭是中国书法史上浪漫主义的代表书家。他的草书激情澎湃，狂放不羁，如行云流水，又似天马行空，游行自在，一片神机，将书法艺术的表现力张扬到了极致。《新唐书·列传第一百二十七·文艺中》说："后人论书，欧、虞、褚、陆①皆有异论，至张旭，无非短者。""文宗时，诏以白(李白)歌诗、裴旻舞剑、张旭草书为'三绝'。"足见其在唐代艺术史上的地位。

张旭，字伯高，一字季明，生卒年不详，约生活于公元八世纪（见人民美术出版社《中国美术全集》），吴郡（今江苏苏州）人。初为常熟尉，后官至金吾长史，一说率府长史，世称"张长史"。宋人朱长文《续书谱》记载："（张旭）为人倜傥闳达，卓而不群，所与遊者，皆一时豪杰。"姿性颠逸，狂放不羁，嗜好饮酒，与李白、贺知章等同为"饮中八仙"，常于醉中以头发濡墨而书，痴醉如狂，世呼"张颠"。张旭以草书著称，又是长于诗文的文学家，为人熟谙的《桃花溪》就是张旭七绝中的名篇，意境清寂幽远。

唐代书法盛极一时，不仅因为统治者的喜好，专立书学，书法成为铨选士人的重要标准之一，客观上推动了唐代书法的发展；而且这是一个蓬勃向上的时代，追求"昂扬奋发，雄武健美，矫健奔放，雍容华贵"（《中国美学思想史》敏泽著）的美学理想，处处体现着批判、革新和创造的精神。楷法的完备，草书的发展，使唐代书法成为书法史上继魏晋之后的又一个发展的高峰。

张旭的草书艺术正是这个雄浑壮阔的时代在书法上的体现，表现了盛唐豪放昂扬的美学精神。他继承汉魏晋和初唐书法，而开新风貌，升华了中国书法艺术的表现力。其草书，唐文学家韩愈形容为"变动犹鬼神，不可端倪，以此终其身而名后世"（《送高闲上人序》）。而其行楷书则端庄闲雅，宋书

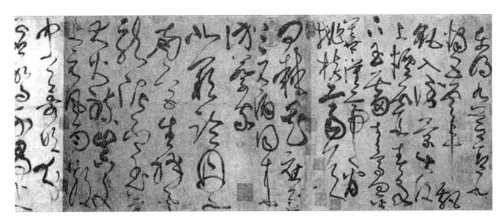

张旭 古诗四帖

法家、诗人黄庭坚认为"唐人正书无能出其右者"。宋《宣和书谱》曰："其名本以颠草，而至于小楷行书又复不减草书之妙。"宋书法理论家朱长文《续书谱》将张旭书法列为"神品"。

草书，分为章草和今草。章草自汉代形成，历魏晋南北朝而日渐衰微。今草为后世尊称为"草圣"的东汉张芝，变革章草而成，开始从实用性向艺术性转化；又历东晋的王羲之、王献之父子至唐，今草已成为草书艺术的主要形式；到唐代达到了高峰，出现了张旭、怀素②这样杰出的草书大家，影响延续至今。

张旭的草书艺术继承二王，上溯张芝③而有新的创造和发展，丰富了笔法和表现力，今草至此已脱离实用性而成为纯粹的艺术形式，将中国书法推向纯艺术的高峰。

张旭草书奔放不羁，一如他的人，颠狂豪放，纵笔如兔起鹘落，有"急雨旋风"之势，一气呵成，被称为"狂草"。唐人吕总《续书评》曰："张旭草书，立性颠逸，超绝古今"。蔡希综《法书论》中说："卓然孤立，声被寰中，意象之奇，不能全其古制，就王之内弥更减省，或有百字五十字，字所未形，雄逸气象，是为天纵。又乘兴之后，方肆其笔，或施于壁，或札于屏，则群象自形，有若飞动，议者以为张公亦小王（王献之）之再出也。"苏轼《东坡题跋》认为："长史草书，颓然天放，略有点画处而意态自足，号称神逸。"张旭草书"以点画为形质，使转为情性"（《书谱》唐孙过庭著），虽放逸天纵，却不失法度，故宋《宣和书谱》中说："其草字虽奇怪百出，而

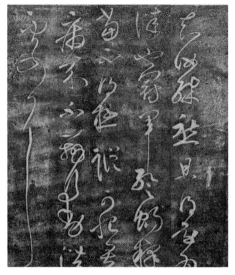

张旭 冠军帖（左）
张旭 郎官石柱题记

其源流无一点书不该规矩者"，而感叹"或谓张颠不颠者是也"。张旭的颠逸乃胸无凝滞的表现，所以才有其草书的天纵之象和感人之处。

艺术来源于生活。就艺术与自然的关系，美国现代评论家巴巴拉·露兹认为"柏拉图主张艺术模拟客观（自然）"，"现代艺术模拟主观"。而我以为张旭的草书既模拟了客观，又模拟了主观，超越了古今。

模拟自然的艺术形式，人常以为局限于以客观物象、意象为描摹对象的艺术，或文学、或绘画。而以抽象线条为表现对象的中国书法，何以描摹自然？

中国书法表现的对象——汉字，来源于客观世界，属于象形文字，虽然在以后的演变和发展中渐失其象形成分，而趋于抽象，但却无法割断曾与自然的血脉关系。

书法史上记载的能够从客观世界汲取养份的书法家，或恐唯有张旭最为典型了。韩愈《送高闲上人序》中说："（张旭）观于物，见山水崖谷，鸟兽虫鱼，草木之花实，日月列星，风雨水火，雷霆霹雳，歌舞战斗，天地事物之变，可喜可愕，一寓于书。"《新唐书·列传第一百二十七文艺中》记载了这样有趣的故事：旭自言，始见公主担夫争道，又闻鼓吹，而得笔法意；观倡（歌舞艺人）公孙舞剑器，得其神。足见张旭的书法远取诸物而近取诸身，故物象丰富，正所谓"书之功夫，更在书外"。

"模拟主观"，正是张旭草书艺术的感人之所在。他"喜怒、窘穷、忧悲、愉佚、怨恨、思慕、酣醉、无聊、不平，有动于心，必于草书焉发之。"（《送高闲上人序》韩愈）

作者情动于中而发于外——皆倾泻于笔下的草书，将丰富的情感世界寄寓飞扬的线条之中，字字飞动，如跳动的音符，汇成一首首昂扬、奔放的旋律，如泣如诉。就连其创作情态也充满了感人的色彩，杜甫在《饮中八仙歌》中，形象、生动地描绘了这位浪漫而激情的草书大家："张旭三杯草圣传，脱帽露顶王公前，挥毫落纸如云烟"。《新唐书·列传第一百二十七文艺中》也有类似生动的记载："（张旭）嗜酒，每大醉，呼叫狂走，乃下笔，或以头濡墨而书，既醒自视，以为神，不可复得也。"这个颠狂的草书家，更在酒力的驱动下，激情狂放，挥笔如流星，或以头发沾墨而书，任情姿性，落纸云烟生。待酒醒自观，惊叹非人力所能为，不可再得。正所谓情移——时过境迁，模拟的主观发生变化，表现自然不可再有："情感"不可复得，所以相同的创作效果也不可复得。

张旭赋予了书法艺术以丰富的表现力，虽"变动犹鬼神，不可端倪"，但欣赏者从中却可真切地感受到飞扬的线条律动之中的那种张力，那种勃然的生命力，感受到作者激荡于胸的情感起伏。有人说抽象的艺术更具哲学意味，或可称之为哲学艺术，而我以为张旭赋予草书艺术以哲学和表现的双重意义。我想，这也正是中国书法艺术的高妙之处。

每一个成功的艺术家，其创作实践无不凝结着自己的艺术思想和理论思考。张旭也不例外。

《述张长史笔法十二意》是张旭长期艺术实践的结晶，并贯穿在他的艺术实践之中，为其学生颜真卿④所记述。此文以问答的形式，详述了张旭所传授的笔法十二意，还记述了颜真卿请教张旭传授笔法的过程。笔法十二意，是张旭从自身的艺术实践出发，阐发南朝梁武帝的《观钟繇⑤书法十二意》，然每一意都凝结着自己的认识和创造。虽然书法的笔法远不止这十二意，但其对钟繇笔法十二意的研究和发展，不仅丰富了书法的表现力和感染力，而且为后世书家由此及彼，触类旁通，奠定了基础。

张旭草书《古诗四帖》，墨迹纸本，无款。明代书画名家董其昌鉴定为张旭书，而清《石渠室笈初编》则认为是赝品。五色彩笺，横长195.2cm，纵高29.5cm，40行，凡188字。卷后有董其昌等人题跋。曾经宋宣和内府，明华夏、项元汴，清宋荦、清内府等收藏，现藏辽宁省博物馆。《宣和书谱》、《澹圃书品》、《续书画题跋记》、《式古堂书画汇考》著录，《戏鸿堂法帖》摹刻。

《古诗四帖》是张旭唯一流传于世的墨迹。内容为古诗四首，前两首为梁之庾信的《道士步虚词》，后两首是谢灵运的《王子晋赞》、《衡山岩下见一老翁四五少年赞》。明丰道生跋："行笔如从空掷下，俊逸流畅，焕乎天光，若非人力所为。"董其昌评："有悬崖坠石，急雨旋风之势。"

遗憾的是，今天我们所能见到的张旭草书除此诗帖外，还有刻本《肚痛帖》等，不能窥其全貌，对他的认识和感受，多来自典籍或后世书家、文论家及文学家的评述，从而在心中勾勒出这个伟大的浪漫主义的草书家。我想，他的狂草世界，不仅仅是《古诗四帖》，而应有更为纵横姿肆，出神入化，妙不可言的杰作，有更为广阔的美学意象。

《古诗四帖》纵逸奔放，笔画连绵，意象丰富，确如苏轼所言"颓然天放，略有点画处而意态自足，号称神逸。"但我以为其尚有白璧微瑕之感，前段初起，稍显茂密，拘谨有余，宽博不够，缺少空间感。当然，瑕不掩瑜，或许正因为此，而更富于跌宕之美，更尽变化之能事。自"齐侯问棘花"始，气势宏阔，逸势奇状。至"既见浮丘公，与尔共纷翻。岩下一老公，四五少年赞"一段，空间构成巧妙，错落有致，顾盼生姿，精彩纷呈，令人如行山阴道中，目不暇接。而"衡山采药人……其人必贤哲"一段，则一气呵成，酣畅淋漓，连绵不绝，起伏跌宕，而又点画自如，"变动犹鬼神"。《古诗四帖》一点一拂皆有情趣，可以说体现了中国书法节奏化了的自然，表达了对生命的体验，点画狼籍中又体现了中国书法的空间意识——章法布局，真乃佳构也。

张旭的书法在当世影响很大，人们争相得其片纸只字。颜真卿、怀素等书法皆从其来。怀素草书直接受张旭影响，以狂继颠，成为一代草书宗师。宋黄庭坚评曰："此两人者，一代草书之冠冕也"，有"颠张狂素"之称。

张旭遗世作品很少，草书除墨迹《古书四帖》外，还有刻本《肚痛帖》等和楷书《郎官石柱记》。

注释：
①欧、虞、褚、陆——欧即欧阳询，虞即虞世南，褚即褚遂良，陆即陆柬之，都是唐代著名的书法家。
②怀素——释怀素，字藏真，俗姓钱，长沙人，自幼出家为僧。唐之书法家，以草书著名，世人常将其与草书大家张旭相提并论。嗜酒，酒酣兴发，常于寺院墙壁上、衣服上、器皿上随意挥写，有奇趣。曾自叙："醉来信手两三行，醒后却书书不得"，"人人欲问此中妙，怀素自言初不知。"人称"醉素"。
③张芝——见《王献之与〈中秋帖〉》一文的注释。
④颜真卿——见《颜真卿与〈祭姪文稿〉》一文。
⑤钟繇——见《王献之与〈中秋帖〉》一文注释。

颜真卿与《祭侄文稿》

　　说到书法恐怕很少有人不知道颜、柳、欧、赵的。"颜"即唐代杰出的书法家颜真卿，他开创了书法史上的"颜体"。苏东坡在《书吴道子画后》中说："诗至于杜子美，文至于韩退之，书至颜鲁公，画至吴道子①，而古今之变，天下之能事毕矣。"（《东坡前集》）足见其在书法史上的地位。

　　颜真卿生活的唐代，书法艺术同其它文化艺术一样进入了鼎盛时期，草书得到空前的发展，楷书的发展达到了极致，唐代的楷书成为后世楷书的典范。颜真卿为后人广为熟悉的就是其遒劲圆润、端庄雄强的"颜体"楷书。

　　而他的行草书《祭侄文稿》，纵笔浩放，一泻千里，情真意切，笔墨酣畅，激越之情常令人击节赞叹，是中国书法史上不可多得的杰作之一。其在书法史上的美学价值远远超越了文本，元代鲜于枢评其为"天下第二行书"，名列王羲之《兰亭序》之后。其实，无论《兰亭序》，还是《祭侄文稿》，都是真情浇铸的杰作，是书法史上内容与形式完美和谐的典范，只是时代先后、审美风格不同而已，并不能简单地以伯仲论之。《祭侄文稿》历来褒赞不断，效仿者不绝，在书法史上的影响不亚于他的"颜体"楷书。

　　颜真卿（709——785），字清臣，琅邪临沂（今山东临沂）人。享年76岁，（《新唐书》，《旧唐书》记为77岁）。曾任平原太守，世称"颜平原"；官至吏部尚书、太子太师，封鲁郡开国公，后人尊称颜鲁公；赠司徒，谥文忠。

　　颜真卿历经玄、肃、代、德宗四代王朝，《旧唐书》中记载："出入四朝，坚贞一致"，是德高望重的忠义老臣。因得罪德宗的宰相卢杞，遭到陷害，被派前往叛将李希烈处劝降，却遭遇长达2年的拘禁，后被李希烈的部下缢杀。

　　唐朝是公认的中国历史上最强盛的朝代之一，是继汉代之后中国封建社会的第二个发展高峰，在政治上先后有贞观之治和开元盛世，国家统一，社会安定，国力强盛。以

34

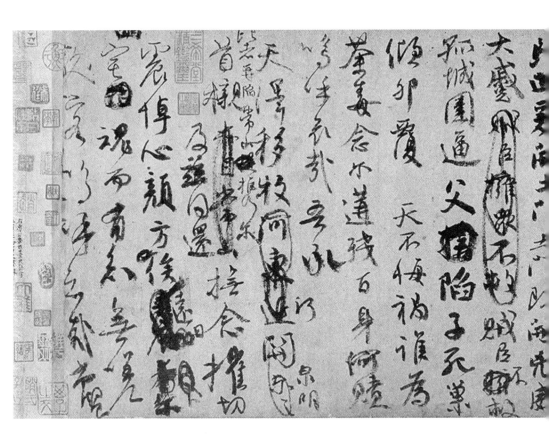

颜真卿《祭侄文稿》

維乾元元年歲次戊戌九月庚午朔三日壬申第十三叔銀青光祿（大）夫使持節蒲州諸軍事蒲州刺史上輕車都尉丹楊縣開國侯真卿以清酌庶羞祭於亡姪贈贊善大夫季明之靈曰惟爾挺生夙標幼德宗廟瑚璉階庭蘭玉每慰人心方期戩穀何圖逆賊間釁稱兵犯順爾父竭誠常山作郡余時受命亦在平

至于今日之海外的华人被称为"唐人"，华人聚居处也被称为"唐人街"。

颜真卿生于玄宗时期的"开元盛世"，是唐之鼎盛时期，首都长安城是当时世界上最大的城市。敏泽在《中国美学思想史》中说 "（唐代是）奋发的时代。博大的胸怀，高涨、昂扬的进取、创造精神，这可以说是盛唐时代的基本精神和氛围，铸造着唐代崭新的美学理想：昂扬奋发，雄武健美，矫健奔放，雍容华贵……各类艺术无不表现着这一最富有时代精神的美学理想。"包括书法艺术在内的各艺术门类出现了"盛唐气象"。

颜真卿生活于这样的时代，可以说是生逢其时，他不仅身受盛唐气象和昂扬向上的时代精神的熏染，而且身处书法艺术繁荣发展的时期。年幼时就受家学的影响酷爱书法，又得草书大家张旭传授，他的成功之处是将盛唐的时代精神和美学理想熔铸于书法艺术之中，在钟繇、张芝、王羲之以来的俊逸儒雅书风之外又别开了雄强壮美的艺术风格。其书法上承魏晋的传统，吸收当代书法艺术成就，又借鉴南北朝以来的民间书法，体现了大唐的时代精神和审美理想。

颜真卿 勤礼碑

《祭侄文稿》，又称《祭侄赠赞善大夫季明文》。麻纸墨迹本。25行，共235字。现藏台北故宫博物院。《祭侄文稿》与《争坐位稿》、《祭伯父文稿》合称颜氏三稿，曾收入宋、明、清历代刻本中。

唐天宝十四年（755），安禄山谋反，时为平原太守的颜真卿联络其从兄常山太守颜杲卿起兵讨伐叛军。次年正月，叛军史思明部攻陷常山，颜杲卿及其少子季明被捕，先后遇害，颜氏一门被害30余人。唐肃宗乾元元年（758），颜真卿命人到河北寻访季明的首骨。《祭侄文稿》正是其为追悼在安史之乱中牺牲的侄子季明所作的祭文草稿。

祭文通篇充溢着作者的悲愤激情，点画飞动，姿态雄奇，或凝重迟涩，或流丽遒劲，痛快淋漓，气韵连贯，自然天放，生花妙笔似有神助。其中虽有涂抹，章法却因而生意外之美，有自然生动之趣，成了篇章中不可或缺的组成部分。以至后人摹写此篇，也常常保留这些涂抹之处。

作者奋笔疾书，悲愤之情汇于笔底毫端。笔飞墨舞间抒发着郁结胸中的悲愤与哀思，全无笔墨营造之意。情感的起伏跌宕化作笔下或粗或细或浓或淡的线条，这飞舞的线条犹如一个个律动的生命音符，汇集成章，宛若一首悲怆的交响乐。宋人陈铎曾详细地分析了《祭侄文稿》的书写过程，谓"以情著文，以情挥写"，不仅文字的流程记录着作者的情感变化，而且笔墨的抑扬顿挫也同样反映着作者的情感心绪的变化。

元张晏在题《祭侄文稿》题跋中说："（颜真卿）告不如书简。书简不如起草。盖以告是官作。虽端楷终为绳约。书简出于一时之意兴，则颇能放纵矣。而起草又出于无心，是其心手两忘。真妙见于此也。"宋人陈深评曰："《祭侄季明文稿》，纵笔浩放，一泻千里；时出遒劲，杂以流丽；或若篆籀，或若镌刻，其妙解处，殆若天造，岂非当时注思为文，而于字画无意于工，而反极工耶？""心手两忘"，"无意于工，而反极工耶"，道明了书法艺术创作的规律之一——无意于佳乃佳，不求工而自工。当艺术修养达到一定高度时，书法创作并不都是"胸有成竹"、"意在笔先"。"书初无意于佳乃佳"（苏东坡语），正所谓无法有法，无为而为。其中的玄机正如郑板桥所言：
"意在笔先者，定则也；趣在法外者，化机也。"（《郑板桥画竹》）

　　一件书法作品能为历代书家、评者宝爱而无异议，在书法史上也不多见，颜真卿的
《祭姪文稿》就是其中之一。这里除却《祭姪文稿》本身的艺术价值因素之外，另一个
重要的因素便是中国传统的书学理论从伦理道德来观照书艺，即以人品观照书品。如沈
鹏先生在《宗师：通会与独创》一文中，概括汉字文化圈内对书法与书法家的要求具有
的共同性："评论书法家，由人品下观书艺，再从书艺优劣求人品。"

　　宋黄庭坚在《山谷题跋》中评曰："鲁公《祭姪季明文》文章字法皆能动人，正义
凛凛，有使人不忍卒读之感。"清王顼龄在《祭姪文稿》题跋中说"鲁公忠义光日月。
书法冠唐贤。片纸只字，是为传世之宝。况祭侄文尤为忠愤所激发，至性所郁结，岂止
笔精墨妙，可以振铄千古者乎。"柳公权在与唐太宗论笔法时曾言"心正则笔正"。宋
人朱长文在其《续书断》序中开篇即表明"夫书者，英杰之余事，文章之急务也。虽其
为道，贤不肖皆可学，然贤者能之常多，不肖者能之常少也。"可谓此中代表。

　　"正心、修身、齐家，治国，平天下"是儒家思想教义下士大夫的人生理想。书法
虽有审美意义和艺术品格，但其首先是实用，是"英杰之余事，文章之急务"，"贤者
能之常多，不肖者能之常少"。书法艺术的附庸地位使对其评判的标准离不开政治道德
功利因素。当然，最为主要的原因还是为艺先为人这个汉文化圈共同的价值评判标准使
然。

　　唐自天宝十四年安史之乱后日渐衰落。颜真卿作为国家扛鼎忠义之臣，经历了唐由
盛极而衰的过程，其命运与国家命运自然地连在一起。他的取舍，正是儒家思想统治下

臣子应有的选择。故其在士大夫的视野中是人品与书品俱佳的典范，所以备受推崇与效仿，其意义已远超艺术评价的范畴。

其实，书法同其他艺术一样，艺术水准与艺术家政治态度及人品无关，而是由其综合的文化艺术修养及审美价值取向、审美经验所决定的，非"贤与不肖"。当书法脱离了实用而成为纯艺术，其评判的标准就会摆脱非艺术因素，而归于艺术审美价值标准。

颜真卿传世的作品很多，著名的墨迹除《祭姪文稿》外，还有《告身帖》、《刘中使帖》、《湖州帖》等；刻帖有《争座位帖》；碑刻有《多宝塔碑》、《勤礼碑》、《郭氏家庙碑》、《大唐中兴颂》、《麻姑仙坛记》等。其中《祭姪文稿》公认为真迹外，其余真伪尚存争议。

注释：

①杜子美，韩退之，吴道子——杜子美即盛唐诗人，誉为"诗圣"的杜甫。号少陵野老，官左拾遗。后入蜀，任剑南节度府参谋，加检校工部员外郎。故后世又称他杜拾遗、杜工部。韩退之，乃唐代文学家韩愈。郡望昌黎，世称韩昌黎。因官吏部侍郎，又称韩吏部。谥号"文"，又称韩文公。与柳宗元都是古文运动的倡导者，唐宋八大家之一。吴道子乃唐代大画家，杜甫称其为"画圣"。

（原载《青少年书法》2007年4月17日，《北京书法》2007年5月31日）

杨凝式与《韭花帖》

杨凝式是我国五代时期最杰出的书法家，他的书法对后世产生了重要的影响，他的一生也充满了传奇色彩。

杨凝式，字景度，号虚白。生于唐懿宗咸通十四年（873），卒于后周世宗显德元年（954），享年八十二岁。历仕唐末及五代。杨凝式在古代艺术家中，可谓长寿者，这恐怕与其萧散淡泊的心境不无关系。

杨凝式出身官宦人家，父亲杨涉为唐末宰相。据《五代史补》记载，

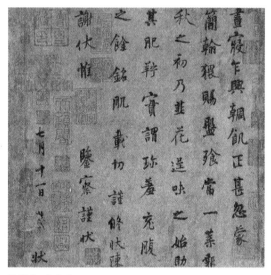

杨凝式 韭花帖

唐天佑四年夏，朱晃篡唐，改国号为梁（也称后梁）。杨涉主持送传国玉玺给后梁太祖（朱晃）。杨凝式劝谏父亲："大人为宰相，而国家至此，不可谓之无过，而更手持天子印授以付他人，保富贵，其如千载之后云云何？其宜辞免之。"当时，后梁太祖朱晃害怕唐室大臣不利于己，常私下派人四处探访群臣的言论，官宦人家中有许多人因此而遭祸。杨涉此时也常有自身难保的感觉，忽然听了儿子杨凝式的话，惶恐至及，神情黯然沮丧，呵斥儿子："汝灭吾族！"。杨凝式也害怕自己的这番话被人偷听去，真的给杨家带来灭顶之灾，于是，开始佯装癫痴。

此后经年，战乱频仍，朝代更迭犹如走马灯一般，生性耿介的杨凝式只好消极地在佯装癫狂中度日。"杨风子（疯子）"的雅号也由此而来。

《韭花帖》，行楷书，为杨凝式的代表作。是他为答谢友人馈赠美味韭花而写的致谢书信。共7行，63字。通篇文字洋溢着作者轻松愉悦而又高昂的热情，萧散闲适的心境

杨凝式 卢鸿草堂十志图跋

溢于言表。其书法更是令人称绝。

杨凝式"长于歌诗，善于笔札"，这信手随笔的书札便成了书法史上不可多得的千古佳作。

宽疏、散朗的布白是《韭花帖》最为夺人眼目的特征。行与行之间，字与字之间，留有大片的空白，这在行书作品中，可谓奇特之极。然其字里行间却又顾盼生姿，气脉贯通，最是妙不可言。

平中寓奇的结体则是《韭花帖》最为突出，也最令人叫绝之处。它把紧凑与散落这一对矛盾统一于一体，不仅没有丝毫的牵强，反而有种自然天成的感觉，奇趣盎然。

《韭花帖》给人的感觉就像一个闲雅绅士，一举手，一投足，无不雅逸风流，沉静自若而又淡定优雅。散落的布白与平中寓奇的结体，相得益彰，使作者萧散闲适的心境跃然纸上。无论是从文字内容，还是书写情态，你都能真切地感受到作者这种逍遥散淡的心境。

杨凝式将矛盾这种文学创作的手法运用于书法创作中，并取得了空前的和谐统一的艺术效果。这除了他超凡的艺术功底和独特的审美情趣之外，恐怕就是他现实心态的真实写照。

杨凝式从唐昭宗朝进士及第，授度支巡官，迁秘书郎、直史馆；及至五代，从殿中侍御史礼部员外郎、三川守到集贤殿直学士、考功员外郎，又从比部郎中、知制诰、右常侍、工户二部侍郎、兵部侍郎……直至最后的左仆射、太子太保，死后诏赠太子太傅，历仕五代。

这之中，杨凝式几次寻病辞官，又几次入朝为官。从唐末到五代，短短的几十年，朝代数次更迭，战乱连年，社会矛盾尖锐复杂。可以说动荡贯穿了杨凝式的一生，注

42

定了他生活的起伏跌宕、波澜不尽。杨凝式无法逃避现实生活中的种种矛盾冲突。他希望国泰民安，因此他凭借着自己的才能积极入仕。然而，以他个人的绵薄之力，又何以能阻止争权夺势的争斗。他几次称病辞官，又几次登上朝靴。杨凝式身处矛盾的漩涡之中，奋力抗争却无力自拔。

书法便成了他宣泄情感的最好方式。

杨凝式身材矮小，但聪敏颖悟，富有文采，大为时辈所推崇。他平生喜好游历，虽历仕五代，但常称病闲居，云游四方，尤其喜欢遨游佛道祠。每遇山水胜迹，便流连吟咏，挥笔题壁，且吟且书，神采飞扬处若与神会，常有精彩佳作问世。据说，西洛寺观二百余所，题写几遍（《书小史》）。因而，他的书法作品传世的很少，除《韭花帖》之外，仅有行书《芦鸿草堂十志图跋》、草书《神仙起居法》、行草书《夏热帖》。

杨凝式书法学习王羲之、王献之父子，却脱尽"二王"面目，而独得其神韵。《韭花帖》与王羲之《兰亭序》章法、结体可谓天壤之别，然其淳古典雅、清新超逸之风神，却直逼《兰亭》。宋代著名书法家、诗人黄庭坚有诗赞曰：

世人尽学《兰亭》面，

欲换凡骨无金丹。

谁知洛下杨风子，

下笔便到乌丝栏。

《韭花帖》问世于唐代谨严书风的笼罩下，却扬起了纵逸抒情的风帆，为宋人"尚意"书风开启了先河。杨凝式被视为承前启后，继往开来的一代大书法家。宋代书法四家的蔡襄、苏轼、黄庭坚、米芾无不受其影响。

苏东坡与《黄州寒食诗帖》

　　这篇文章酝酿了很久，却迟迟未下笔。对于苏学士这么饱满的人，似懂非懂之人太多，而我又懂得多少呢？愈了解愈如雾里看花。东坡先生才情超绝，却一生穷达多变，际遇坎坷，而不失浪漫情怀。真要读懂他，实非易事。

　　苏东坡生活的大宋王朝，在经济、文化、艺术、自然科学等方面，都达到了相当的高度。但历来却评说不一，有的人认为两宋时期的物质文明和精神文明所达到的高度在中国整个封建社会历史时期，可谓是空前绝后的；也有人认为它是一个有太多屈辱的朝代；还有人用"谜一样的宋朝"为题而撰文。但无论如何宋朝文化吸引了无数学者，现当代著名学者陈寅恪先生曾说"华夏民族之文化历数千载之演进，造极于赵宋之世。"英国的史学家汤因比曾说"如果让我选择，我愿意活在中国的宋朝。"余秋雨先生也曾深情地说："我最向往的朝代就是宋朝！"这或许因为它是一个重文的朝代。

　　有人说"如果没有苏轼，宋代文学将会平淡得多。"其实，何止是文学，宋代的艺术也会黯淡许多。苏轼是一个富于浪漫气质、独立思想和自由个性的人物。他虽然作为士大夫集团的成员，有着强烈的社会责任感，参与政治，但同时又有着艺术家所特有的浪漫情怀。他的一生波澜不断，却异彩纷呈。

　　苏轼（1037——1101），字子瞻，号东坡居士，眉州眉山（今四川眉山县）人，出身于一个比较清寒的文人家庭。他受父亲的影响，发愤读书而入仕。但其文学艺术上的成就却远高于仕途的升迁，在才俊辈出的宋代，取得了登峰造极的高度。散文为"唐宋八大家"之一，诗为宋代大家，词开豪放一派，"东坡诗文，落笔辄为人所传诵。"（《风月堂诗话》卷上，宋朱弁著）创立了文人写意画，书法与蔡襄、黄庭坚、米芾，并称"宋四家"。

　　遗憾的是，后世学者纷纷向往的宋朝，也是朋党之争相当厉害的朝代，苏轼正是朋党之争中的悲剧人物。

　　仁宗嘉祐二年（1057），21岁的苏轼参加科考，受欧阳修的赏识，考取进士；嘉祐六年，应直言谏策问，授大理寺评事签书凤翔府判官，开始了他一生坎坷的仕宦生涯。后任杭州通判，密州、徐州、湖州知州。元丰二年（1079），因历史上著名的"乌台诗案"①，被贬为黄州团练副使。哲宗即位，以礼部郎中被召还朝，升起居舍人，又中书舍人，再翰林学士，继以龙图阁学士的身分，任杭州太守。元佑八年（1093）新党再度执政，苏轼又以"讥刺先朝"之罪名，贬为惠州安置、再贬儋州（今海南省儋县）别驾、昌化军安置。徽宗即位，调廉州安置、舒州团练副使、永州安置。元符三年（1100）大赦，复任朝奉郎，北归途中，卒于常州，谥文忠。享年66岁。

　　四十余年的宦海沉浮，苏轼一直卷在政治漩涡之中，"尽言无隐"（《杭州召还乞郡状》），"不顾身害"（宋孝宗《御制文集序》），"超越于苟苟营营的政治勾当之上。他不忮不求，随时随地吟诗作赋，批评臧否，纯然表达心之所感，至于会招致何等后果，与自己有何利害，则一概置之度外了"。虽然官场失意，但"他的一生是载歌载

苏东坡　黄州寒食帖

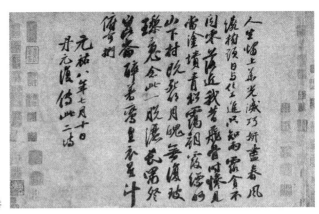

苏东坡 李白仙诗卷

舞，深得其乐，忧患来临，一笑置之"。"像一阵清风度过了一生"（林语堂 苏东坡传序），也成就了他艺术上的辉煌。

苏轼对艺术有着自己完整的主张。

他认为在艺术上"天工与清新"为重（《书鄢陵王主簿所画折枝》），不应当拘泥于形似，而要"取其意气所到"（《又跋汉杰画山》）；主张尚意求趣，要"出新意于法度之中，寄妙理于豪放之外"（《书吴道子画后》），又言"我书意造本无法，点画信手烦推求。""吾书虽不甚佳，然自出新意，不践古人，是一快也。"在《书唐氏六家后》中评赞张旭草书 "颓然天放，略有点画处而意态自足，号称神逸"。

这种系统的艺术观，深厚的艺术修养，以及超绝的才华，使他既是"尚意"书风的倡导者和实践者，也是其中最具代表性的人物，对当世及后世都产生了重大而深远的影响。黄庭坚认为苏东坡 "本朝善书，自当推为第一"。（《山谷集》）

苏东坡作为"尚意"书风的典范，从唐人"尚法"而到"尚意"，其书法并非"羚羊挂角，无迹可寻"。究其书法渊源，苏门四学士之一的黄庭坚说："东坡道人，少日学兰亭，故其书姿媚似徐季海。至酒酣放浪，意忘工拙，字特瘦劲似柳诚悬。中岁喜学颜鲁公、杨风子书，其合处不减李北海[2]。"（《山谷集》）观东坡书法，可知其广学博取，但于传统的学习借鉴，重神不重形，体现了宋人尚"意"——"言有尽而意无穷"的美学精神。

苏轼善楷书、行书，常常"真行相半"，外柔内刚，"结法遒美，气韵生动"（清王世贞语），丰腴跌宕，醇厚不失洒脱，正如其人。传世书作以翰札行书居多，也最具代表性。

　　我常想，以坡翁的学问、胆识、胸襟和性情，把豪放慷慨，大气磅礴引入了以阴柔婉约为传统的词调中，把广阔的社会内容注入了专限于描写闺怨相思缠绵悱恻的词牌中，别开洞天，成一代之大观，令传统士人瞠目；又将文人的意趣写入中国画，丰富了中国画的表现力。他的书法或许更应该是豪放洒脱，激情澎湃，一泻千里，更应该如他所说的"天真烂漫"，"行云流水"，他笔下流泻的应该是更能抒发性情，被宗白华誉为"一片神机"，"如天马行空，游行自在"的草书，而不是行书。我们所见其诗文书信，不见草书踪迹，不知是其不喜欢，或是没有流传，还是别的什么原因。以其洒脱的性情，浪漫的气质，没有邂逅草书，实在是草书这种最具浪漫气质和表现力的艺术的一次缺憾。

　　苏东坡在给朋友的信中写道："我一生之至乐在执笔为文之时，心中错综复杂之情思，我笔皆可畅达之。我自谓人生之乐，未有过于此者也。"际遇坎坷的苏东坡"惊起却回头，有恨无人省。拣尽寒枝不肯栖，寂寞沙洲冷。"（苏轼《卜算子·黄州定慧院寓居作》）唯有将心中错综复杂之情思注入笔下的诗文中，可以说诗文相伴了他的一生，故而其流传的书法作品，大多为诗文和书信。诗文书信这种形式，最适于行书。或许真的是因为客观上的原因，而未与草书结缘？当然，这只是我个人的臆测。

　　《黄州寒食诗帖》，纸本。行书。五言古诗二首。凡17行，共109字。现藏台湾故宫博物院。代表了苏轼行书的最高成就。

　　黄庭坚在《黄州寒食诗帖跋》中评道："东坡此诗似李太白，犹恐太白有未到处。此书兼颜鲁公、杨少师、李西台③笔意。"元代著名书法家鲜于枢评其为继王羲之《兰亭序》、颜真卿《祭侄稿》之后的"天下第三行书"。

　　当时，已过不惑之年的苏轼因诗文涉及新法，被某些官僚罗织罪名，即宋朝最大的文字狱"乌台诗案"，元丰二年，从湖州任上忽遭图圄之灾，后贬谪黄州（今湖北黄冈）团练副使。

黄州的五年，是苏轼一生中重要的一个阶段，是其诗文书画创作的巅峰时期。

黄州是长江边上一个穷困的小镇，苏轼于公余带领家人开垦荒地，在东坡一片坡地里劳作，种田帮补生计。"东坡居士"之号也由此而来。

在老庄及佛禅中寻求精神的慰藉，徜徉于山水风物之间，与朋友诗酒唱和，诗思驰骋飞扬。他许多脍炙人口，为人传诵的名篇，就诞生在这段被放逐的日子里。如《念奴娇·赤壁怀古》，月夜泛舟江上而作的《前后赤壁赋》，还有《承天寺夜游》等等。

随着诗文创作的丰收，其书法艺术也达到了一个新的境界，正如黄庭坚所说："到黄州后掣笔极有力。""早年用笔精到，不及老大渐近自然。"《黄州寒食诗帖》就是这一时期的杰作。

《黄州寒食诗帖》，作于苏东坡到黄州的第三个寒食节。作者感叹两月来的凄风苦雨，海棠花零落成泥，"何殊病少年，病起头已白。"病起头已白的东坡居士，虽有乐天的精神和超物质的情怀，有着襟怀旷远，识度明达的精神，但黄州物质生活的困苦却是实实在在的，无法回避的现实："空庖煮寒菜，破灶烧湿苇"。他为之耿耿夜不能寐，"那知是寒食，但见乌衔纸。"只有将这一腔错综复杂的情思，倾泻于笔下，"也拟哭途穷，死灰吹不起"。

《黄州寒食诗帖》从头至尾，气脉贯通，一气呵成，笔墨随作者情绪的变化而起伏跌宕。

初则平和，继而"年年欲惜春，春去不容惜。今年又苦雨，两月秋萧瑟……"随着作者情绪的振荡，笔走龙蛇，线条愈加飞动，起顿迅疾，点画由细而渐粗壮，昭示着作

苏东坡 洞庭春色赋

者心绪变化的轨迹。"君门深九重，坟墓在万里。也拟哭途穷，死灰吹不起。"情绪高昂到了顶点，却戛然而止，余音袅袅。

欣赏者随着诗意的变化而感受着贯穿在线条中，那种合着作者情绪波动的激昂的韵律之美。飞扬的线条竟也是有生命力的，这正是书法艺术独特的表现力之所在。作者下笔时的注意力全在抒发心中郁结的情思，而不在笔墨结构的营造，下笔却似有神助，求意趣于法度之外，纵意而又在法度之内，从而也印证了作者的著名论断"书初无意于佳乃佳尔"。

《黄州寒食诗帖》在书法史上的审美价值远在文本之上，正合唐之诗僧皎然所说："但见性情，不睹文字。"明书画大家董其昌在跋语中叹曰："余生平见东坡先生真迹不下三十余卷，必以此为甲观"。

当然，并非每个书法家都能下笔如有神助，正如东坡所言"作字之法，识浅，见狭，学不足三者终不能尽妙，我则心、目、手俱得之矣。""神"来自自我，自我的修炼，才能心手双畅，由有我之境而入无我之境，臻艺术最高境界。

《黄州寒食诗帖》与王羲之《兰亭序》、颜真卿《祭侄文稿》，都是艺文合璧的典范，虽审美情趣不同，风格迥异，但都是真情灌铸的杰作，都具有不可重复性。故黄庭坚说："试使东坡复为之，未必及此。"（《黄州寒食诗跋》）这正是艺术与技术最大的区别之处。

东坡书法在宋代影响很大，人书并尊，时人争相得其书迹。不仅其弟兄子侄子由、迈、过等人向他学习书法，友人王定国、赵令畤等也从他学习书法。后世书家李纲、陆游、吴宽、张之洞、赵朴初等书法深受其影响。传世书作还有《前后赤壁赋》、《洞庭秋色赋》、《中山松醪赋》、《醉翁亭记》等。

注释：

①乌台诗案——是北宋年间的一场文字狱。御史中丞李定、舒亶、何正臣等人摘取苏轼诗文，以谤讪新政的罪名逮捕了苏轼。所谓"乌台"，即御史台，因官署内遍植柏树，又称"柏台"。柏树上常有乌鸦栖息筑巢，乃称乌台。这案件先由监察御史告发，后在御史台狱受审。所以此案称为"乌台诗案"。

②徐季海、柳诚悬、颜鲁公、杨风子、李北海——徐季海，即徐杰，唐书法家。季海是他的字。精于楷法，圆劲厚重。柳诚悬，即柳公权，唐书法家，诚悬是他的字。因官至太子少师，故世称"柳少师"。柳公权善楷、行、草书，楷书成就最高，世称"柳体"。颜鲁公即颜真卿，唐书法家，参见《颜真卿与〈祭姪文稿〉》一文。杨风子，即杨凝式，五代著名书法家，参见《〈杨凝式与韭花帖〉》一文。李北海，即李邕，唐代书法家。字泰和，曾任汲郡、北海太守，人称"李北海"。长于碑颂之文，以行草书成就最高，被誉为"书中仙手"。李邕书法在行楷之间，用笔深厚坚劲，峭拔凌厉而不失法度，出自"二王"又别开生面。

③杨少师、李西台——杨少师，即杨凝式，见前文《杨凝式与〈韭花帖〉》。李西台，即李建中，北宋书法家。字得中。官工部郎中，曾任西京留司御史台，世称"李西台"。

（原载《青少年书法报》2007年10月16日）

中国封建社会
女书法家的生存境况

　　翻开中国古代浩瀚的书法史和书论著作，女性作者的名字可谓寥若星辰。与男性共存于天下的女性虽然为中国社会的进步与发展做出了巨大的贡献，而见诸记载的却是微乎其微，这是因为中国封建社会妇女低下的社会地位使然。

　　在儒家思想一统天下的封建社会中，妇女的地位从属于男性。她们"在家从父，既嫁从夫，夫死从子"，一生一世都要从属于男子，服从于男性，听从于男权的支配和奴役。封建社会森严的等级秩序的"三纲五常"，确立了君权、父权、夫权的统治地位，规定了君臣、父子、夫妻、上下尊卑关系的基本法则。对于女性不仅规范了从属的地位，而且对行为道德的规范还有具体化的要求，这就是"三从四德"。"妇人，从人者也。幼从父兄，嫁从夫，夫死从子"，谓为"三从"。"四德"则规定了女性德行、容貌、言辞和技艺方面的具体的要求。

　　汉代曾与其兄共著《汉书》，而被称为中国第一个女历史学家的班昭，著有《女戒》一书。书分为卑弱、夫妇、敬慎、妇行、专心、曲从和叔妹七章，认为女性生来就不能与男性相提并论，无论曲直，女子都应当无条件地顺从丈夫，《女戒》被奉为封建社会女性的道德行为准则。连这样博学多才的奇女子都自觉认定自己低下的从属地位，可见封建礼教对人性的毒害之深。由此我们可以想象中国封建社会女性的生活境况，在封建礼教的统治下，其身心所遭受的严重的扭曲和摧残。

　　在这样严苛的礼法下，在"女子无才便是德"思想的笼罩下，还是涌现出了一批优秀的女性，为中国的历史文化艺术的发展增添了灿烂的篇章，这是中国封建社会妇女的骄傲。

　　中国封建社会女性背负着"三从四德"的枷锁，身受严苛的礼教束缚，施展才华的空间小之又小。通览书史和书论，所记女书法家不外乎闺阁名媛、宫中女子、风尘名妓等等。

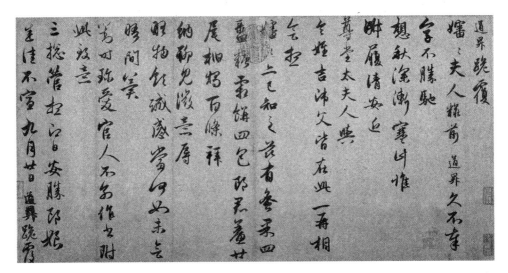

管道升 行书手札

　　闺阁名媛一般生活优裕且家风谨严,又有家庭文化的熏陶。她们虽深锁闺阁,但身处家庭喜好书翰的氛围,染指翰墨成为可能。中国书法史上第一个有书法作品传世的女书法家蔡文姬,是东汉末年博学多才的女才子,得其以书法名世的父亲蔡邕的亲授;书圣王羲之的老师女书家卫夫人,出身东晋著名的书法世家卫氏家族;元代女书法家管道升则深受其夫引领有元一代书风的赵孟頫的影响。还有晋书法家王羲之之妻郗夫人,王凝之妻谢道韫,王洽之妻荀夫人,王珉之妻汪夫人,郗音之妻傅夫人,庾亮之妻荀夫人等等都深受家庭的熏陶,书法也名重当世。

　　风尘名妓,因为生存的需要,为迎合所接触的顾客——文人墨客的喜好,竞相学习琴棋书画,诗词歌赋,多有以书法著名者。唐代通声律,工诗词,人称"女校书"的乐伎薛涛;宋楚州官妓王英英,名妓谢天香;明代以画兰著名的马湘兰,以"驰马挟弹"著称的薛素素等等,都是其中可称道者。

　　而宫中女子,或出身名媛,或民间女子或其他,有的入宫前就已染指翰札,有的入宫后受环境影响而临池学书。其中最为著名的有唐之武则天、杨玉环,南唐宫人乔氏,宋高宗宪圣吴皇后、宋宁宗恭圣杨皇后妹妹杨妹子等等。

　　只有像她们这样的女子才有可能染指墨,才有可能见诸文字而被记录。

　　因书法而名的女性即使表现了自己卓越的才华,被记入文字也不是以个体生命和

武则天　升仙太子碑（左）
卫夫人小楷　近奉帖

独立的身份出现，而是以男性的从属形式被记录。如某某母、某某妇、某某妾、某某妹、某某女、某某侍人、某夫人、某氏，抑或某某孙女、某某侄女……等等。她们在文字的记载或论述中必须依附一个直接从属的男性来确立自己的身份，尔后才是才艺，当然风尘名妓除外。晋之卫夫人可称中国书法史上最负盛名的女书法家之一，且其于书法理论，也有很高的造诣，唐代张彦远《法书要录》认定卫夫人所著的《笔阵图》，在总结自己书法创作实践的基础上，论述了七种常见笔画的具体形象要求，对以后"永字八法"①的提出奠定了基础。这样一位在书法史上美名盛传的书法家，在记录的文字中也要标明"晋汝阴太守李矩之妻"的身份，而后世书史文论，直称卫夫人。

封建社会的妇女几乎没有机会与外界的社会接触，"闺阁"、家庭就是她们终生的生活环境，因为生存空间的限制，所接触的无非家人，想象力受到一定的遏制，才情得不到发掘，因而她们的书法多受父或夫或家庭的影响，大多没有自己独立的风格和审美追求。蔡文姬书法传自乃父蔡邕，父女书风相近；管道升书法深受其夫赵孟頫的影响，故其书札行楷与赵孟頫极为相似；明末女书法家蔡玉卿以学其夫黄道周的书法而著名，清文学家王士禛《居易录》中说"（蔡）书法学石斋（黄道周），造次不能辨"；而清代被称之为"浓墨宰相"的刘墉，其妻妾所书几能乱真，皆可代笔。

古代书论涉及女性书艺的品评大多关注于女性本身，或女性特质，或脱离"女性"本色而有男性特质——丈夫气。所评视角乃主宰社会的男性眼中从属地位的女性的才艺。清《佩文斋书画谱》引《唐人书评》评卫夫人的书风"如插花舞女，低昂美容。又如舞女登台，仙娥弄影，红莲映水，碧波浮霞。"宋《宣和书谱》评价薛涛书法："无

杨妹子小楷　七言诗

女子气，笔力峻激。其行书妙处颇得王羲之法，少加以学，亦卫夫人之流也。"宋代与范仲淹并称"韩范"的名臣韩琦的文集《安阳集》（后人编辑）中评说 "安国夫人崔氏（韩琦之妻）善书札，体法甚老，无妇人气"。元夏文彦著《图绘宝鉴》中评管道升曰"用笔熟练洒脱，纵横苍劲秀丽，绝不是一般女人的状态"。这些品评或曰作者有女性特质，或曰作者脱离女性特质而无妇人气，其实都是从作者的性别特质出发的。

在"女子无才便是德"，在"三从四德"封建礼教的制约下，女性的情感、女性的才艺的表露和追求不可能像男人那样正大光明，那样得到嘉许，那样得到应有的自然发展，因而历史地看封建社会女书法家的书艺成就大多不敌男性书家，善书者的数量也不可与男性相比，自然能载入书史和书论的女书法家就微乎其微了。但微乎其微的原因还不止于此，见诸文字的女书法家不仅是以书法艺术被人称道，而且同时拥有其他方面优越的环境与条件。

但是，我们有理由相信留传于书史和书论的女书家只是中国漫长的封建社会中善书女性中的一部分，还有许许多多擅长书法的女性被历史的长河所湮没。

注释

①永字八法——是以"永"字八笔顺序为例，阐述楷书的基本笔法，具体为"侧、勒、努、趯、策、掠、啄、磔"。

（原载《青少年书法报》2007年1月9日）

阅读陈师曾

陈师曾是我敬仰的艺术家之一，而于他的艺术，我只是个票友，谈不上研究。要想议论他及他的艺术，也只能从自我的感性认识入手，或曰"阅读"，更为恰切些，故以此为题。

说到陈师曾，很少有人不联想到他显赫的家族。江西修水的陈氏家族，是清末至近现代政治发展史、文化史上的望族。陈师曾及弟陈寅恪，祖父陈宝箴、父亲陈三立，祖孙三代四人，皆为政治、文化史上的俊彦。陈师曾是吴昌硕①之后新文人画的重要代表，近代学者梁启超认为："现代美术界可称为第一。"祖父陈宝箴为清末湖南巡抚，是著名的维新派成员；父陈三立，号伯严，又号散原，是清末民初著名的诗人；弟陈寅恪是现代著名的历史学家。生活在这样的家庭，可以说为日后陈师曾涉足文化界打下了坚实基础。

陈师曾（1876——1923），名衡恪，号槐堂，朽道人，画室名曰安阳石室，因崇拜吴昌硕又称染仓室。善诗文、书法、篆刻，尤长于绘画。其绘画涉猎山水、人物、花鸟等。可以说是近代全才的艺术家，称得上一个天才的艺术家。

陈家重视子女教育，开私塾，延聘名师为教。父亲陈三立寄寓金陵，所开私塾设有英文、数学、物理、化学、音乐、绘画等新科目。延聘的名师中还有西方人，这使陈氏兄弟从小的教育不仅得天独厚，而且视野较一般中国儿童要开阔得多。《听父亲讲祖父陈师曾》一文中说，陈师曾6岁开始学画写字习诗文，10岁便能写大字、做诗文。

陈师曾从小秉承家学，又接受了新思想。23岁入江南陆师学堂附设铁路矿务学堂。1902年，携弟寅恪，东渡扶桑求学，攻读博物学，接触更多的西方现代文明以及民主科学的新思潮。九年后归国。1913年到北京任教育部编纂。后因其对艺术的酷爱，最终还是选择了艺术之路，创作的同时任教于北京各大学，从事美术教育。

1923年，陈师曾继母病危，他急赶回南京侍奉继母。继母病逝月余，陈师曾也因劳累心瘁，不幸染病去世于石头城。这一年，他才47岁。

这对于一个艺术家的艺术人生来说，过于残酷。其艺术风格刚刚建立，还未来得及进一步的拓展和挖掘，艺术生涯就这样匆匆落幕，令人扼腕痛惜！或曰"天妒英才"。他的不幸早逝梁启超谓之"中国文化界的地震"；吴昌硕称其"朽者不朽"。得其帮助，与其交谊深厚的齐白石更是叹息"君无我不进，我无君则退"，"此后苦心谁知得，黄泥岭上数株松"。

陈师曾的英年早逝，没有影响他在近现代文化界的影响，追随者、研究者众多。他的博涉和天才，令许多后来者仰慕。正如梁启超所评："无论山水、花草、人物，都能写他的人格，诗词、雕刻种种方面，许多难以荟萃的美术，师曾一人皆融会贯通，其作品都能表现他的精神，有真挚的情感，有强固的意志，有雄浑的魅力。"诚然，他是一个智者；一个思想者；一个艺术手段丰富，题材表现多样，且能以情感人，抒写性灵的艺术家。这样的一个艺术家，一个文化使者，我无法用简单的文字表现他的丰富，只好略取其中的部分。我以为他不同于一个单纯艺术家的地方，体现在以下几个方面：

第一，睿智的思想者，一个有民族自尊的艺术家。

二十世纪初，中国社会新旧文化剧烈冲撞，中国画坛众说纷纭。维新运动的领导人康有为认为，"吾国画疏浅"，"中国画衰败的根源就在文人画家的写意。"持此观念者

陈师曾 花卉图卷

不在少数，陈独秀便是其中之一，"若不打倒（写意画），实是输入写实主义，改良中国画的最大障碍。"（陈独秀答吕澂《美术革命》）而陈师曾不同于别人之处是他辩证地看问题和思考问题，他既看到中国画坛的流弊，也懂得中国画的长处；既看到西洋画的可借鉴之处，也知道西洋画的局限。所以，他反对"全盘西化"，主张立足本国，兼容并蓄。辩证地提出："宜以本国画为主体，舍我之短，秉人之长。"他著文《中国画是进步的》和《文人画的价值》，肯定中国画的价值，主张汇通西画，抵制民族虚无主义的论调。翻译日本人久未氏的《欧洲画界最近之状况》，介绍西画的变迁，供学界参考、借鉴。

可以说陈师曾的一生都在努力地实践着自己的理论和主张。即使在今天，我们反思上个世纪初文化界的那场运动中许多知识分子的偏激之处，给中国文化发展所带来的消极影响，就越发显现出陈师曾的睿智和英明。

第二，在中国文人写意画中注入了现实主义的因子，丰富了文人写意画的表现手段，增强了文人画的表现力。陈师曾把西洋画的写实风格，引入以写意为特质的中国传统文人画中，可以说是审美意义上的变革。

他的代表作《北京风俗图》，取材于现实生活，形象生动地表现了旧北京市井人物风貌，可以说是旧北京民俗风情图。画作的生动皆来源于他对生活细致入微的观察和真切体验。作于1917年的《读画图》，是一幅写实风格的画作，描绘的是北京中央公园绘画展览会上的情景。画面上人头攒动，却都聚精会神地欣赏着展品，每个人物的表情、服饰、姿态各不相同，可谓各尽其态，生动自然。他的《园林小景》册页，也都是写生而来，生动清新，意趣盎然。

第三，扩大了中国传统文人画的题材。打破中国人物画题材的传统，反映现实生活中小人物的生活。使"阳春白雪"的文人画走出了高雅的殿堂，而走入了民间，走向了"下里巴人"，走出了"曲高和寡"的境况。

陈师曾 读画图

《北京风俗图》描绘的是民国初年的北京街头百姓的风俗人情，画中的主人公皆为社会底层的小人物，有掏粪工人、压轿嬷嬷、乞讨婆、泼水夫、赶车人、轿杠夫、品茶客、磨刀人、打鼓人、山背子、话匣子、算命子、二弦师、售冰车、烤白薯、拉洋车、货郎、捡破烂……等等。寥寥数笔，就曲尽人物情态，生动自然且意韵丰富，正如鲁迅所评"笔简意饶"。

第四，关注社会民生。陈师曾不是一个单纯的艺术家，他是一个具有民主思想和社会责任感的艺术家。

陈师曾 墙有耳　　　　　　　　　　　　　陈师曾 乞讨婆

　　《北京风俗图》所表现的是处于社会底层的贫民的生活现状和悲苦境遇，揭露的是社会时弊。《乞讨婆》，只占画面一角的人力车，上头坐着头戴礼帽身穿长衫的"有钱人"，回头表情漠然地看着追逐其后，衣衫褴褛，蓬头垢面，右手持布帛、左手持香的小脚妇人。真是"人间贫富海茫茫"（程康题跋）。《墙有耳》一画，则讽刺的是民国初年袁世凯的专制统治。在挂着"雨前"茶幌的茶馆前，站着两个鬼鬼祟祟的人，在窃听茶馆中茶客的谈话。正如其画中的题跋所述："莫谈国事贴红条，信口开河祸易招。仔细须防门外汉，隔墙有耳探根苗。"有着深刻的讽喻时政的意味。

　　第五，陈师曾的简笔画，开中国漫画之先河。

　　被誉为中国现代漫画创始人的丰子恺，在其三十年代《我的漫画》一文中这样写道："人都说我是中国漫画的创始者。这话半是半非。我小时候，看到《太平洋画报》上发表的陈师曾的几幅简笔画《落日放船好》、《独树老夫家》等，寥寥数笔，余趣无穷，给我很深的印象。我认为这是中国漫画之始源。不过，那时候不用漫画的名称，所以世人不知'师曾漫画'，而只知'子恺漫画'。"丰子恺所说的是陈师曾应李叔同[②]之邀为《太平洋画报》专栏作者时，发表的简笔画之古诗新画，确已有漫画的意味。"漫画"一词，陈师曾在1909年（宣统元年）《逾墙》一画的题跋中就已提及。他说："有所谓漫画者，笔致简拙，而托意俶诡，涵法颇著，日本则北斋而外无其人。吾国瘿瓢子、八大山人近似之，是非专家也。"龚产兴的《陈师曾的生平与艺术》一文（《陈师曾书画精品集》）认为，陈师曾所提"漫画"一词，比一些学者认为"漫画"最早出现在1925年的《文学周刊》（郑振铎主编）要早16年。故我们有理由认为陈师曾的简笔画，开中国漫画之先河。

第六、兼容并蓄的教育思想。

留日回国后，陈师曾开始了美术教育生涯，终生未弃教鞭。他先后执教于北京高等女子师范、北京高师手工图画专修科、北京美术专科学校、北大画法研究会等。在教学中，他重视学生的个性，因材施教，诲人不倦。

陈师曾兼容并蓄的思想，开放的理念，创新的精神，尤其是他的艺术上的实践和主张给学生以深刻的影响，影响了一大批的画家。王雪涛、李苦禅、刘开渠、俞剑华、苏希舜等都是深受他影响的学生，其中不少人后来成为美术界的大家。当代雕塑大师刘开渠曾回忆说："他（陈师曾）是国立艺专最受学生欢迎的教员。""他的创新精神和作品对我们的影响最大。"陈师曾不是在教学生如何去画，而是怎样去画，是兼容并蓄的思想，是辩证的思维方式，这在中国现代美术教育中影响是深远的。

陈师曾的遗著有《中国绘画史》、《中国文人画之研究》（自著论文《文人画之价值》与其翻译的日本人大村西崖《文人画之复兴》的合辑本）、《陈朽画册》、《陈师曾先生遗墨集》（10集）、《陈师曾先生遗诗》（上下卷）、《染仓室印集》、《染仓室印存》、《槐堂诗钞》，以及门生俞剑华搜集其论文、讲稿及题画诗词等资料编辑而成的《不朽录》等。

"才华蓬勃"（鲁迅语）的陈师曾是中国近现代艺术史上的一颗璀璨耀眼的明星，他离开这个世界已近一个世纪。一个世纪的风尘使他在公众的视野里淡出太久，远不如齐白石、李可染在人们心中的影响，但其艺术及思想一直影响着许多的后来人，我想自己姑且也可忝列其中吧。

注释：

① 吴昌硕——初名俊，又名俊卿，字昌硕，又署仓石、苍石，多别号，常见者有仓硕、老苍、老缶、苦铁、大聋、石尊者等。浙江省孝丰县（今湖州市安吉县）人。晚清著名画家、书法篆刻家，为海派最有影响力的画家之一。西泠印社首任社长。

② 李叔同——又名李息霜、李岸、李良，幼名成蹊，学名广侯，字息霜，别号漱筒，祖籍浙江，生于天津。中国话剧的开拓者之一，在音乐、书法、绘画和戏剧方面，都颇有造诣。从日本留学归国后，担任过教师、编辑之职，后剃度为僧，法名演音，号弘一，晚号晚晴老人。

（原载《青少年书法报》2007年5月8日）

百年回顾

——"二十世纪书法大展"感言

由中国文联、中国书协联合主办的"二十世纪书法大展",已于2月15日在中国美术馆闭幕。

这百年大展,不仅是中国书法艺术界空前的盛事,而且是中国文化界的空前盛事。它是二十世纪中国书法发展轨迹和艺术成就的全面展示。

书法艺术是中国传统文化中一株瑰丽的奇葩。数千年文化的传承,潮流迭起,流派纷呈,俊才辈出,名篇迭涌,给人们的生活提供了丰富的精神食粮。书法作品作为一种欣赏和装饰兼具的艺术形式,在二十世纪,逐渐从达官贵人、文人士大夫的厅堂,进入寻常百姓之家。

二十世纪,世界发生了巨大而深刻的变化,二十世纪的中国同样发生了巨大而深刻的变化。苦难与屈辱,抗争与奋斗,振兴与激励,起伏跌宕的历史进程,为艺术发展提供了契机。作为国粹艺术的书法,经历了一次空前的振兴与嬗变。尤其近二十年来,思想的解放,思潮的涌入,许多书法家和书法活动家艰苦卓绝的努力,书坛呈现出百花齐放、百家争鸣、欣欣向荣的喜人景象;书法艺术也成为了参与者最多最为普及的文化艺术活动。刚刚落下帷幕不久的天津书法艺术节,参与者之众,场面之热烈宏大,影响之广泛,正说明书法艺术已渗透到公众的文化生活之中。

书法艺术发展到今天,已从厅堂文化发展成为了展厅文化;艺术家个人的审美体验也已发展成为公众集体的审美活动。刘正成先生在《七届中青年书法展作品集序言——世纪之交的展示与思考》一文中说,"书法展览会是书法家艺术生命存在、展示、升华的空间。"而这个空间正是欣赏者进行艺术欣赏活动唯一真切而快捷的形式和地方。

在世纪之交这个重要的时刻,作为一个世纪一门艺术的百年回顾、展示与研讨,可谓一大创举,为热爱书法的人们提供了一次学习、借鉴与研讨的绝好机会。

二十世纪上半叶的许多为人称道的艺术名家的作品,常散见于拍卖会或者印刷品之

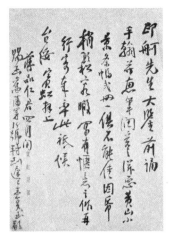

黄宾虹　手札　　　　　　　　　　　　齐白石　信封

中，而有些则未曾露面，欣赏者很难窥其全貌。"二十世纪书法大展"，汇集了一个世纪四、五代书法家的作品于一堂。既有包括吴昌硕、齐白石、谢无量、于右任、毛泽东等100多位已故去的"二十世纪著名书法家遗作展"；又有荟萃当代名家作品的"当代中国书坛名家作品展"；既有代表中青年书法家创作水平的"全国第七届中青年书法篆刻展"，又有三年一届的当代最高层次的篆刻展——"全国第四届篆刻展"；还有代表新思潮、新思维的具有探索精神的"中国书法探索展"。

　　如此精品荟萃，如此全面展示，是规模空前的艺术欣赏盛会。欣赏者徜徉其间，不仅可以陶醉于艺术美妙的享受之中，而且可以从时代的变迁，岁月的流逝中，感受书法艺术的发展与嬗变，对百年书法艺术有一个全面观照，从而对它有一个理性的定位和思考。不仅对当代书法艺术现状有一个恰当的定位，而且对提倡继承与发展，探索与创新的中青年书法篆刻艺术实践作一个恰当的定位；并且对深深切入时代脉搏，表现当代人激越多变的情感体验，多元的审美情趣及思考的具有探索性的现代派书法有个理性的认识和定位；对书法艺术进入新世纪——二十一世纪，将如何发展有个全面而理性的思考。

　　"二十世纪书法大展"，必将唤起更多的人关注和热爱书法艺术，共同分享艺术的美与快乐，净化我们的精神生活，润泽我们的心灵。

（原载《光明日报》1998年2月19日）

从书法二十年发展的得与失
谈继承传统

一

　　书法艺术在沉寂了半个多世纪后的二十世纪七十年代末，在振兴中华的浪潮中开始复苏与振兴。经过二十多年的发展，书法艺术空前的繁荣，书法活动和参与的人数，是历史上任何一个朝代都无法比拟的。

　　书法艺术发展到今天，已从文人士大夫的书斋走入了民间，出现了许多民间书法家。书法艺术也从文人士子的雅好，从实用逐渐发展成了独立的艺术种类。这可以说是书法史上最重要的变革。

　　中国书法家协会成立二十余年来，在书法创作、学术研究、书法教育、对外交流等几个方面取得了可喜的成绩。在展览方面形成了以定期的全国性大展为主导，各项主题展与单项展齐头并进的格局。各区域展览更是丰富多彩，各种交流展层出不穷。这些展览的成功举办，不仅全面地展示了当代书法创作的水平，而且推动了书法创作的繁荣与发展；在学术研究方面，成功地举办了多次全国性的书学研讨会以及国际性专题研讨会，出版了相应的论文集。区域性理论研讨，成果显著。由此，建立了一支专业知识比较扎实，研究能力比较强的学术队伍，推出了许多水准高的著作和论文。理论构筑使当代书学研究在广度和深度上都有了长足的进展；书法教育与普及成绩更是有目共睹。书法教育从专科、本科、硕士、博士直至博士后，许多文科类的高校纷纷开设书法课，名目繁多的各类的社会办学所开设的书法课更是应接不暇。

　　任何事物的发展，都是积极与消极共存的，书法艺术的发展也不例外。二十余年来书法艺术在发展的同时，存在有许多消极因素，在繁荣的背后，也有不尽如人意的地方。最主要的当属"浮噪风"的盛行，人文精神的缺失；审美主客体间审美落差的加大（即创作者与欣赏者之间审美距离的拉大）；鄙视传统，抑或说是忽略传统而过分夸大

吴昌硕　篆书团扇

创作主体的作用，使书法艺术的"创新"游离于自身的规定性之外；为了迎合，为了名利，而丢失了自我创作个性的发掘等等。

书法艺术振兴二十余年，究竟如何评判它的得与失？

我认为，其成绩是应该而且也值得肯定的。它使衰败几近消亡的书法艺术，重又振兴起来，而且在较短的时间内得到了蓬勃的发展。事物的发展都有它的两面性：积极与消极并存。重要的是客观地看待和评判事物发展的主流。二十余年来，书法创作繁荣，从艺人数众多，使古老的艺术焕发了青春，唤起了越来越多的人的喜爱和参与。

当然，其中消极的一面也不容忽视，当积弊深重时，适时的矫枉过正是非常必要的。对此理论批评界责无旁贷，展开客观地批评与讨论，从而引导书法艺术朝着健康的方向发展。最重要的是我们不能因噎废食，因此而固步自封，胡子眉毛一把抓，从一个极端走向另一个极端。提倡继承传统，就抑制艺术个性的发展，这同样不是唯物主义的立场和观点。过犹不及带来的深重影响同样也是非常可怕的，同样抑制了事物的发展。以辩证唯物主义的立场客观地对待事物的发展，既要继承传统，又要创新，这是一个事物发展的两个不可或缺的条件。

二

　　世界上任何事物的发生、发展都经历了一个漫长的发展过程，这个过程呈链式的结构，一环紧扣一环，不可割裂，不可断开。如果链条中的任何一个环节出了问题，而枝节出的，已为彼事物，而非此事物。

　　书法艺术是中国土生土长的传统艺术，支撑这个链条发展的是博大精深的中国传统文化和汉字发展体系。因而，它的发展只能植根于中国的传统文化，它的革新也只能在书法艺术的规定性之内，对于外来的文化或姊妹艺术也只能是借鉴与吸收。我们今天对于书法艺术的探索与研究，是书法艺术发展长河中的一个环节。

　　当代艺术大师吴冠中先生说："中国书法这一独特的艺术体系，包涵着形象、意象、抽象等复杂因素，却又体现了概括、洗练的表现形式。"（《我看书法——井上有一书法集序》）中国书法艺术的意境美、抽象美，尤其是它所呈现出的抽象美感，令许多艺术家特别是西方艺术家着迷，并从中得到了许多启示。单纯注重抽象造型，而忽略中国书法所特有的汉字本身，由此而探索发展下去，也许会产生出许多美妙的艺术作品，但它已是抽象的造型艺术而非中国书法。中国书法的一个重要的特点是它的依托性，即对汉字的依托。吴冠中先生在他的另一篇文章《书画一家亲——贺苗子、郁风书画展》中写道："作为书法，就不能扬弃可读性，我喜欢苗子的书法造型美，并可读，有亲切感。"

　　吴冠中先生这里所说的可读性是书法艺术最根本的规定性。因之可读而产生的接续美感：文字内容的音韵美、意境美与书写的韵律美、造型美相得益彰，完美和谐而统一。或静穆平和、或缠绵婉约，或纵逸奔腾、或大气磅礴……是任何民族、任何艺术都无法替代，也无法比拟的。

于右任 行草联

由此，我们可以说书法艺术要发展，首先是要继承传统，在传统的沃土里广泛深入地学习、取舍。人常说，越是民族的，才越是世界的。这句充满哲学意味的话，阐明了一个道理：只有本土文化，才是对世界文化和人类文明的独特贡献。

三

继承传统，什么是传统？传统又是什么？它是一个恒量，还是一个变量？

世代相传的，具有优点的社会因素，就是传统。从它的定义看，它是一个变量，也就是说，它是一个可以不断发展、不断丰富的概念。昨天相对于今天就是历史，今天相对于明天也将成为历史，这之中的优良的事物就积淀成为了传统。

十九世纪末叶以来考古界的两大发现：秦汉简椟帛书的出土和甲骨文的出土，令书法界震惊，它们所呈现出的美，足令现代人心向往之。尤其是秦汉简椟帛书，它的自然、质朴、写意的风格，对今天书法界的影响可谓是深刻的。它相对于今天来说，早已成为历史，它是不是书法的传统，我认为它是。但因为它游离于文人士大夫之外，因而也就游离于书法正统（经典）之外。

这些考古新发现，它们在那个时代，只具有实用的功能。书法在民国以前是流行于上流社会——文人士大夫之间的雅文化，它有着自己的审美定式：清、雅、逸。这些民间实用书体不在他们审美的视野之内。

那些游离于书法经典道统之外的民间书法，以其活泼、自然、质朴的造型，自然、流畅的线条所呈现出的美感，却正符合了今天这个高速的信息时代的社会审美意识，足以让今天的人感叹不已。从而从另一个方面充实了书法艺术的审美范畴。

由此，我们可以这样认为：这些遗留下来的，经过历史陶洗而积淀下来的诸如汉简帛书、敦煌写经等等民间书法属于书法的传统之列。由此而发展起来的崇尚自然、写意、张扬个性的书法作品，理应得到理解和认知。

简帛　日书

四

与时俱进。社会发展史如此，艺术发展史是如此，书法发展史也是如此。

从中国书法史早期的甲骨文、金文到小篆、隶书以及后来的楷书、行草书的发生、发展，不仅字体得到不断演变、发展和丰富，而且，书法的风格的发展、变化更是丰富多彩。即所谓晋人"向往自然，向往离尘绝俗，向往玄远虚淡"；而唐人则追求"昂扬奋发、雄武健美、矫健奔放、雍容华贵"（《中国美学史》敏泽著）的美学思想。书法艺术正是这样在不断的继承与扬弃中得到发展而与时俱进的。

一个时代有一个时代的精神，一个时代有一个时代的审美理想。近现代山水画大家黄宾虹先生曾说："古今沿革，有时代性。"（《黄宾虹谈艺录》）审美特征是随着历史的发展而发展变化的。我们不可以想象今天的人穿着宽袍大袖的锦衣华服来追赶公共汽车，或者骑着毛驴、坐着马车往来穿梭于闹市与地域间。汉代艺术质朴、大气，唐代艺术崇高、恢弘。我们喜欢这样的艺术，但却不可能再现这样的艺术，只能简单机械地摹仿。因为我们不可能像汉人或唐人那样生活，那样看待事物，那样感受事物。我们所赖以生存的环境，文化背景，时代精神早已大相径庭。清季著名书画家石涛曾经说过：笔墨当随时代。俄罗斯画家、美学理论家瓦·康定斯基在他《论艺术的精神》一书中也论述道："任何艺术作品都是其时代的产儿，同时也是孕育我们感情的母亲。"

唐代书法家、书学理论家孙过庭在其书法理论名篇《书谱》中这样论述书法艺术的发展。他说："夫质以代兴，妍因俗易。虽书契之作，适以记言；淳漓一迁，质文三变，驰骛沿革，物理常然。贵能古不乖时，今不同弊，所谓'文质彬彬，然后君子'，何必易雕宫于穴处，反玉辂于椎轮者乎？"

社会风尚因时而变，书法艺术的审美趣味也因时而变。"古质今妍"恰恰是历史发展的必然。最可贵的是既能继承古人，又不背离时代，顺应时代而又不同于时代流行的弊端。中国书法艺术要发展，要与时俱进，在继承的前提下，必须要创新，要体现时代的精神风貌，这才是事物发展的必然规律。

敦煌写经 佛顶尊胜陀罗尼经

五

　　继承不是照搬照抄，不是复印机、复读机。每一个书法家都有与他人不同的个人气质，对于客观美同样有不同于他人的独特的审美感受和独特的情感体验，而感受美的同时，也会有与他人不同的角度和深度的认识，这就是人的个性差异。因而，观照于书法创作就会有不同的审美追求和审美趣味。现实的多样的审美需求是书法创作的客观要求，书法家的个性是书法创新的客观基础。

　　现在已是二十一世纪，世界早已进入信息化的时代，任何的四平八稳，都已不属于这个生活节奏、工作节奏都高速运转的时间、空间，慰藉人心灵的也不仅仅是清、雅、逸，人们的审美需求和审美趣味随时代的发展，早已呈多元化的发展趋势。在传统的基础上开拓创新，是书法艺术发展的生命源泉。

如此强劲的变化，如此繁杂多变的现实生活，使阳春白雪的书法艺术必须顺应时代的发展，这是客观现实的要求。这个时代为艺术家的发展提供了前所未有的宽松的空间和自由驰骋的舞台，也给了书法家前所未有的机遇和挑战。

"文学艺术史上的事实告诉我们，某一门艺术的高度繁荣时期，也正是艺术家的多种多样的创作个性得到充分发展的时期。""艺术的繁荣与艺术家的创作个性的充分发展，是相互依赖、相互促进的。"（《美学概论》王朝闻主编）如我国唐代诗歌艺术的繁荣就是这样，唐代书法的繁荣发展同样如此。我们身处的这个时代，就是一个艺术高度繁荣发展的时期，也是艺术家创作个性充分发展的时期。因而，继承与创新是书法艺术发展不可或缺的两个方面。不可强调一个，而忽视另一个。"百花齐放，百家争鸣"，是艺术发展的规律，也是艺术发展的方向。

宗白华先生说得好："'百花齐放，百家争鸣'，这确是发展文化艺术的规律。至于艺术家创作的作品是不是花，先让它长出来，历史自会做出结论。"

（原载《中国书法》2002年第1期）

呼唤评论

书法艺术早已从书斋文化发展成为了展厅文化。因而，它包含了创作者与欣赏者两方面的因素，也意味着艺术家的创作不再是单一的自娱自乐的消遣。创作者个人的审美体验已成为欣赏者群体的审美活动。因此，二者之间的沟通尤为重要。

书法艺术评论正是联结书法艺术创作与书法艺术鉴赏之间的桥梁与纽带，它对分析书法艺术作品，研究创作思潮与流派，总结书法艺术创作经验，推动书法艺术创作的发展与繁荣，具有重要的作用。同时，通过评论与评介可以帮助欣赏者理解和欣赏艺术作品，沟通创作者与欣赏者之间的交流，以期达到审美共鸣。

书法二十余年来从振兴走向繁荣，是有目共睹的。它成为参与者最多最为普及的文化艺术活动。刚刚落下帷幕的二十世纪书法大展，其空前的盛况，使得堪称中国最高艺术殿堂的中国美术馆迎来了有史以来纯粹艺术意义上的辉煌，也使得虎年伊始的北京城多了一份文化色彩。然而，透过繁荣景象，书坛的发展现状却不容乐观：审美情趣、创作风格的趋同性日益明显；创作者与欣赏者之间审美落差逐渐加大，这是不争的事实。其原因很多，书法艺术评论始终落后于创作发展，是主要的原因之一。

我们现有的书法艺术评论缺少独立的品格，没有寻找到应有的地位，又缺乏理论的构建，停留于传统的直觉印象感悟模式。许多评论着眼点是对人的包装，而非作品的理性辨析和客观、科学的审美价值判断。评论业已成为人的附庸，而非艺术理论批评，已经失去了它应有的作用。从某种程度上说，已经制约和阻碍着书法艺术的发展。

二十世纪八九十年代，书法艺术从振兴走向

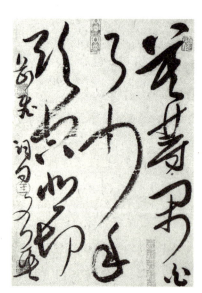

王文英　草书小品

繁荣，这之中涌现出了一批优秀的书法家，他们以自己继承与创新成功的创作实践，推动着书法艺术的发展。

然而，令人遗憾的是，在这些风云人物身后，却出现了愈来愈庞大的追逐队伍。这些追逐者全然不顾个人的审美意识、审美情趣如同人的面孔一样，千差万别，各不相同；而自己的审美意识、审美情趣因为自己的审美经验、审美修养、审美品格以及经历、生存环境等诸多因素，而有自己的而非他人的独特品性，一味跟在别人后头，简单、机械地模仿。

于是，书坛创作风格趋同，流行书体盛行；急功近利、浮燥之风弥漫。这不仅泯灭了个性，丧失了个体价值，扼杀了自己的艺术生命，而且预示着悲剧性的结局。

面对这些，书法艺术批评显得苍白无力，仿佛聋瞽之人，一任"赞歌"高唱，"追风"现象愈演愈烈。因此建立科学、理性、健康、有序的书法艺术批评，显得尤为重要，而且迫在眉睫。

审美判断来自于审美经验。书法艺术复兴以来，创作者在不断地积累、更新着审美追求和审美经验，而欣赏者的审美经验则大多停留于传统的审美价值判断。

一方面，众多创作者尤其年轻一代，极力追求个

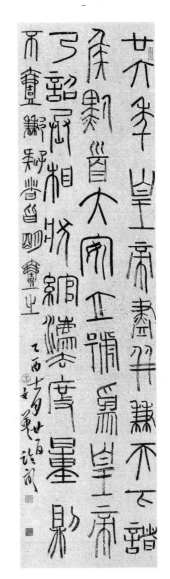

王文英 临秦诏版

性张扬、情感宣泄，追新逐异，书法创作流派、思潮迭起，被冠之为现代主义、后现代主义、学院派、先锋派……相继涌现，喧哗热闹。抛开历史的审美价值定位，他们的出现无疑给沉寂许久的书坛注入了一股清新的风，带来了生机和活力。然而，创作者却也不免感受寂寞，有"曲高和寡"之叹。

另一方面，作为欣赏者的大众，却视之连连摇头兴叹，还是把目光移到了传统书家的作品，似有怀旧之嫌，却也挡不住今不如昔之感叹。这之间固然有文化修养、审美素质的差异，但更多的是评论这个媒介落后于创作所致。

欣赏者本身并不是一个抽象的概念，它是一个集合体，是千差万别的无数个独立个体的集合。由于这些独立的个体具有着不同的生活经验、审美经验和文化修养，因而他们的欣赏水平、欣赏情趣也各不相同。即所谓"慷慨者逆声而击节，酝藉者见密而高蹈，浮慧者观绮而跃心，爱奇者闻诡而惊听。"（《文心雕龙•知音》刘勰著）

艺术评论就是要使这些各不相同的朴素的审美意识上升到理性的观照，从而拉近欣赏者与创作者之间的距离，使欣赏活动与创作活动同步而和谐。

我们已经站在了世纪的交接点上，回顾过去，展望未来，世界在我们脚下已经发生和将会发生巨大的变化，书法艺术同样已经发生和将会发生变化。对书法艺术的回顾与前瞻的理性思考与辨析尤为重要，而这也在呼唤着书法艺术评论走出尴尬的境地，重塑自我。

首先，树立独立的品格和地位，形成科学、公正、客观、健康的评论氛围。书法艺术评论同其他文艺评论一样，在艺术发展史中具有举足轻重的地位和作用。它既不是作品的附庸，更不是人的附庸。它有着自己独立、科学、公正、客观的品性和不可替代的地位和作用。

其次，理论的构建。在继承传统美学、书学与书评的基础上，借鉴和吸收西方美学观念，新的文艺思潮及姊妹艺术，跳出直观印象感悟式评论的樊篱，运用新的研究方法与手段，逐渐达到书法评论的学术化、科学化、理论化，以推动书法艺术走向真正的繁荣。

（原载《书法导报》1998年4月8日）

闲话诗、诗人

对诗的热爱由来已久。由古诗到新诗，再由新诗到古诗，应该也有三十余年了吧。虽然吟诵很多，而自己平平仄仄平平仄小试牛刀，真正深入却还是近些年的事。填词赋诗我也只是偶然为之，故对诗的认识、理解和体会远不及真正的诗人，故从不置言。

近读《汪曾祺散文》中的一篇《老学闲抄——皇帝的诗》一文，却有了不吐不快之感。

汪公文章开篇这样写道：

"我的家乡高邮是个泽国，经常闹水灾。境内有高邮湖，往来旅客，多于湖边泊船，其中不乏骚人墨客，写的一些诗。高邮县政协盂城诗社寄给我一册《珠湖吟集》，是历代写高邮湖的。我翻了一遍，不外是写湖上风景、水产鱼虾，写旅兴或旅愁，很少涉及人民生活的，大都无甚深意，没什么分量。看多了有喝了一肚子白开水之感。"

接着汪公感叹到，奇怪的是写得很有分量的诗，倒是两位清朝皇帝康熙和乾隆的诗。我略略读了其所引的"很有分量"的皇帝的诗，确是关乎民生大事的。作为皇帝看到他的子民生活困苦而感喟，应该不算奇事，只能说明他是一个有良知有职业道德的皇帝。但作为一种艺术形式的诗歌，其好坏优劣，我想，这应该是另一个层面的问题吧。

有趣的是，看了此文，使我想起，不久前所读过的另一篇文章。是孙郁先生的《汪曾祺与废名》，刊载于《北京青年报》的副刊。文章中说："汪曾祺和他的老师沈从文都不喜欢过于载道的文字，趣味与心性的温润的表达，对他们而言意义却是重大的。"

孙先生笔下的汪公，与汪公自己所言，似乎有那么点儿差异。哪个是更真实的汪曾祺？

其实，汪公是我喜爱的作家之一。我无意于弄清此中是非，更何况我也没有读过那

王文英　山水扇面

些被汪公称为"白开水"的诗。但我知道自己还是喜欢孙郁笔下的那个不喜欢过于载道，喜欢趣味与心性温润的表达的江曾祺。因为这更符合我的心性。

虽然从小背诵了不少的古诗词，但对于诗及诗的历史，我却不甚了了，只是读大学时，在古典文学、文学史等课程中涉及过，知识也仅限于课本之中。知道诗是中国最早的文学体裁之一，是从"诗言志"的传统一路而来。

"诗言志"被称作中国诗学的"开山的纲领"。闻一多先生《歌与诗》中说："志与诗原来是一个字。志有三个意义：一记忆，二记录，三怀抱。"朱自清先生《诗言志辨》延续了闻一多"志与诗是一个字"的观点，并阐述："到了'诗言志'和'诗以言志'这两句话，'志'已经指'怀抱'了"。饶宗颐先生就新出土的郭店楚简资料为中心，又有新的发现并著有《诗言志再辨》，通过文献的比较、古字的考证，挖掘出了出人意表的思想。

朱自清先生认为"诗言志"与"诗情缘"的分野，为古代诗学中前后兴起的新老两个传统，是缘于儒道两家的发展。这是否就是现代诗歌现实主义、浪漫主义划分的先河？我没有研究过。

以我朴素的艺术理论知识，诗歌创作是一种情感活动，"发乎情，止乎礼义"（《毛诗序》），是人的情感产物。宋之严羽的《沧浪诗话》中也说，"诗者，吟咏性情也。"

因为诗人性情的不同，所以诗歌风格亦不相同。法国作家布封说"风格即人"，中国有"文如其人"之说。《而庵诗话》中就有："诗乃人之行略，人高则诗亦高，人俗则诗亦俗，一字不可掩饰，见其诗如见其人。"之论。南宋俞文豹《吹剑录》中评柳永和苏东坡的诗词，就有"柳郎中词只合十七八女郎，执红牙板，歌'杨柳岸晓风残月'。学士（苏东坡）词须关东大汉，铜琵琶，铁绰板，唱'大江东去'"的评说。

中国诗人，从屈原到现在，可谓星汉灿烂。他们的生活的时空不同，性情不同，追求不同，诗歌各有各的味道和风格。而我最喜欢的还是陶渊明，喜欢魏晋诗人，喜欢王维。他们的诗清新淡雅朴素自然，恰似绿茶，饮时虽茶香淡淡，余味却醇厚绵远。

其实，我始终认为以现实、浪漫这样的主义来简单地划分诗人及诗，还是有失偏颇的。更多的诗人，既关注现实人生，经世致用，但又不缺少浪漫的诗人气质。被称为现实主义代表诗人的杜甫，其吟咏的诗歌也不乏浪漫情怀的篇章；而李白这样行吟的浪漫诗人，其诗歌中关怀现实人生的也不在少数。

我以为最重要的是诗要有诗味，诗人要有诗人的气质，不然，何以称为诗和诗人呢。

2009年9月28日夜于双清山馆

（原载《青少年书法报》2010年4月13日）

王文英 篆书夕阳山色七言联

颓然天放

——吾之书法艺术之审美理想

这篇文章是应中国艺术研究院的乙庄女士之约，为其编辑的《书法当代审美》一书，所写的有关个人的书法艺术观及艺术追求的文字。文章虽短，却是多年来我对书法艺术的思考和追求。

有人说中国书法是节奏化了的自然，是表达对生命的体验。其实，作为中国古老的传统艺术，书法可以说是集中国文化元素于一身，是中国文化中的艺术，是艺术中的文化，超越了艺术的范畴。

几千年的中国书法史，也可以说是书法的风格史。无论世事如何变迁，人们对书法艺术的本质追求却没有改变；无论书法家身处何世，宗派如何，无一不深入传统而求新变，表现自己，成就个性，这就是个性风格在书法家心中的位置，可以说是终极理想。

但无论审美理想，还是艺术风格，作为中国书法，是要有深厚的学养作底子的，其审美价值判断不仅仅是艺术层面，还有文化，这也是它有别于其他艺术之处。

中国书论中的"书如其人"与文论中的"文如其人"可以说是一脉相承，可谓道破了艺术的天机，揭示了艺术家的精神世界与表现形式之间

王文英　草书小品宋词节选

的关系之所在。

我崇尚自然、质朴、简洁、自由和澄明，而于书法艺术追求，我以为，真正好的书法作品，表现的是真性情，而非扭捏作态，是古朴自然，是颓然天放，是凡有点画处皆有情趣，是对生命的体验，是对美的解读。这正是我二十余年书法生活所追索的审美理想，也是我追求的审美风格。

在书法的诸体中我偏爱行草书。是因为大开大合，行云流水，静若处子，动若脱兔的行草书，正合我的性情，沉静内敛而又热情洒脱，天真烂漫而又心怀澄明。在激越的挥洒中，在飞舞、顿挫的线条里，我找到了自己，愉悦之情无以替代。只有在这里，我才能感受到生命的律动，摒弃俗世的杂念而归一。我非常赞同美学家宗白华先生的观点："行草艺术纯系一片神机，无法而有法，全在于下笔时的点画自如，一点一拂皆有情趣，从头至尾，一气呵成，如天马行空，游行自在。"当激情涌荡，寄情于行草，从头至尾，痛快淋漓而一气呵成，期待笔下的线条连绵起伏间，姿态生动而情趣勃发，流畅而无凝滞，以抒情写意，表达自己的真情实感，表现对生命的体验、对美的理解、对书法的感悟。

当然，这都是我理想中的境界，达到与否或许并不重要，重要的是我能于追求中体会心手双畅的愉悦，体味萧散超脱的心境，享受纵逸抒情的畅快，从而感受生命。这也许从另一个角度佐证了风格与人的关系——风格即人。

我不知道自己的书法作品，在评论家眼中风格如何，感受又怎样，我的草书作品是否也神机一片？但我知道，自己一直在努力地通过作品来体现自己的追求。

（原载《兰堂王文英书法墨迹选》、《中国名家书画》创刊号）

王文英 草书纳兰性德杂诗

"华夏辨画第一人"徐邦达

书画、文物、收藏界的人都知道，故宫博物院有个徐邦达，人送雅号"徐半尺"。意思是说他独具慧眼，鉴定书画时，常于画轴展开半尺之际，已辨出真伪，故海内外奉其"华夏辨画第一人"之美誉。中央电视台曾以"国宝"为名，为他摄制专题片。从此，"国宝"之称不胫而走。这个被称作"国宝"的老人，为了保护国宝不遗余力，数十年如一日，因而又被人称为"国宝护神"。

徐先生一生著述甚丰，迄今已付印的著作有《古书画鉴定概论》、《古书画伪讹考辨》、《历代书画家传记考辨》、《中国绘画史图录》等，还有一部启动于四十年代末，经过数十年边撰写、边修改、边出版的《古书画过眼要录》，累计一百六七十万字。这部著作是带有总结性的鉴考记录，资料翔实，包含了大陆及散落海内外的中国古书画珍品，有鉴有评。

出身商贾之家的徐邦达走上了书画鉴别之路，刚出道就栽了个大跟头

徐邦达祖籍浙江海宁，1911年出生在一个富殷的商人之家，家中富藏古书画。在这样的环境中诞生、成长，他天性中就有了一分对书画的亲近。还在少年时代，就开始浸淫于家藏的书画之中。

其父徐尧臣，虽为商贾，却性情儒雅，喜好文墨书画，在做丝绸生意之余，凡过眼名家书画，只要相中了，便会不惜重金购进收藏。

徐先生能有今天的成就，首先应该感谢开通的父亲。自古商贾，总是期冀自己的子女擅计锱铢，早早接过祖上的家业。但徐尧臣却非如此。当他发现儿子对书画的痴迷和超常的禀赋，就延聘了颇有名气的"娄东派"后劲画家李涛(醉石)来教儿子学习山水画。

初学伊始，徐邦达就系统地临摹了历代山水圣手名作。同时，他又师从赵时桐先生学习古书画鉴别，久而久之，他对各家运笔技法的揣摩鉴别，皆有心得。为博采众长，他又入书、画、鉴三者皆长的吴湖帆先生门下，也曾师从冯超然、陈定山诸名家。

自从沉浸丹青起，徐邦达就是创作与鉴别齐头并进的。这是他的特殊点，也是他高于单一书画家的地方。

徐先生画名日隆。当年与他一同寓居上海的一批才华横溢的青年人，时常一起雅聚，论书品画，探讨切磋。

经年之后，徐先生在回忆当年情景时写道："那时我们同住在上海市武康路一所僻静的小楼中，其中有一间北屋布置成日本的榻榻米式，方席寻丈，壁饰诸友合作的长幅杂画，不时邀集斯文朋友，对坐其中，吟诗作画，以消长日。那时经常见面的艺术界朋友有杨清馨、郑午昌、张碧寒、王纪干、陈定山……"

如今鉴别书画一言九鼎的徐先生，当年第一次实践鉴别就曾栽了个大跟头。

18岁那年，他看上了一幅据说出自清代王原祁之手的山水画。王原祁与王时敏、王鉴、王翚合称"四王"，他们不仅生前即已驰名画坛，而且身后影响更甚。徐先生一向偏好四王的山水画，他细细审辨良久，终以20两黄金的价格购下。可后来经明眼人鉴定，他重金换回的竟是赝品！

1937年夏，上海博物馆举办《上海市文

徐邦达 人物画

献展览》。徐邦达应邀协助这一展览的古书画征集、检选、陈列工作。这是他正式涉足鉴定的开始。

展览之后，博物馆的董事长、收藏家叶恭绰先生，又延聘徐邦达撰写了《上海市文献展览古书画提要目录》。痛惜的是，徐先生的这部处女作因为"八·一三"事变，叶先生匆忙离沪而不幸佚失。

四十年代，徐先生的画艺已名噪江南。抗战胜利后，他当选为中国美术家协会理事。此后一年，他又应聘为上海美术馆筹备处的顾问。这期间，徐邦达在沪举办了自己的第一个画展。

四十年代末，徐邦达迁居嘉定县城。在这里，他创作了大量的山水画及诗词，鉴赏水准也随之提高。回忆此间生活，他说："与画友孙祖勃君朝夕过从，讨论艺事，最为欢洽。"

《古书画过眼要录》正是从这时开始编撰的。当然，此时的徐邦达并没有想到这部书会延续一生。

为觅国宝他当起了"侦探"，短短数年，故宫博物院绘画馆成了佚失国宝聚汇之家

新中国成立，徐邦达与大收藏、鉴定家张珩一道，被新成立的上海市政府聘为文物管理委员会顾问，后调至北京就任中央文物局文物处业务秘书。从此，开始了以收集、鉴定古书画文物为主的生涯。

1953年秋，徐邦达赴故宫博物院参与绘画馆的筹建。

新中国初创时的故宫博物院的文物仅是昔日紫禁城藏品的十分之一，书画卷册就更是微乎其微了。紫禁城的藏品，除一部分古书画卷册被溥仪带到东北，大部分散落民间；剩余九成以上在解放前夕运去了台湾。

摆在徐邦达等人面前的是如何才能使故宫博物院绘画馆的藏品尽快地丰富起来。为此,他跋山涉水奔波于各地,悉心察访。任何一点信息、一点线索,他都不放过。赵孟頫是元代著名的书画家,他"荣际五朝,名满四海",是开中国山水画新风的大家。大概因其书名太盛而掩其画名,传世画作相对较少,愈显其珍贵。他仅存的几幅画卷皆为皇家收藏,《水村图》就是其中一幅。

北京琉璃厂,是徐先生经常光顾的地方。1953年一天傍晚,他照例来此徘徊,无意间竟在宝古斋发现了《水村图》的线索。店老板告诉他,前天有个来自东北通化市郊县大栗子沟的老者,到店里称其家藏有许多珍稀古书画,并开有一个单子,其中就有《水村图》。

老板见老者灰头土脸一副乡下人打扮,加之自己对古书画价值也有些懵懂,就没把这当回事。现在说给老相识徐邦达听,也只是聊博一笑。谁知说者无心,听者有意。徐邦达仔细看了单子,心一下就被《水村图》勾住了。

他记下单子的主人姓王,立即与东北的文物机构联系,点名要《水村图》,请他们快些派人到大栗子沟收购。去者是个书画鉴定的门外汉,花了200元,购得一帖有赵孟頫署名的卷册。

徐先生展开那购回的卷册,简直哭笑不得。赵孟頫的山水画,采用的是干笔勾皴的方法,姿态纵横,轶出旧轨,此卷虽墨色斑驳,年代久远,但绝非出自赵氏之手。为了《水村图》真迹,徐先生找到一位熟识的文物商,委托他去东北收购《水村图》。

这位文物商到大栗子沟,与王姓老者消磨了许多时日,交上了朋友。闲聊中文物商得知原委,原来那位收购员是以官方身份出现的,王氏怕露了底被国家无偿征收,所以才以假充真糊弄了他。文物商凭借私商的身份,以8000元买下《水村图》带回北京,徐邦达仔细鉴别后,认定是赵孟頫的真迹,遂说服文物局领导,加价二成,将卷册购回,由国家收藏。

徐邦达 竹树远岫图

五十年代，徐邦达听北京琉璃厂经营书画文物的靳伯声说，曾任国民党吉林省政府主席的郑洞国，率部起义时，曾将一些价值极高的书画珍品，藏在一个小皮箱中。皮箱中的珍品就是溥仪当年从紫禁城带出文物中的一小部分。这些珍品中有唐代人临摹的王方庆《万岁通天帖》。"万岁通天"是武则天的一个年号。据史载，武则天曾传问晋之书法家、书圣王羲之的后人王方庆有无王羲之手迹，王方庆遂进献了自十一代祖王导至曾祖王褒等二十八人书翰墨迹10卷。《万岁通天帖》就是这10卷墨迹的双钩廓填本。此外，还有五代后唐画家胡环的《卓歇图》，五代杰出书法家杨凝式的《夏热帖》，元代著名画家王蒙的《太白山图》卷等共5件。

民国成立十数年后，溥仪预感到紫禁城不可能成为久居之所。他请来宫中遗老，对宫中所藏文物字画清点核查，打上宣统御览之印，悄悄将其中1200余件书画卷册，带出紫禁城。先是藏于溥杰家，后又带到日本人卵翼下的伪"满洲国""都城"——长春。

1945年春夏之交，苏联红军攻入东北，溥仪仓皇出逃，"宫中"一片混乱，许多文物字画就此散落民间，不知去向。

翌年，国民党军进驻东北。郑洞国来到长春，他很喜欢字画，于是请来靳伯声为其代为收购。靳于此间为郑购了不少珍品。

为了征集书画珍品正日夜奔波的徐邦达，当然不会放过这个极有价值的线索。他开始追踪探访，得知1948年10月，郑洞国率部起义前，装有5件珍品的皮箱，始终带在身边。直到起义与解放军接洽时，才将皮箱交给负责接收的解放军部队。当时说是代管，但事后再无人提及此事。徐邦达了解到这些情况，立即通过有关人士查访当年负责接收的部队，终于在那个部队存放文件的保险柜中，找到了那只皮箱。

可打开皮箱一看，5件珍品只剩下两件，另外3件去向不明。徐邦达并未就此罢手，而是千方百计穷究线索，几经辗转，终于又找到了另外两件。

就这样，短短数年，徐邦达不辞辛苦，悉心查访，经发掘和抢救，绘画馆就汇集了3000多件"失散重聚"的珍品。

为救国宝，徐邦达"蛮横"挤占夫人的机会，面见李瑞环陈言

九十年代以来，许多文物被送上了拍卖市场。徐先生对此忧心忡忡，他担心文物珍品通过这一渠道流出国门。因而，他不顾年事已高，总是倾尽全力保护着国宝，不使它们流出国门。

一次，徐先生得知自己极其珍视的、流失民间的清代画坛"四僧"之一石涛的墨竹《高呼与可》要上市拍卖，便四处游说，希望国家出资买下这一珍品。

恰巧那些天，徐夫人滕芳女士正好因住房问题要面见全国政协主席李瑞环。她想让徐先生同她一道去，徐先生说自己没有什么事，就不去了，但希望夫人跟李主席谈谈购买《高呼与可》的意义。

滕女士深知徐先生向来把国事看得比家事重，却故意开玩笑说："我不谈。第一，我不是故宫人；第二，我不是徐邦达，不懂书画鉴定。要谈，你明天同我一起去谈。"徐先生默不做声回自己卧室就寝了。

躺在床上的徐先生，却无法合眼，半夜起身去敲夫人卧室的门，一边敲一边说，"我睡不着，我想明天还是和你一起去。但我求求你，明天去时不要谈住房的事了，谈《高呼与可》的事。你给故宫做件好事，我谢谢你了。"

第二天到李瑞环主席处，徐先生进门就谈购买《高呼与可》的事，他说："建国初期，国家经济比现在困难得多，但仍拨出巨款将'三希堂'珍藏的三部稀世字帖中的两部买了回来。"李瑞环当即表示《高呼与可》应该由国家购买。

从李瑞环那儿出来，徐先生异常兴奋，拉着夫人说："走，到昆仑饭店上海茶馆吃包子去。"滕芳嗔怪道："应该由故宫请客。"

这个被称为"国宝护神"的老人，为国鉴考、收购、征集传世名迹不下三四万件，而他自己家中除了自己的画作和仿真的古书画，几乎没有古董文物。谈到这一点，老人这样回答："作为鉴定家，既然姓了'公'，就不作个人收藏家。"

这个姓了"公"的鉴定家，"文革"结束从干校重返紫禁城，丢下锄头首先想到的还是利用有生之年，多为国家鉴考征集古书画作品。这时的徐先生已届古稀，可他不顾年迈，不辞劳苦带领杨新(现故宫博物院副院长)等一批中青年助手，跑遍了全国80％以上的省、市、区的博物馆、文管会、文物商店，对所藏古书画进行了一次综合考察。

此次考察车马劳顿，耗时五六年，行程数万里，鉴定书画作品约四万件左右，对一个古稀老人来说，确实太辛苦了。考察中，在青岛博物馆的次等文物堆中，发现了国家级珍品唐代临摹的怀素《食鱼帖》；在云南博物馆的参考品中发现了宋代画家郭熙的《溪山行旅图》，元代山水"四大家"之一的黄公望的《雪夜访戴图》等稀世画作。如若不是徐先生慧眼识之，这些稀世国宝的命运恐怕不是至今还压在箱底就是被随意处理掉了。

　　画艺、书艺原是"养在深闺人不识"，一朝出"闺"天下惊

　　1991年4月3日，台湾清韵艺术中心，人头攒动，热闹非凡，徐邦达画展在这里开幕。老先生清雅峻爽、功力深厚的山水画令台岛书画界为之倾倒。台湾故宫博物院院长秦孝仪、副院长江兆申以及其他书画界知名人士纷纷观看了画展。

　　令人感慨的是，此次画展距徐先生第一次画展，竟相隔了50年——半个世纪。

　　徐先生画展在台湾引起轰动的消息传至内地，许多人都盼着能一睹他笔下的风光。

　　1997年7月6日，徐邦达书画展在南京金陵艺术馆开幕，书画界终于可以大饱眼福了。

　　前来参加开幕式的国家文物局、故宫博物院以及书画界人士都大吃一惊，这么精彩的艺术，以往竟然不知。平日里，大家只知老先生是享誉海内外、一言九鼎的大鉴定家，却不知他也是丹青圣手和诗人。展览中的书法作品以及画中题款大都为老先生自己的诗作。

　　徐邦达因书画之缘而鉴定，因鉴定而每

徐邦达　行书白居易诗

日里与书画耳鬓厮磨。他做了国家的鉴定师，为了集中精力，为国家收集、鉴别大量的书画名迹，这个当年名噪江南的画家，数十年来未曾动笔创作书画。令人遗憾之余又非常感动。直到八十年代初，在他的学生、至交的一再怂恿下，徐先生才重拾画笔，人们也才有幸欣赏到他的书画艺术。

对于古迹名作，徐先生还具有摹以乱真的本领，这是他30岁以前的事了。现存加拿大的奚冈《松溪高逸图》摹本是他18岁时所临，现存新加坡的张中《芙蓉鸳鸯图》摹本是他24岁时所临。这两幅画作至今已经历了60多年风尘，那陈旧的面孔，令行家一眼望去竟觉真迹一般毫无二致。

徐先生的书法，同他的绘画一样，博采众长，舒缓而有节律，不弱不霸，沉静自若。他的书法，典雅中和中又透着清劲俊逸，如他的画，也如他的人。

已过米寿的老先生，从事书画创作和鉴定研究，已有70多个春秋，成就卓著，声名远播海内外。然而，他却常说："鉴赏古迹也罢，创作书画也罢，越深入就越觉得难了，需要解决的问题很多很多，我还没有学好呢！"

多么可爱又可敬的老人，面对着他，时光仿佛倒流了许多年。他仿佛就是满腹经纶而隐逸山林的名士，又像是虚怀若谷而抱负深远的仕者。

这就是他——被誉为"国宝护神"的徐邦达。

（原载《情系中华》1999年第10期、《新华文摘》2000年第2期）

欧阳中石
仰不愧天俯不怍人

欧阳中石先生是享誉学术界和书法界的著名学者。由于他的努力，1993年，首都师范大学创建了我国第一个书法学博士学科点，为我国培养高层次书法人才奠定了坚实的基础。

作为著名学者和书法教育家，欧阳中石先生桃李满天下。但我与先生相交多年，却从未听他说过一句自诩的话，也从未见他流露过一次自是的意思。相反，他却常说自己有一种惶恐、自愧的心境。这种心境，在他被聘为中国画研究院（现国家画院）院务委员时所作的一首诗中，得到集中的体现：

> 应运随时信自然，
> 区区小可负前贤。
> 不才竟忝黉门下，
> 恐误来人愧对天。

"得天下英才而育之，一大乐事也"

欧阳中石先生做了一辈子的教书先生，不仅学生多，学生层次多，而且教过的课程的门类也多得令人惊讶。

有一年的教师节，学生们照例去看望老师。欧阳先生心中充溢着幸福和快乐。他欣然挥毫，纸上落下了一行遒劲的大字："得天下英才而育之，一大乐事也。"旁注一行小字："及门敬我，我更爱及门。"师生间的诚挚之情都凝聚在先生的笔端。

1928年，欧阳中石先生出生在山东省泰安县。1948年高中毕业后，他在济南的一所小学执教，两年里，从一年级到六年级竟让他给教了个遍。1950年，他考入辅仁大学哲学

与欧阳先生在一起。左起王文英、欧阳中石、官双华

系，后又转入北京大学哲学系的逻辑专业。大学毕业后，他重执教鞭，先后在北京通县二中、通县师范学校和北京师范学院任教。

欧阳中石先生是个全能的教师。在20余年的教学生涯中，他的逻辑学研究和教学方法的探索齐头并进。改革开放后，教育的春天来了，欧阳中石先生开始了他孕育多年的初中语文教学改革实验。他自编教材，将初、高中的语文课全部设置在初中阶段。实验的结果，初三学生用高考试卷测验，成绩连续几年都超过高中毕业生。对此，新加坡和港台学者都表示极大关注。他们认为，这项改革成果如能推广，将是对中华民族教育事业的一大贡献。

北京师范学院（现首都师范大学）是欧阳中石先生从事高等教育工作的起点。在这里，他再次致力于逻辑学的研究和教学工作，不仅主编了中国逻辑语言函授大学语言的教科书《逻辑》，参与主编了《中国逻辑思想史教程》，还参与国家"七五"社科规划项目——五卷本的《中国逻辑史》的撰写工作。

从1985年至今，欧阳中石先生一直从事书法教育与研究。他认为，书法研究、书法教育必须立足于传统文化。为此，他以"书法与中国传统文化"（北京"九五"社科项目）为核心，构建了科学的书法学科理论体系，编著了《书法与中国文化》、《中国书法史鉴》、《中国的书法》和《名碑珍帖习赏》等专著，还主编了高等院校书法专业教材和师范院校书法教材。

如此几十年的辛勤耕耘，欧阳中石先生到底培育出多少弟子，连他自己也说不清。

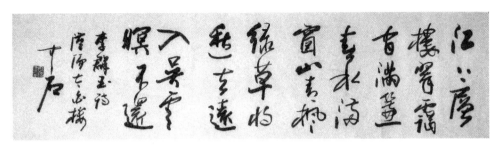

欧阳中石 行书李群玉诗汉阳太白楼

如今，学生们有的已成为社会科学领域的专家，有的成为著名的书法家。对此，欧阳中石先生说："我最大的心愿就是希望学生们能站在我的肩膀上尽快成长，做出成绩。"

"我的大门是敞开的，欢迎公平竞争"

一位慕名前来报考欧阳中石先生研究生的学生，因为考期已经临近，又因为得知先生门下许多成绩不错的弟子也要报考先生的研究生而感到紧张。他特意找到先生，忐忑不安地说："如果您已经看中了自己的弟子，我就不考了。"

欧阳中石看了看这个诚恳朴实的小伙子，微笑着说："我的大门是敞开的，欢迎有志于书法研究的学生到考场去，公平竞争。"

为了这句话，这位考生回去后起早贪黑，拼命复习了两个月，终于如愿以偿，成了先生的弟子。如今，他已经硕士毕业，正跟着先生读博士。他说："欧阳先生虽然享誉学术界、书法界，却始终保持着平易近人的儒者风范，从不以才高而自负，不因盛名而自矜，其胸襟之大，令人景仰。"

1995年，欧阳中石先生第一次招收博士生时，报考者众多。这名学生作为他的弟子也要报考。为了避免在招生和教学中出现差错，欧阳中石先生决定自己不命题，特别提议聘请了蒋维崧、金开诚、冯其庸、王学仲、沈鹏等山东大学、北京大学、天津大学、山西大学等院校的十几名著名专家、学者组成了博士生考试咨询委员会，负责命题和考试。最大限度地体现了公平竞争的原则，并将这个办法一直延用至今。

不仅如此，欧阳中石先生身边的学生，还时时刻刻感受着老师春风化雨般的温暖。

有位学生，虽然已过不惑之年，却免不了常出差错，而每当这种时候，先生便一定

儿子官珣与欧阳爷爷

严肃指出，绝不放过。但有一次，当一家电视台要为这位学生做专题报道时，先生不但应学生之邀接受采访，还从人品、学问、艺术修养上对学生做了十分中肯的评价。节目播出后，许多人都感到意外，但殊不知，老师的良苦用心，正是为了给学生以适时的鞭策与鼓励。

师者，传道、授业、解惑也。但在欧阳中石先生看来，授业解惑固然重要，但传道更为重要，为此，他在为学生讲授知识的同时，更注意培养学生的品行。他常说："做人要仰不愧于天，俯不作于人。不能苟且度日。"而熟悉先生的人，无不佩服他的道德修养，佩服他不以大道理喻人，而是以自己的言行来影响和教育学生。

还是1972年，欧阳中石先生在通县（现通州区）教书时，为了不耽误上班，每天都要起早贪黑从城里赶公共汽车。一次，车站上人很多，汽车刚开过来，等车的人就一拥而上，一个女孩被挤得失去了重心，倒向还在开动的汽车，欧阳先生小时学过京剧武生，他见事不好，立刻飞身上去，拉住了正要倒下的女孩。女孩得救了，他的左脚却被滚动的车轮碾烂，疼的昏了过去。后来，他被人叫醒了，觉得左脚热乎乎的，疼痛难忍。直到到了通县县城，他起身下车又疼昏过去，才被送往医院。醒来后，才知道左脚趾早已骨碎肉离。

从此，就只好借助拐杖走路，但个中原因，不论是他的学生还是往来密切的朋友，都很少有人知道。

左起李晓军、欧阳中石、王文英、叶培贵 　　欧阳中石先生在茗谈中国文化活动上即兴挥毫。右起叶培贵、韩启德、王文英、王岳川

"能做许多宗师的学生，是我最幸运的事"

欧阳中石上中学时，曾就教于顾谦、熊柏龄、崔复瑗、詹澄秋、滦调甫先生；大学时代又有幸在著名学者汤用彤、冯友兰、金岳霖、贺麟、张岱年、王宪均、汪奠基和邓广铭先生门下学习。以后，又陆续向季羡林、启功先生请益。对此，他常说："我在求学时能成为许多学界宗师的学生，这是我一生中最最幸运的事。"

欧阳中石少时学过京剧，模仿别人的举止总能惟妙惟肖。他在北京大学上学时，由于教师来自天南海北，各有自己的方言，所以他常常模仿他们讲话。在学生中，他是出了名的调皮鬼，所以金岳霖等先生经常用"调皮鬼"这三个字"夸赞"他。

有一次，他像往常一样在教室外摇头晃脑地模仿金岳霖先生说话，但平时早就被他逗得笑成一团的同学，这次不仅没笑，反而直瞪着眼看着他的身后。欧阳中石惊疑之下回过头去，见金岳霖先生就站在自己的身后。从此便总是躲着金先生，不想有一次狭路相逢，他刚要转身跑开，金先生却叫住了他，并和蔼地对他说："你太调皮了。"

　　不久，学校在贝公楼组织演戏，欧阳中石参加了，金岳霖先生也来看戏。事后，他特意找到欧阳中石，对他说："你的戏演的很好。"此后，又过去了几十年，直到去世前，金先生还对探望他的朋友说："欧阳那时候好调皮啊！"

　　欧阳中石先生年轻时与齐白石先生的三子交友甚厚，常到齐家去玩。一次，白石老人说，要教他画画儿，让他先画上几笔看看。可从未画过画儿的欧阳中石却不知从何下笔。情急之下，他见墙壁上挂着白石老人画的葫芦，便灵机一动，照着画了一个，可本来圆圆的葫芦，却被他画了个方棱出来。白石老人指着方棱问他："这地方怎么这样？"欧阳中石回答："给挤了一下。"白石老人笑了："你真调皮，你要是不会画画儿，就不会有这一笔喽！"

　　尊师、爱师、敬师是欧阳中石先生的一贯作风。有一年，张岱年先生出版论文集，请他题写书名，欧阳先生非常高兴。他欣然命笔，在"张岱年文集"中加上了"先生"二字，表示了对先生的崇敬之情。但张先生在文集出版时，去掉了这两个字。

　　去年，河北出版社准备出版张岱年全集，又请欧阳中石先生题写书名。此次，他仍在"张岱年"之后写上了"先生"二字，并说："先生就是先生。"之后，他把题写的书名交给出版社并请他们征询张先生的意见。张先生当即致信欧阳中石表示感谢，但在书出版时，依然去掉了"先生"二字。

（原载《中华英才》1998年第24期）

沈鹏先生的"三余"世界

　　诗、书、画、文，乃中国传统文人终生所追求的。

　　沈鹏先生诗、书、画皆能，是现今文化界著名的文人之一。我知道沈鹏先生大名已有许多年，而与先生真正相识不过年余。

　　我与沈鹏先生的接触缘于我要出版一本自己的书法作品选集。作为一个学习书法二十余年的人，出版一本作品集可以说是一个凤愿，从心里希望做得好上加好。自己认真创作、甄选作品，希望题签者是自己敬慕如沈鹏先生这样的书法名家。

　　于是，我求助于与先生相熟的朋友，心里却有些忐忑不安。不想，朋友一口应承，并告之没有问题。果然半月余，朋友打来电话说先生已提就，而且写了数张，从中选出了满意的一张。

　　我与先生素昧平生，自己不过书法界的一个晚辈，先生能如此认真，感动之余遂产生了采访先生的愿望，于是便有了如下的访谈文字。

　　书法：无心插柳柳成荫

　　与沈鹏先生的谈话中，听到这样一个故事。二十世纪八十年代，他要出版一本书法作品的小册子，遂请李可染先生题签。数日过后，在一次会议上，沈先生偶遇李可染先生。可染先生说，嘱托未忘，只是为了慎重，连写几遍都不满意，还待满意再奉上。沈鹏先生深为老先生的严谨风范而感动。而今天，我也深为沈鹏先生的严谨风范而感动。

　　与沈鹏先生一起谈话是一种享受，你会时刻感受到他身上凸显出的一种人格魅力，一种艺术的魅力，而不仅仅是增长学识见闻。

　　河南省孟津县，是明末清初的大书法家王铎的故乡，其地喜好传统文化的父老乡亲无不以王铎为自豪，遂兴建了王铎书法馆。与王铎书法馆遥遥相对的便是沈鹏先生的书

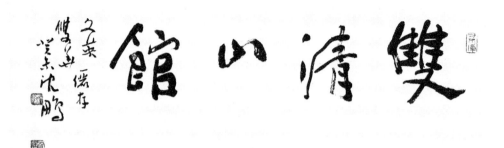

沈鹏题双清山馆

法艺术馆。沈先生是江苏江阴人氏，王铎故乡人缘何要为他建立书法艺术馆？我想，至少在孟津人眼中，沈鹏先生与王铎一样，是一位引领时代书法艺术的大家。

现任中国书法家协会主席的沈鹏先生，虽然童蒙未开就开始练字，写大仿、临帖，但却从未想过自己有一天会以著名书法家而称道于世，更不要想会成为中国书法家协会的领头人。这正应了中国人的一句老话"无心插柳柳成荫"。

沈先生的故乡江阴是个富饶、美丽的江南小城，也是个人才辈出的地方。上个世纪三十年代的第一个年头，他便出生在这里的一个教师家庭。由于家庭良好的文化氛围，使他从幼年起就与书法、绘画、诗词结了缘。而他开蒙最早的还是书法，从那时起，毛笔便在他的生活中扮演了很重要的角色。

一个人的童年生活，常常会镌刻心岩，浸透整个生命旅程。沈鹏5岁时便开始练字，暝暝之中似已注定与书法有缘，只是他自己从没有刻意为之。

到了五六十年代，随着自来水笔的大量使用，毛笔逐渐远离了中国人的生活。但沈鹏不然，他始终用着毛笔。他喜欢中国传统的书写方法，不管多忙、多累，他也要坚持用毛笔写字。久而久之，那管毛笔在沈鹏的手中犹如魔术师手中的魔棒一样而得心应手，运转自如。

读帖、临帖交替进行，是古来学习书法的重要途径。而临帖在沈鹏先生也是30岁以后的事。他认为，这样的年龄可以不受某一家某一派的影响。我想，他说到的这个经验也许会对学习书法的人有所启示。

沈鹏先生学习书法由赵孟頫而进入王羲之，后又学习欧阳询，再从王铎、米芾、杨凝式诸家汲取营养。不想经年之后，竟成为闻名遐迩的书法大家，其书法艺术为海内外所注目，书法作品价值日隆，收藏热也悄然升起，遍及海内外。赵朴初先生曾夸赞沈鹏先生书法"大作不让明贤，至所欣佩。"启功先生则评介说："（沈鹏）所作行草，无一旧时窠臼，艺贵创新，先生得之。"

沈鹏先生书法墨迹有《沈鹏书杜诗二十三首》、《沈鹏书归去来兮辞》、《沈鹏书白居易长恨歌、琵琶行》、《沈鹏书法选》、《沈鹏书法作品集》、《岳阳楼记（长卷）》等十余种。

1982年，沈鹏先生应邀在日本新潟佐渡岛南端的小木町举办个人书法展，展出的地点是在当地的一个业余美术展览馆。这在别人也许会心中不快，在"业余"美术馆办展，岂不辱没了著名书法家的名声。沈先生对此却毫不介意，他在《沟通》一文中这样说："我算不算'业余'书法家呢？这并不重要，这些年来社会潮流越发把我推到'专业'地位，可是想想古代有多少传世书法家是'专业'的呢？'业余'对于他们来说是锦上添花，是意味着'兼能'，我要是称得起'业余'书法家该有多好！"

展览结束的那一天，一位远道而来的青年农民看完展览感慨道：我没有专门练过书法，我用自己的心境去揣摩您的作品，我觉得您的作品有超脱的心境……"

可重复性是中国书法的特点之一，这既是优点，也是缺陷。这使学习书法的人极容易重复前贤，重复自己，尤其是成名的书法家，更多守成者。而沈先生对吴昌硕、齐白石等人的衰年变法常感慨于心，非常钦佩，常说别人越是看重自己的书法，自己越应该努力，努力是终生的事。他以为艺术"真"是第一义的，"善"与"美"以"真"为本，脱离了"真"，"善"便不那么可信，"美"也未必可爱。

沈鹏先生参与的各种展览，一年之中少说也有几十次，而每一次他都精心创作，反复推敲、斟酌，绝少雷同之作，这是许多有成就的艺术家望而却步的事情。就是别人索求或馈赠于人的作品，他也都认真对待。行文至此，想起先生给我的题签，真正体会了先生为人为艺的真诚和执著。

由此，我也体会了，沈鹏先生于书法何以无心插柳柳成荫了。

作诗：吟咏不绝的诗人

《燃烧的诗梦》是友人书法家、诗人萧风读沈鹏先生诗作与书法有感而作的评论文章。文中不仅记述了他与沈鹏先生交往的师生之谊，更以一个诗人的情怀感受诗人，以一个书家的情怀感受书家。可以说，我正是从这里开始进入沈鹏先生的诗境的。虽然这之前我曾拜读过先生的诗，也曾与先生谈论过诗。

应该说，诗在沈鹏先生的生活中举足轻重，且行且吟是他这许多年来的生动写照。

沈鹏先生的诗梦始于孩童时期。从小学到初中，他师从亲戚中的一个清末的举人章松庵学习诗词。别人不容易学会的平仄，十二三岁的他用了半天就基本掌握了。但沈鹏先生真正诗兴大发并开始创作旧体格律诗却是在不惑之年以后。他的诗作让人真正体会到什么是厚积薄发，一发而不可收。他于今结集出版了诗集《三余吟草》、《三余续吟》，而他未收入集子的诗词还有很多。

二十世纪九十年代末的一个夏秋之交，他应邀到京郊的著名风景区龙庆峡休闲游览观光。晨起外出散步，忽见一位老农夫牵着马，悠闲地行进在山野道中，其情其景仿佛一幅平和恬淡的水墨画。这使他不由想起小时候的乡间生活，想起骑马的乐趣，非要再一试身手不可。此时的他已过花甲之年 ，却坚持不让人扶，自己跃上马背，那兴奋劲儿一如孩童。他的诗作《聊发》，便诞生在这个诗意的清晨：

> 清晨聊发少年狂，
>
> 一马轻骑过土岗。
>
> 驯雅了无雄杰气，
>
> 笑吾自谓伏龙翔。

海南三亚海边巨大的岩石上，镌刻着沈鹏先生的草书，线条灵动，舒缓自如，苍劲有力。

　　这首诗作不禁使人联想到东坡先生的"老夫聊发少年狂"的著名诗句。无论时空如何轮转，诗人的情怀却是共通的。

　　沈鹏先生的诗有题画诗、贺诗，也有论艺、记游等，题材十分广泛。无论长诗，还是绝句；无论见景生情、感物兴怀，还是寄寓哲思，都记录了他对艺术的真诚，对生活的热爱，对人生的感怀。著名的鉴定家、书法家杨仁恺先生称赞他的诗："句句珠玑，既有前贤锤炼警语的融会贯通，又有深厚的生活经历，两相结合，出语新颖，而富有时代感，虽形式为旧体诗词，而内容却与现实紧密相连，朗诵起来有如读白乐天的诗篇，娓娓动听，使人兴奋不已。"

　　诗与书法贯穿了沈鹏先生的艺术生涯。对书法本质的追求，沈鹏先生谓之"探索'诗意'"。他的书法因为诗而散发着浪漫气息，更具韵律美与节奏美；而他的诗则因书法更富意象之美、音乐之美。

　　沈先生性喜游历，年轻时因为种种原因未能如愿。二十世纪八十年代开始离京外游。每游必有心得，有心得必有诗作。即使在国外访问，作学术讲座，他的诗作亦源源不绝的问世。

　　无论他走到哪，无论他做什么，他那颗诗人敏感的心都在感受，在思索，诗句徘徊在他的脑际，在别人谈天论地的时候，先生的诗作便诞生了。杨仁恺先生曾称沈鹏先生为"吟咏不绝的诗人"，是一个"诗痴"。

　　沈先生将自己的诗集题名曰"三余"，是借用三国时董遇惜光阴的典故。董遇曾对欲从其学者说"读书百遍其义自见"。当对方回答他"苦渴无时"时，董遇说："当以三余"，又解释道："冬者岁之余；夜者日之余；阴雨者时之余也。"这"三余"正是沈鹏先生勤奋精神的写照。

因为勤奋，笔和本就成了他不离身的宝贝，无论他走到哪，无论他做什么，这两样东西始终不离身。一时找不到，先生会失魂落魄，无论如何也要找到才心安。

一次，他在珠海举办展览。晚间收拾行囊，忽然发现笔不见了。一时间手足无措，随行的人只好帮他将已打好的行李又逐一打开寻找，当笔从行李中的衣袋里找出时，他才如释重负。

编辑：一生甘做嫁衣而终不悔

沈鹏先生以书法名于当世，而其一生的职业则是常被人称作"为人作嫁衣裳"的编辑。

经他手主持和编辑出版的图书500种以上。其中工程比较浩大的有《中国历代绘画——故宫博物院藏画集》和中日合编的３３卷本的《中国石刻大观》、《中国博物观》。作为出版界的精英，他历次被聘为国家图书奖评委会委员，并担任领导职务。

沈鹏先生虽然从小有多种兴趣，却对新闻行业情有独钟，希望自己成为一名为公众代言的报人。建国之初，新华社招考学员训练班，要求大学毕业或同等学历，录取率十比一。当时刚读大学一年级的沈鹏得知后决意投考。在与众多大学毕业生的竞争中竟然顺利过关。这个奇迹要归功于他良好的外语基础和文学功底，以及大学时代阅读过马克思、列宁的著作。

从此，沈鹏先生离开江阴来到北京。可他没有想到学成后并没有如愿成为一名新闻记者，而是服从组织分配，来到人民画报社当了一名编辑，1951年转入刚刚成立的人民美术出版社。

也许因为沈先生从小体质弱，对能否胜任新闻记者自己心中没底，也许是因为作为人民美术出版社的编辑距离自己热爱的书画艺术很近。总之，他一生没有想过离开编辑职业，在人民美术出版社供职至今。

沈鹏先生对美术的热爱和审美观是从儿时奠定的。他从小学习书画，从老师那里知道书画作品要讲求格调，强调文气，久而久之，他鉴赏的眼力可想而知。

常听人说编辑是"无名英雄"。沈鹏先生之为编辑，却可谓"无名英雄"之"无名英雄"。他到出版社不久即任职于总编室，一边为作者服务，一边为编辑服务。他参与了许多书籍的编辑工作，却很少署名。编辑的职业使他养成了全面、客观、辩证看问题的好习惯。这些都为他日后成为著名的美术评论家奠定了良好基础。

著名的美术理论家李松在《行云卷舒——读沈鹏论诗书画文章》一文中说："编辑、审稿本身就是一种评论。"沈鹏先生自己也是这样认为的，他说："评论几乎可以说是编辑的孪生弟兄。做编辑工作天天看画稿、论著，权衡取舍之间，其实就是一种评论，只是没有形成文字而已。"

他因编辑美术书籍而开始关注美术动态，从而成为著名的美术评论家。启功先生曾说"仆与沈鹏先生逾三十载，观其美术评论之作，每有独到之处。"除"文革"期间散失的70余篇评论文章外，沈鹏先生至今发表了百余万字美术理论、评论文章，出版了《沈鹏书画谈》等两部论文集。

沈鹏先生的成就是多方面的，大都因为书法的盛名所掩。诗、书、文都为先生之"余"事。先生有方自用图章，只刻一个"余"字，是指他的诗、文、书、画都是编辑工作之余所为。他对编辑工作的热爱终其一生，并且取得了骄人的成绩，成为我国著名的编辑出版家。

（原载《中华英才》2004年第12期，《情系中华》2004年第1期）

100

狂草世界共逍遥

——由王冬龄书法艺术展所想到的

主题冠以"共逍遥"的王冬龄书法艺术展无疑是成功的。我想，这个展览应该是达到或超过了主办者预期的目的，也是我所见到的为数极少的成功的书法展览之一。但给我印象独特、深刻却是唯一的。因为这个展览，我联想到很多有趣的问题。

从事书法艺术的人都知道，作为书法展览，在当下的文化背景下，能引起欣赏者的共鸣，是相当不易的，可以说这基本是停留在书法家的个人意愿中。

现今的书法展览，就像是一个行业内的汇报展，来者大都是朋友，而且以圈内居多，开幕式过后，展厅中便冷冷清清，鲜有人进。即便这样，书法家还是热衷于举办展览，这毕竟对于他们，不能说是唯一但却是重要的一个展示窗口。谁都渴望成功，渴望着自己的艺术劳动被承认，那么展览就是有效的途径之一。很多的书法家都和我一样，只能无奈的默认这种冷清的局面存在，不知道用何种方式才能让这古老的，曾经几乎沉寂的艺术，深入现今这些喜欢热闹、浮华而又挑剔的观众的内心世界。至少到昨天，我还这么认为，当今书法家的创新精神和探索步伐，远离了他脚下的土地，就像充满氢气的气球，越飘越高，使书法这阳春白雪的艺术愈加悬在了空中。

在"共逍遥"展览上。左起王文英、王冬龄、官双华

　　当我走进王冬龄在中国美术馆的个人书法展，当我在展厅中倘佯了一圈之后，我想，有必要修正自己固有的认识。

　　今天是王冬龄"共逍遥"书法展的第四天，既非开幕式，也非周末，展厅中观众不断，且多是"回头客"或听说后慕名而来者，男女老少皆有。赞叹之声，不时入耳，其中不乏年长者。这便诱发了我的好奇心。反观通常的书法展，即使宣传做的很到位，引来众多观众，而以现今欣赏者与创作者之间的审美落差，往往是遭遇的批评多于肯定，能如此在传统与现代之间找到契合点而获得成功的展览，我还是第一次遇见。

　　其实，这个展览的宣传多在圈内的媒介，而非大众传媒；且王冬龄也是当今现代书法的一方领军人物，其展览中不乏这样的作品，何以会产生这样的审美共鸣？这是一个很值得思考和探讨的问题，我们从中或许可以得到许多的启示。

　　现今的展览大多都有主题，但内容却往往不能与之相互映发，显得支离破碎，令人印象模糊。而王冬龄"共逍遥"书法展给我最为深刻的印象之一，却恰恰是其鲜明而突出的主题，这是因为展览内容与主题的契合使然。

　　王冬龄书法展的主题——"共逍遥"，三个潇洒自如的盈米大字，列于展厅中央，背衬同样挥洒自如，纵逸奔放，墨色淋漓，长达数十米而占据整面主墙的巨幅草书。站在展厅中央，迎面的满墙云烟，似云若雾飘浮而来，令人震撼，在强烈的视觉冲击之下，在笔走龙蛇之中，感受着老子的《道德经》，不由心生"逍遥"之感。回首两边的

梁柱上，"逍遥有能事，感激在知音"的杜甫诗集联，字径尺余，笔墨气势如虹，而诗句简远的意境，分明是作者心迹的剖白。再回首两边的魏碑、楷书作品，由动而静，在慢慢诵读《坛经》、《论语》中，体味笔墨动静之间的美妙神奇。欣赏者在自在逍遥的审美过程中，渐渐走近创作者，而生共鸣，而"共逍遥"。

匠心独运的整体构思设计，全方位地展示了作者对于书法艺术的探索、追求、理解与思考。

王冬龄所在的中国美术学院的现代书法中心，是以书法的现代性探索为主的，其本人也可谓这一方的领袖。一直以来，他的书法创作，穿梭于传统与现代之间，构建许多桥梁，以期表现古老艺术的当代性。其作品可以概括为四类，正如他在《享受现代书法的智慧》一文中所说：一类是在画报上创作；第二类在趣味上传统，构图、章法上有突破；第三类应用绘画手段，来增加书法表现技巧；第四类作品则为观念作品，书写内容上为流行歌曲、外国诗歌，形式上采取

现代汉语的横写。

"共逍遥"展览，可以说囊括了这四类作品。但作者将趣味上传统，构图、章法上有突破的作品放在了最显著的位置。如主厅，覆盖整面弧形主墙的巨幅草书作品《道德经》；侧厅主墙上同样占据整个墙面的草书《逍遥游》；横陈于展厅门廊处，数米长一劈为二的原木上所书《易经》句："天行健，君子以自强不息；地势坤，君子以厚德载物"的联句；梁柱上的草书对联，以及魏碑、楷书作品等。

这些作品以趣味上的传统吸引欣赏者；以构图、章法上的新颖，强烈的视觉冲击力打动欣赏者。从而形成强烈而浓郁的水墨氛围，为整个展览烘托了主题——"共逍遥"于水墨世界。而回廊上的其他三类以现代元素为主创基调的作品，则让观众领略了作者旺盛的创作力和丰富的表现手法，体味其逍遥笔墨的能力和情趣。

展览的另一大特点，便是作品内容、形式，构图、章法上的大胆突破，给人耳目一新的视觉享受。

众所周知，书法传统的创作模式，不外乎条幅、对联、中堂、斗方、手札等几类，装饰不外乎轴或框，书写内容多为诗词歌赋文，现今的展览大多延用这些。而王冬龄书法展，在作品形式、构图、章法上大胆突破，不仅在传统的宣纸上创作，而且在画报上，甚至是原木上创作。书写内容也不局限于传统的诗词歌赋，还有流行歌曲、外国诗歌；形式上延续传统的竖写方式，又别出心裁地采用现代汉语的横写。利用文本的连接方式，通过书法家的艺术直觉，使作品更具时代精神、文化背景和内涵，在视觉上也更为丰

富。除此之外，还应用绘画手段，以增加和丰富书法的表现技巧。特别是《道德经》、《逍遥游》等，趣味上传统的巨幅草书，在章法、表现方式上的突破，更增强了渲染，以及视觉的冲击力和审美的感染力。

这个展览成功的另一个重要因素，我想，应该是展示了王冬龄对草书的理解、表现和演绎。

展览中的巨幅草书，特别是其侧厅主墙之上的《逍遥游》，如瀑布流泻而下，逶迤地面。满纸云烟，气势磅礴而神采飞扬。点画自如中透着天真烂漫，而一点一拂又皆有情趣，从头至尾，一气呵成，如天马行空，游行自在，传达着作者游弋笔情墨趣的逍遥和情致。墨色的浓淡，线条的枯湿，章法的欹侧错落，凡我所能体味到的草书的美感，所能想到的草书的元素，无不包融其中。

相传草圣张旭之草书变动犹鬼神，不可端倪，但遗憾的是，所见其流传作品却不足以让人体味传说，而王冬龄此幅作品，却让我真切地感受了草书的魅力和它的浪漫品质。

（原载《青少年书法报》2008年24日）

传承与超越

——卢禹舜先生绘画艺术的现实意义与当代价值

　　山水文化在中国文化中占有相当重要的地位。山与水不仅喻人，而且被赋予了一种象征，一种诗意的精神寄托，即人与自然与天地的精神沟通。所谓"智者乐水，仁者爱山。"山水画正是这种文化的产物。

　　中国古代的文人士大夫之所以喜爱山水而贵山水画，正如宋代山水画家郭熙在《山水训》中所分析的："丘园养素，所常处也；泉石啸傲，所常乐也；渔樵隐逸，所常适也；猿鹤飞鸣，所常亲也；尘嚣缰锁，此人情所常厌也；烟霞仙圣，此人情所常愿而不得见也。直以太平盛日，君亲之心两隆，苟洁一身，出处节义斯系，岂仁人高蹈远引，为离世绝俗之行，而必与箕颍埒素，黄绮同芳哉！《白驹》之诗，《紫芝》之咏，皆不得已而长往者也。然则林泉之志，烟霞之侣，梦寐在焉，耳目断绝；今得妙手，郁然出之，不下堂筵，坐穷泉壑，猿声鸟啼依约在耳，山光水色滉漾夺目；斯此岂不快人意，实获我心哉？此世之所以贵夫画山之本意也。"（《宋人画论》湖南美术出版社）

　　由此，我们知道中国画不是简单的造型艺术，不能简单的以纯艺术的形式来框量、理解和观照。它是寄托了文人士大夫的人文理想的艺术，是文化的艺术。中国山水画追求的是"象外之象"，尚意而畅神，即所谓"圣人含道暎物，贤者澄怀味像"，"云水观道"。可以说，中国画是一种注重精神追求的艺术。

　　中国山水画由魏晋而宋元而明清，走过千余年漫长的岁月，有着辉煌的历史，在积淀优良传统的同时，逐渐走向了程式化，逐渐失去了艺术鲜活的生命力，也逐渐失去了本来的诗意的追求。

　　时代精神因时而变，审美理想同样也是因时而不同。现代山水画大家黄宾虹先生就曾经说过："古今沿革，有时代性"（《黄宾虹谈艺录》）。汉代的艺术质朴、大气，唐代的艺术崇高、恢弘。我们喜欢这样的艺术，但却不可能艺术地再现这样的艺术，

卢禹舜 域外写生

只能简单机械地模仿。因为我
们不可能像汉人或唐人那样生
活，那样看待事物，那样感受
事物。我们所赖以生存的环
境，文化背景、时代精神、审
美理想早已因时而变。清季书
画名家石涛就此早已做出过论断：笔墨当随时代。

文化史的发展就是不断地继承、扬弃与创新的过程，艺术史是如此，作为中国特有
的绘画种类的山水画也是如此。

百余年来，中国山水画家，以开放的态度面对世界，以借鉴西画的行旅写生来革新
中国山水画的困顿之境，以框正时弊，师法自然取得了成功，涌现出许多杰出的画家和
经典作品。但任何事物的发展，都是积极与消极共存的，山水画的百年革新也不例外，
在师法自然的同时，多少丢掉了由自然而主观，由技而道的精神追求，既"外师造化"
而"中得心源"。现代的山水画家中的革新者多走入了一个怪圈，多以西画来观照中国
山水画，希望藉此而光大中国的山水画，使其焕发新彩。遗憾的是，却从一个极端而到
另一个极端。

当代油画大家、书法家朱乃正先生在"悟象化境"油画展序言中说："若用西方古
典哲学观念的语言，就无法理解和准确表达我们的语言之奥义，而译成对应的英文。然
而使用西方现代哲学的观念，则尚能译出。殊不知，其来源恰是我们古已有之的中国哲
学，只是被西方近现代学者巧妙地借取之后，一反弟子之志而俨然成'师'。若我们一
味盲目借鉴西方，误认为其为先行者，急于与西方（国际）接轨，不啻是身甘称臣而只

卢禹舜　唐人诗意

能随其影尾，导致我们自离优厚的文化传统，又自废安身立命的精神家园，实在是令人痛心疾首的本末倒置。"

朱乃正先生的言辞虽然有些激烈，但不无振聋发聩的警醒作用。中国画与西画属于不同的文化归属，差别不只在技巧方法，而更主要的是文化背景、审美追求、生活趣味和感受自然与表现自然的方法。现代美学家宗白华先生在《中西画法所表现的空间意识》一文中就有过精辟的论述，他说：

"西洋画在一个近立方形的框里幻出一个锥形的透视空间，由近至远，层层推出，以至于目极难穷的远天，令人心往不返，驰情入幻，浮士德的追求无尽，何以异此？

中国画则喜欢在一竖立方形的直幅里，令人抬头先见远山。然后由远至近，逐渐返于画家或观者所流连盘桓的水边林下。《易经》上说：'无往不复，天地际也。'中国人看山水不是心往不返，目极无穷，而是'返身而诚'，'万物皆备于我'。"

虽然宗白华先生所论仅限于中西画法的空间意识上的差别，但由此可推见中西方审美追求上的差别。以开放的态度对待外来的文化艺术是值得肯定的，但前提是必须植根自己的本土文化。

中国的山水画由客观世界而主观精神追求，即生活精神、文化精神。由山水而归于人生，归于人生的真切关怀。既要生活的实在，又要生活的空灵，由晦暗疏远而变得澄明亲近。总之，人要在世界宇宙这个广袤家园中生活得惬意自在。这便是天人合一的世界观，反映的是中国人出入生活，出入自然的变通智慧。

卢禹舜　八荒系列之一

　　在今日，继承与创新，依然是中国山水画界最为有意义、有价值的课题，如何在历史与现实，传统与现代之间找到一个恰当和谐而又独特的语言和表现方式？这是每一个山水画家所面临的重大的课题。

　　卢禹舜先生的绘画实践，将传统的人文精神与时代精神巧妙地结合，成为当代山水画家继承与创新成功的范例。不仅拓展了中国画的表现领域，而且丰富了中国画的表现技法。他的绘画既是现代的，也是历史的；既是写实的，也是诗意的。

　　他用新的图式、新的笔墨语言，新的色彩理念和表现方式，将现实的美，经过主观情思的熔铸与再造，在传承中国山水画的诗意境界的同时，更赋予了绘画超越审美价值之上的精神寄托。他的绘画尤如一剂清凉的山风，一股清澈的泉水，一份宁静，一份超脱，一份醇

与卢禹舜先生在2008中国画坛学术提名展上

美的诗意，一种精神的回归，更给欣赏者以审美之外的启示与思考。在艺术价值之外，更多了思辨的哲学意义。在当今这个浮躁喧嚣的世界尤显其价值所在，更加突显其现实意义。

卢禹舜先生绘画的特点与现实意义，我以为至少有以下几点：

首先，他将时代精神融入传统的诗意境界。有人说卢禹舜先生的绘画与传统的山水画没有必然的联系。我以为恰恰相反，他的山水画虽然已没有传统山水画的外在的表现形式，但精神内核却是本土文化——传承的是中国山水画所传达的那种形之上的诗意境界。

卢禹舜先生认为"山水精神反映的是山与水的关系与天地万物的关系和与人的关系。这几个关系体现的是一种理念精神、内在结构和自然关系和自然感受，也就是天、地、人三位一体的本质关系。"这个观点体现的正是中国山水画的文化旨归，也体现了中国传统文化中的"天人合一"的世界观。

他正是以这样的世界观来指导自己的艺术实践。无论是他的"八荒"系列，"唐人诗意"，还是"域外写生"；无论是浑厚苍茫的荒原，域外的现代都市街景、教堂，还是画家头脑中的唐人诗意，他所传达的文化精神，人文情怀是东方的，中国的。是以一种中国人特有的浪漫、细腻的笔触，将写实与浪漫巧妙地构建在一起，在写实中充盈着浪漫而又神秘的诗意境界，雍容典雅，清澈澄明而不染尘埃。

表现"大境界、大风格、大美感"的"八荒"系列，以其特有的地域情怀，表现养育之地——黑土地的广袤苍茫、浑然无迹与神秘无涯。这是他胸中的自然，是他胸中的家乡，静谧而又充满了梦幻般的神秘色彩，横无际涯，气象万千，同样氤氲着浪漫的诗

卢禹舜工作室京北写生

意境界。

这些绘画在内容上超越了客观自然，而上升为主观自然，给人以无限的遐想空间。

其次，我以为卢禹舜先生光大了中国山水画对自然的感悟和观照。不仅突破了物理空间的束缚，而且在形式语言上的创新，赋予了绘画更多的意象表现。这是他的绘画的又一显著的特点。他的独特的绘画语言和表现形式，不仅丰富了中国山水画的表现力，更增强了它的感染力。

卢禹舜先生在绘画中没有描绘具体的物象，而是一个个具有象征意味的符号。正如他在《八荒通神》序言中所说的："山水画是表现中国人空间意识与精神空间的一种方式，应通过对具体有创造性语言的运用和对具有超越存在的生命形象的选择，而赋予画面以奇妙的精神氛围。"又说："在山水画创作中，往往不做具体自然景象的描摹，而偏重于象征意义的宏观景象与自己认为有文化意味的形式符号的表达；作为静观审美活动与实践，它们是我的物我默契、神合为一、独立自足的精神境界，也是我面对自然时敞开胸襟，抒发心中情怀与美学意愿时，自觉不自觉的审美观的自然流露。"

"唐人诗意"系列绘画，让欣赏者感受到的不仅仅是他用心感悟自然的方式，更为主要的是领略他那独特的审美观与人文情怀。作为艺术家，卢禹舜先生对于唐诗的理解，并不像传统的绘画那样局限在具体的诗句或诗本身的意境或自然景物的图解上，而是表现唐诗的浪漫瑰丽、唐人的精神气质与美学理想——一种和谐的人与自然的关系。

唐朝是一个充满生机和活力的朝代，博大的胸怀，高涨昂扬的进取和创造精神，铸造着这个伟大时代的美学理想——昂扬向上，雄武健美，矫健奔放，崇高华美，雍容典雅，各类艺术无不表现着这一最富有时代精神的美学理想。包括文学在内的各艺术门类出现了"盛唐气象"，作为唐代文学的代表——唐诗更是如此。"唐人诗意"所表达的正是画家头脑中的"盛唐气象"。那些看似毫无关系的鸣禽、花草、幽林、溪谷、鱼虫、人物等等，因为他的经营而共处在同一个画面中，不可思议地达到了一种空前的和谐之美，而有了新的意义。更不可思议的是如果抽掉了画面中的任何一个元素，你都会觉得欠缺而不完美。

从某种意义上说，我以为卢禹舜先生的山水画，更像宋诗，有着非一般绘画意义的理性观照，在绘画的精神寄托之上而多了哲思。

"矛盾"的巧妙运用，体现了卢禹舜先生又一匠心独运的绘画理念。

人们都知道，营造"矛盾"是文学创作中常用的表现手段，而我在卢禹舜先生的绘画中明显地感受到他巧妙地运用了这种文学创作的手法。在他的绘画中，静与动，阴与阳，明与暗，实与虚，现实与浪漫，特别是"静观"的方式与"无限"的境界，这些对立统一关系的巧妙运用，大大地增强了他绘画的表现力和感染力。

"域外写生"系列，虽然尺幅有限，却有着无限的张力。在表现欧洲自然与人文美的同时，更赋予了中国文化所特有的诗意情怀。古堡、教堂斑驳的墙壁与现代都市的街道、汽车；古老的暗淡色调与现代明丽的色彩；历史的厚重、沧桑与现代的明快；城市文明与自然的质朴，被画家巧妙地浓缩在尺幅之内，在都市文明的喧嚣嘈杂中，蕴含了虚静淡远的中国式的浪漫诗意，更有着超越画外的历史与现实的思考和精神内涵，正如每幅写生画的文字注解。这些矛盾，这些冲突的巧妙运用，不仅没有丝毫的牵强生硬，反而达到了一种妙不可言的和谐境界，将中国的水墨艺术发挥得淋漓尽致而焕发着无穷的魅力。

艺术行为都是以感情始以感情终，"发乎情，止乎礼义"（《毛诗序》），是人的情感活动。中国山水画的出现正是中国人浪漫情怀的一种外在的表现方式。

　　法国作家巴尔扎克说："只有出自内心的，才能进入内心。" 在卢禹舜先生的绘画中，我以为感受最深的还是他的真诚，是他用心感悟自然，静观自然；用心观照社会人生，历史现实。他的情感的宣泄不是热烈的，暴风骤雨式的，而是沐如春风的温润充和。他用笔细腻，笔触平缓，设色明丽而典雅。一反中国传统的山水画对于色彩理念的物象性，而为主观色彩。他的绘画的色彩是属于生命的，属于情感的。我们不能用现实主义与浪漫主义简单的来界定他的绘画。他是一个艺术家，更是一个有着社会责任感的文化人，他把自己对宇宙、对人类、对历史、对社会的关怀融入了他的绘画中：入世与出世并重，儒道精神统一，人与自然和谐共处，而达天人合一的理想境界。

　　有人说他的 " '八荒'系列绘画，是卢禹舜先生对中国当代山水绘画的重大贡献，无论在审美境界上，还是在形式语言上他都刷新了传统山水绘画的记录，特别是他的荒原意识丰富了当代山水画学的哲学内涵。他的意义还在于他的山水绘画的样式已经成为当代山水绘画走向现代语言背景的一个标志。"

　　这的确是最为中肯，也最为恰切的评价，也是卢禹舜先生绘画的现实意义之所在。卢禹舜先生的山水画从表现题材到表现的形式语言上都有别于传统，更有超越艺术价值之上的哲学价值；但他的山水画又分明植根于中国的本土文化，传承并表现了中国的文化精神和人文情怀。他的山水艺术的意义远在绘画之上。

（原载《艺术主流》2010年第5期）

我眼中的双华其人其书之一二

我与双华相识、相伴已有二十余年，虽为夫妻，更多的时候像朋友。零距离的接触，举手投足无一不晓，或许因此而"不识庐山真面目"，也未可知。故此文只记述我眼中的双华其人其书之一二。

双华从少年时代起，即在父亲的指导下学习书法，慢慢地对书法艺术产生了浓厚的兴趣。数十年来，他对书法艺术的追求真诚而执著，潜心研习，不慕荣利，师古人又兼师造化，眼界为之开阔，渐渐地领悟了书法艺术的个中三昧。

二十世纪八十年代初，在经历了一场空前的文化浩劫之后，文化艺术开始复兴。这一段时间，对于我和双华来说是非常重要的，我们满怀热情地参加各种书法展览和比

双华 水墨小品春之印记

赛，并频频获奖，跻身书坛。尤其是双华先后荣获北京市"青年书法比赛优秀奖"，北京"振兴中华书法大赛"三等奖，全国"文汇书法大赛"二等奖，全国"首届兰亭书法大赛"优秀奖。1985年因他在书法艺术上取得的突出成绩，与在京的一批著名的文学艺术家吴冠中、李可染、靳尚谊、朱乃正、钱绍武、于是之、王蒙等一道受到北京市委、市政府的表彰。

1989年，他的作品入选第四届全国书法篆刻展，此后又连续入选全国第五、六届全

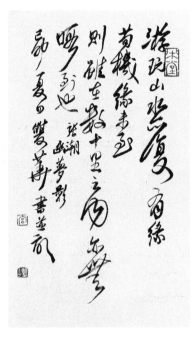

双华　小品

国书法篆刻展，第五、六、七、八届全国中青年书法篆刻家作品展。应邀参加首届国际书法邀请展，全国著名书法家作品展，中日名家书法作品展，中国当代名家书画展，百年辉煌中国书画名家作品展，中、日、韩名家书画交流展等一系列重大展览。作品被收入多种作品集。

苏东坡云：作字之法，识浅，见狭，学不足者终不能尽妙。双华对于东坡夫子的高论心领神会，深知要想在书法艺术上有所建树，除了具有高超的技法之外，还应有超凡的修养和才情。为了心中的理想，他几进大学校门，研修文学、哲学、美学、绘画和艺术理论，以拓展视野，丰富学养。

有人强调天分对于一个艺术家成功的重要。我想，这是很有道理的。双华对于书法艺术似乎有着一种天生的悟性。汉代简牍、张旭的《古诗四帖》，杨凝式的《韭花帖》，苏东坡的《黄州寒食诗帖》，金农的手扎等，都是个性鲜明而不易把握的作品。但双华的临摹，却能惟妙惟肖，形神兼备，常使观者把玩再三而不忍放手，由衷地叹服他的颖悟力，叹服他对于字形、章法、线

二十年前双华从玉渊潭折取的荷叶与莲蓬

条和神采把握的精微而生动。

他的悟性和禀赋，加上后天的勤奋与努力，使他初露书坛，即令人瞩目。在最初的十余年间，他的作品常变常新，使人常有应接不暇的感觉。

双华的书法作品，无论如何求变，始终传达着一种审美精神：萧散简远，含蓄蕴藉，气韵生动，古雅清新，于文质彬彬中透出一派潇洒俊逸，从容不迫的风范。有人说，从他的作品中体味到一种清凉，一份出世的宁静。当代著名学者金开诚先生，就曾经误以为双华的书法作品乃出家之人所为。

早在1992年书法家徐本一主编的《中国当代书法赏析》一书，收录了当代94名书法名家的作品，其中就有双华的作品。书中这样评论他的书法："格调清秀雅致，深得传统之精奥，轻灵之际不流于靡弱，萧散之处复出于沉郁，不激不励，含蓄委婉。"说他的运笔"虽毫颖不作重按粗顿，但引控极为出色，线条变化微妙，点画玲珑而内含曲折，使细小处也充满了笔墨的情致。"

1993年，书法家朱明在"心的灵境，物的神韵——青年书画家十人展观感"一文中评论双华的书法"萧散简逸，颇有'无意者意，无心自达'之妙趣。"

1995年双华与王友谊、曾翔、李晓军、蔡大礼、徐海等友人的"六人书法展"成功举办后，著名书法家刘正成先生在展后评论中这样描述他对双华作品及人的感受："他的对联奇峭峻拔，而不失涓涓古意与书卷气。他的行书从晚明诸家来，而点画有度，亲切而洒脱。其隶书娟秀清丽，如玉树青琴。他用小篆笔法写大篆，亦是宏丽可人，紧劲多姿。""书如其人，一表人材，清雅出尘"。

摄于2010年3月15日雪后

　　一个人在艺术上的审美追求蕴含着他的人生追求，所谓"书如其人"。清人刘熙载云："书，如也，如其学，如其才，如其志，总之曰'如其人而已'。"

　　一件书法作品，无疑是书法家内心情感的自然流露，是他的修养，他的生活态度，他的人格底蕴的自白。

　　双华在艺术上所表现的萧散简远，含蓄蕴藉，高逸典雅，质朴率真，清峻洒脱的审美倾向，正是他人生追求，生活意趣的直接反映。

　　生活中的他宁静淡泊，超然物外，爱自然，对山川风物、花草树木都有着浓厚的兴趣，他的《秋兴》诗作即表达了这种情怀。

<blockquote>
寻到残荷横卧处，
数枝折取入梅瓶。
</blockquote>

　　几枝残荷，几枝莲蓬，拣回家中，或插入梅瓶，或散落几案，拥挤的小室顿时平添许多情致和生机。

　　他常常独自一人，在乍暖还寒时候，寻寒梅访幽兰，观赏花木之生机，领会自然风物之真意。他喜爱秋日的荷花，其意不在赏花，而在领略那经过盛夏的消磨，饱经风雨之后的残荷的底蕴。

　　他喜欢在深秋时节，置几盆菊花于书斋，不时品玩，在与菊的默然相对中，情感得到净化与升华，艺术家的才情也由此得到滋养。荷、梅、兰、菊也都成为他画笔所

华山碑阙二字遍寻不乃先
是恨事堂深典残碑亦不见
三体诗并画竹题记
刻本之前别太名乞刻小像已
作一讃幸求

大名乞即书来空体肥重为
妙也即便付刋劂氏矣诸佳
俱已装成将夹板一刷寄提
也若能明白厩川赋诗好别
弟金吉金书

宫双华　临金农书

观照的对象。

他的另一首七言绝句《初冬遇雨》则表现了他的平淡、闲适的心境。诗云：

深秋时节雨纷纷，

庭院容颜一洗新。

闲坐小窗观晋帖，

梧桐滴雨响频频。

经雨后的小院的清新，小窗下读着晋人法帖，听着细雨轻敲着梧桐。此情此境，闲适、幽然而淡定。曾有网友在网上发帖，称其为"大隐隐于市的书法家"，这多少道出双华的情怀。

双华乃性情中人，从他身上你可以感受到他待人的真诚，做事认真以追求完美的不懈精神。他的不为名利所诱的超然，他的不假饰自己观点的直率，他的刚毅与果敢，赢得许多师友及学生的敬重，也因此常遭人误解。常有好友关切地劝他要便通待人行事。一个人的性情秉赋与生俱来，要改变谈何容易。故其一如既往，我行我素，真实而洒脱地活着，做人待事，但求无愧我心，不求尽如人意。

近十余年来，双华在教学、书法研究创作之外，又拜花鸟画名家衲子先生为师，学习绘画，所绘山水、花卉气韵生动而典雅脱俗。

今年伊始，双华在劳动人民文化宫举办了个人书法展，所展作品有篆书、楷书、行书、草书，向观者全面展示了自己最近几年对于书法艺术的追求，得到观者好评。展览无疑是成功的。

无论是书法、绘画，双华的作品都透露出一种一以贯之的审美追求，散发着浓郁的书卷气，一如他的人，文质彬彬、温文尔雅。他就似一个求道者，一个跋涉者，一个耕做者，一个追求完美的行者，无论窗外的世界如何变换，他只心无旁骛地沉醉在自己的世界里。

（原载《水墨味》2006年第一辑）

有这样一位"探险者"

——写意花鸟画家李晓军印象

李晓军是一位有才华、爱思考，聪慧、勤奋而又富于挑战和探索精神的青年画家。他的绘画或清雅、或浓艳，或二者兼融，给人一种淡妆浓抹总相宜的感觉，就像一杯醇香的美酒，令人回味。

中国文化是哲学与艺术神会贯通的文化，而写意花鸟画是中国画中最能体现中国文化精神的一个画种。自宋代文人写意画的兴起至元而明、清以来，名家辈出，风格多样，经典画家、经典画作层出不穷，让后来者望洋兴叹。在现代这个多元而又多变，时尚文化高于传统文化的时代，作为写意花鸟画家，面对博大精深而又厚重的历史，如何在传统与现代之间，构建自己的审美观念是尤为重要的。

李晓军常常环顾自己生活的这个世界，急切地思考着如何能让自己的画笔表现时代，而又有自己独特的绘画语言。

红墙绿瓦、小胡同四合院、京戏大碗茶；现代都市繁华绮丽的街道、闪烁的霓虹灯，车水马龙……构成了京城独特的文化景观，而这些对于李晓军来说，有种说不出的亲切感。他生于斯、长于斯，从有生命起，他就在感受着她，感受着她的变化。

他常常望着身边熙来攘往的人群，川流不息的车流，感受着都市的繁华热闹，忙碌、躁动与紧张；也感受着她曾经辉煌尔今隐约可见的旧日文化，心中涌荡着一种说不清道不明的情愫。

北京是个有着悠久历史和文化积淀的古都，作为共和国的政治、经济、文化中心，改革开放以来，东西方文化首先在这里交流碰撞，新的旧的，不新不旧的种种思想和思潮，错综交融，矛盾此起彼伏。身处其中的晓军决意要以他所熟悉而又陌生的现代京都生活为切入点，探寻、挖掘和反映当代京城人的精神世界。

这个久思而生的抉择，使李晓军激动不已，他拿起画笔，开始了艰苦的创作尝试。

夏季出游.左起：王文英、官双华、李晓军、郭丰

1992年，"李晓军画展"在京城开幕。人们第一次看到李晓军表现北京都市生活的画作。汽车、公路、红绿灯、电线杆……成了他画作中的审美对象，被赋予了一种有意味的生命象征。

《节奏》紧扣城市生活的脉搏。画面充斥着看似混乱交错，然而有序行进着的汽车、红绿灯，使人仿佛置身于忙碌、紧张而宣嚣的城市，真切地感受着她的节奏。这些尝试性的画作，使人感到新奇、别致。它不仅打破了传统花鸟画的题材限定，扩展了花鸟画的表现内容，而且具有浓郁的时代气息。

文人写意画是中国传统文化中最能表现文人气质而又令文人心迷的绘画种类。它不仅彰显画家的审美情趣，而且极尽画家的个性，强调笔情墨趣。正如苏东坡所言，文人画"达意"、"适情"。元代以来，诗、书、画、印的有机结合，更使文人画发展到了精致完美的程度，具有高度的美学内涵，与民间画工传统渐趋分野，成为一种"雅"文化。但与此同时，由于文人写意画过分强调个人性灵的抒发，因而也不可避免地日渐脱离社会生活，走进象牙塔而曲高和寡。

而李晓军的画作关注的是现实生活。喜庆浓艳的民间画，金碧辉煌的紫禁城，热烈沸腾的生活等都时刻牵动着李晓军那颗敏感而又细腻的心。创作的激情常使他无法平静，他不是个因循前人，因循自己的人，他在自己的画作中，开始有意识地借鉴、吸收浓艳的色彩以及民间画的特点，把文人画的"雅"与民间画的"俗"融为一体，以表达他对京城那种熟悉而又无法言说的感受。

这一时期的作品，艳丽夺目，构图新颖。灰色的屋宇、红色的墙，室内的小草，院中的椅凳、台几……都成了他笔下所表现的对象。

　　《报春枝》正是这个时期一幅探索性的作品。它把民间鲜艳的大红对联与文人喜爱的清雅"瓶梅"结合在一起，构图大胆、新颖，有种不可言说的韵味和意想不到的艺术效果。

　　《梨花院落》亦堪称晓军这一类作品中的代表。红墙包围的院落中，盛开着洁白如雪的梨花，热烈而又雅洁，洋溢着春的气息，勃勃的生机。红与白，热烈与素洁，形成强烈的对比效果。正如画家本人身处闹市红尘，心却向往浪漫与纯静。他把自己那份对生活的热爱，那份温馨与浪漫的精神追求，真切地传达给了欣赏者。

　　中国画自元代起，成为一门综合艺术，诗、书、画、印，相得益彰，缺一不可。一个画家的画风、格调，直接受制于多方面的修养，尤其是它的近邻书法的修养，自古就有"书画同源"之说，强调画中写的意味。唐代张彦远《历代名画记》中就曾论述到这一点："夫象物必在于形似，形似须全其骨气。骨气、形似，皆本于立意而归于用笔，故工画者多工书。"

　　历史上为人称道的大画家无不在书法上有着深厚的造诣。赵孟頫、徐渭、朱耷、石涛、吴昌硕、齐白石……莫不如此。

　　晓军在绘画之余，耽于书法艺术。他的书法，出入苍劲古朴的汉魏碑版，雄健、朴拙，富于天趣，在同龄人里是出众的。也正因为如此，他的绘画笔墨更娴熟，也更自如，款识与画相得益彰。

　　笔毫在纸上跌宕跳跃，低吟浅唱之间，幻化出多姿多彩的世界。晓军时常沉浸在创作的激情里，他始终认为只有真情实感的艺术才能打动欣赏者，而生发审美共鸣。他时而沉静似水，时而又热情奔放，时而又被动静相间的心境左右着。忽而身心愉悦，笔下

李晓军 荷花

似行云流水，亦梦亦幻；忽而又升腾起莫名的愁怅，这种愁怅不是痛苦，而是一种期望。他希望自己的绘画能引起欣赏者的审美共鸣，使他们从中得到的不仅是美感享受，而且也能得到一些启示。他常说："一个画家不应该总让欣赏者理解自己，而应该让自己去拥抱生活，拥抱欣赏者。"在他心里，绘画不仅仅是艺术，而是一种与生命高度契合的神圣的工作。

法国著名画家，野兽派的创始人马蒂斯曾说："一个艺术家是一个探险者。他应该通过寻找自我，了解自己的行为，开始探险的历程；然后，要通过解脱自我，尤其是要使自己不轻易满足继续探险的历程。"

李晓军正是这样一位探险者。对于以往的一切，他并不满意；而对于明天，心中又充满了希望、充满了信心。

（原载《中国花鸟画》1997年第2期 ）

一个浪漫的书法家

——写在《毛智华书法集》出版之前

乙酉初夏出差青岛，经朋友联络，去拜访书法家毛智华先生。一行人来到其所经营的画廊。

始进门，迎面便飘来一阵清雅悦耳的乐曲声，似清泉流淌，又似清风徐来，使人顿觉清凉透彻。还没来得及细细品味，乐声却戛然而止，随之传来朗朗笑声，只见智华先生已等在了楼梯口。

随其登上二楼，豁然开朗，四围廊壁之上下左右，全是精美的书画作品，款式各异的砚台，还有各具姿态的根雕。细细观览便知主人的品味追求。转入画室，但见屋中一角横陈一架古筝，想必方才的乐曲一定出自它了。询问之下，才知道乐曲的确由它而来，而且是出自智华之手，很是惊异。以前只知其是著名的书法家，行伍出身，性情豪爽，不想其琴棋书画文人之雅事一样不少。当今之人趋利者多，好雅事者少，而毛智华却是个例外。

智华要出版书法作品集，这是从事艺术创作的人都梦寐以求的事情，我很为其高兴，又有幸先行拜读了他行将收入作品集的作品。感受最深的还是其作品所流露出的那种洒脱的精神气质，娴熟的技法，有意味而丰富的表现形式，无不彰显着作者的才情和审美追求。直觉告诉我，这会是一本值得欣赏和收藏的作品集。

闲谈中他欲请我为其作品集写序，这却使我为难。按照世俗的惯例，这样的作品集，大多要请德高望重的老先生执笔。而我与智华年纪相当，资历也相差无几，何以能担当此任。再三推脱，但其盛情实在难却，只好应允而勉为其难。他的信任让我感动，也让我感受到了无形的压力，唯恐不能解读他及他的作品。

智华同我有着相似的经历，父辈都是军人，我们都是在军营里听着军号作息而长大的。所不同的是，他本人也曾是个少年军人，而我虽然曾经梦寐以求地想成为一名英姿飒爽的女兵，却遗憾终没有实现梦想。

相似的生活经历使我对他的性格有了先验的判断，直觉告诉我，他应该是一个简单直率，正直善良，热情执著而多少有些不善变通的人。

因为在我们的成长历程中，人际关系的简单，几近刻板机械的生活秩序，造就了简单的思维模式，大多数有我们这样生活经历的人，都会有这样基本的性格特征。

我不知道自己判断的正确与否。与他数次接触，观其性情，豪爽洒脱，真性情中人，与我的猜想所差无几。在朋友们眼中，智华生活得真实、执著而又洒脱，如闲云野鹤；待人真诚、恳切，乐于助人；做事认真、严谨又不随波逐流。其号曰"野鹤"，也正可说明他的性情所在。或许有人会认为他有时不太懂得人情世故，但也正是因为如此，他结交了许多至交；也正因为他的这种性格，于书法艺术的热爱和执著却也是许多人无法比拟的。

不惑之年的毛智华为了更好的追求书法艺术，他毅然关闭了自己经营红火的餐厅，放弃了稳定的生活，只身来到中央美术学院深造。他这几近疯狂的举动，曾令许多朋友大惑不解，北京求学，也不一定非要关闭经营正好的餐厅。但智华不这样想，他是要断掉杂念，而专注于求学。

由此，我们不难理解他的成功缘何而来。

艺术家的艺术创作不是简单的艺术劳动，它是艺术家综合素质的直接反映，所以古人早有"字如其人"、"文如其人"之论。

一件书法作品的好坏优劣不在于书体，也不在于作品尺幅的大小，而在于作品本身的艺术感染力，在于是否具有独特的审美价值。而其艺术价值则完全取决于书法家的艺术追求，取决于书法家寻求和确立自己独特的审美观念，确立自己独特的表现形式、表现方法与手段，而非人云亦云，或重复古人，重复他人，重复自己。

近日读当代著名作家王蒙先生《"优雅的汉语"的编辑感言〈重温"老掉牙的文字"〉》一文，颇多意会。王先生就"时尚"这个时尚的话题，谈论了自己的观点，他说："我并不一般地咒骂时尚，时尚自有它的道理。但时尚是多变的，来得快也走得快，时尚里常常包含着对于语词语法的悖谬与歪曲，时尚里往往有一些庸俗乃至低下的糟粕。时尚所以是时尚，恰恰在于人们的趋之若鹜，这样也就多了些滥俗感，少了些个性和创意。"虽然王蒙先生是针对文学艺术而言，但于书法艺术同样适用，因为艺术是相通的。

我之所以欣赏智华的书法，是因为他不属于那种一味地领异标新，张扬个性而求时尚的书法家。恰恰相反，他的书法根植于传统，有着很深厚的传统功底，又不违背时代的审美精神，正如陆机所言：袭古而弥新。他是一个有着自己审美理想和追求的书法家。

智华行将出版的书法作品集包括三个部分：经典参照、摹古日课、现代版块。共收录了他从临摹到创作的作品30余幅，集中展现了他的创作现状和艺术追求。

智华的作品集中，以行草书居多，纵横连绵，豪放洒脱，痛快淋漓而姿态生动，有一种不可言说的感人魅力。有人说中国书法是节奏化了的自然，是表达对生命的体验，而其中最适于表现和抒发人的性情和生命体验的当属行草书。如宗白华先生所说："行草艺术纯系一片神机，无法而有法，全在于下笔时的点画自如，一点一拂皆有情趣，从头至尾，一气呵成，如天马行空，游行自在。"于行草书，毛智华对王铎[①]书法用功最勤，体会也最多。

王铎行草书飘逸峻爽，欹侧多姿，意态自足，而趣味横生，深受现代人的追捧。或许因为其降臣的特殊而尴尬的身份，以前朝大臣而事异邦的特殊经历，决绝而孤立于儒林之外；或许是其痛苦矛盾的内心世界作祟，他的书法作品，特别是行草书，虽然姿态生动，一泻千里而常有轶轨之处，但却不可避免地偶有欹侧过之或拘谨不畅之感。许多学习者不知扬长避短，反而强化之，而适得其反。

毛智华选择王铎行草书作为学习的对象，我想，除却审美观念的契合外，就是其豪爽的性情使然。他学习王铎贵能去其表象而独取其神韵。王铎之外，他更对二王②、米芾、傅山等人的法帖深入研磨，广收博取，逐渐锤炼自己的风格。

除行草之外，智华于其他书体，如楷书、篆书也颇具匠心。篆刻也位列中青年名家之列。其楷书取法晋唐，并参以写经，朴茂峻阔，浑穆宽博；其篆书则远溯商彝周鼎、秦汉刻石，近参吴昌硕、邓石如，朴茂古拙，神完气足。

当今书坛浮燥之气甚盛，学书之人急功近利者颇多，作品集也多如牛毛，滥竽充数者不在少数，而真正经得起时间检验的不多。智华学书三十余载，千磨万砺，又对作品集所收录的作品推敲甄别再三，我以为其行将出版的作品集是能经得起时间的考验和淘洗的。请各位读者方家印证我的看法。

注释：

① 王铎（1592——1652年），字觉斯，一字觉之。号十樵，号嵩樵，又号痴庵、痴仙道人，别署烟潭渔叟。孟津（今河南孟津）人。明天启二年进士，累官礼部尚书、东阁大学士。降清后，任礼部尚书、弘文院学士，加太子少保。王铎好古博学，诗文书画皆有成就，尤其以书法成就最高，对当世和后世，尤其对当今书坛及日本影响巨大。王铎以明朝旧臣而为清廷新贵，这在以气节为上的儒生眼中是被鄙夷的贰臣，因而，深受儒家教育的王铎在抑郁痛苦中走向人生的尽头。

②二王——即东晋杰出书法家王羲之、王献之父子，参见《王羲之与〈兰亭序〉》、《王献之与〈中秋帖〉》。

2005年7月27日于京北双清山馆之北窗

竹杖芒鞋轻胜马

——读杨剑及其书法篆刻艺术

近得杨剑兄赠我《杨剑印存》一册，内收《学书杂记》一篇，其中有一段议论，引作家许地山语，谓做书虫要具备五个条件："身体健康，家道丰裕，事业清闲，志趣淡泊，智慧超群"。并引申为"做书家一样也需要这五个条件"，颇有道理，见解也独到。更为有趣的是，杨剑兄屈指掐算，自己已具备五个条件中的四个半。我却疑其为谦辞，要说差也仅差"外功"的半步之距，却不在这五个条件之列。所谓"外功"，即天时地利人和。而我对应这五个条件，算来算去，也仅具备其中一加半再加半个条件，距离可谓遥之又遥。这即所谓差距也。

认识杨剑兄，始于2006年《中国书画家报》的执行主编邵玉祥所策划的"笔墨江山——全国著名书法家邀请展"。其时，参展的21位作者中多为"70后"，而与我年龄相仿者只有6、7位，杨剑是其一。而在展览，或是作品集中，我们又是"近邻"，故对其作品关注得多一些，印象也深，尤其是其篆书，有飘逸之气，清新自然。后知其也治印，且造诣颇深，即索求一方肖形印，果不同凡响。在以后的交往中，深感其为人为艺的认真、严谨和诚挚。

但凡研究一个艺术家，往往需要由人及艺，再由艺及人，人与艺不可割离。即所谓由人的内心世界而推及他的艺术世界，再由艺术而反观其人。这就需要做大量的案头工作，了解和掌握许多鲜活的资料，方可谈及研究。而于杨剑及其从艺之路，我却只是从其《学书杂记》和友人所写的片段文字，以及我们有限的交往中串缀起概貌，只有朦胧的印象。故品读他及他的艺术，于我而言绝非易事，或恐只停留于表象，或以偏概全，或流于肤浅，而误读他的艺术，所以此文只能着眼于点，而非面，只可称其为读，而不是品。

从杨剑的《学书杂记》，知其学书始于蒙童时代，不是因为人为的点拨或指引，而是由于天然的禀赋，因于对象形文字本能的好奇和喜爱。

少时的杨剑生活在偏僻闭塞的小山村，偶然的机会看到了美轮美奂的象形文字，从而喜欢上了这似画的奇妙文字。从一个懵懂少年而成为一个成功的书法篆刻家，一路走来，其间的曲曲折折，磕磕绊绊，可以想见其学艺之路的艰辛曲折，而这恰从另一个角度印证了杨剑的执著和坚毅。乡村物质生活的困苦，带来精神文化生活的贫乏，缺少正确的引导和氛围的支持。

这样的山村求学生活，虽使杨剑的学艺之路漫长而曲折，但乡村生活的艰苦纯朴与平静于杨剑的艺术人生来说，又可谓难得的财富。

并不是所有的艺术家都能如杨剑，能有"苦其心智，劳其体肤"的生活经历，也并不是所有有此经历的人都能坚持信念，甘守寂寞。正因为如此，成就了他的执著，他的真诚，也成就了他的艺术。他的书法篆刻中所透露出的朴素和恬静或许正源于此吧。

关于杨剑的书法篆刻，曾从他人的评价文章中读到这样的句子："（杨剑）篆风质朴、古拙，淡雅，平实中见趣味，平中寓奇。"我以为，这虽为艺术评价，却一如他的为人，言语不多，但于艺术的理解却深刻而执著。其文字不多的《学书杂记》，记录了他对书法篆刻的思考和认识。一首吴昌硕的论诗书画的七绝"今人但侈摹古昔，古昔以上谁所宗？诗文书画有真意，贵能深造求其通。"对杨剑的影响可谓深矣，他的书法篆刻正是"深造求其通"，而得"深意"。

刀笔合一，　是书法篆刻的境界之一。杨剑书法篆刻恰于此颇多意会。从其作品中，感受到其游走于书法、篆刻之间的游行自在。他的篆刻因书法而平添了许多书写的意味；而其书法，尤其是篆书，因篆刻又有了一种凌厉的金石韵味，更有一种凝重之气和古朴之美。前人所说"以刀代笔"或"以笔代刀"，其实，是一种刀笔兼融，非刀非笔，又刀又笔的表现手法，以极富写意性的线条，来丰富和增强书法或篆刻艺术的表现力。杨剑的书法篆刻艺术，便具有这种刀笔兼融的特性，更有一种平和而率性，优美而古朴的韵味，自然与天工的意态，从而彰显他作为艺术家的个性追求。

既不泥古，也不为时风所诱，心无旁骛地坚定于自己的追求，这是艺术家肯定自我审美个性的体现，也是我观杨剑书法篆刻感受最深的地方。

在时代精神和审美风尚之外，作为个体的人，因其生存环境的不同，经历的不同，个性的不同，学养的不同，认知水平的不同，审美情趣的不同等等原因，存在着审美差异，而体现在审美追求上，自然也会千差万别，更遑论一个艺术家。正因为艺术家之间千差万别的个性差异，才有了艺术家的风格特征。肯定自己的个性特征，是艺术家成功的前提之一。

我曾在一篇文章中说过："在当今思潮多元化的社会中，审美风潮此起彼伏，书法流派也可谓多矣。试图创新者不乏其众，而志于守成者也不在少数。"

求新者离不开脚下深厚的传统，守成者也难真正深入古典之堂奥。今古之方方面面的差异，已使现代人很难真正体会古人的审美意趣、风范胸襟，乃至心境，即使刻意为之，也会差之千里，自觉不自觉地也会有时代的印迹，以及个人的风尚倾向。面对积淀数千年的传统，书法家如何生存发展？首要的是要厘清自己的审美追求，不为时风所惑。

杨剑书法篆刻在当今的艺术价值，就在于他能于时代风尚的背景中，把握自己的审美个性；在于他默默地坚守自己的审美追求，而不为时风时利所诱。也正因为有了像杨剑这样坚守于自己追求的书法家，书法艺术的百花园才可能百花齐放，百家争鸣，才可能真正地繁荣。

表现性灵，是艺术的本质之一，也是我对杨剑书法篆刻的观感之一。

"性灵说"虽为清代诗人袁枚因诗而提倡，是对诗歌创作的要求，但实为艺术之通论。袁枚的"性灵说"主张体现个性，不拘格套，自由抒写，直抒胸臆，最为重要的是要真实表现作者的性情主张。主张"性灵"和"学识"的结合，以性情、天分和学历作为创作基本，以"真、新、活"为创作追求。其实，书法篆刻艺术莫不如是。"情动于中，故形于声"（《礼记·乐记》）。艺术之所以称之为艺术，而非技术，最根本的原因，就是表达了作者的真性情，表达了作者的审美追求，而非他人的。

杨剑的篆书古朴飘逸，篆刻也是气韵生动，传达着一种平和恬淡。有人这样形容他的篆刻艺术："在章法、字法、刀法等几方面广收博纳传统精华，融入了自我的真性情。"此语不谬。杨剑对艺术因为爱之深切，心有所寄，而非书迹，实为书情。他的书法篆刻作品，可称之为性灵之作。就连方寸之地的篆刻作品的边款，虽空间有限，但内容却极为丰富，或诗或文，或记事，或抒情，或议论，皆有感而发，富文彩，见性情。一方"龙湾潭雨中观瀑"白文印，边款洋洋洒洒百余字，记载了此行的观感：

乙酉孟夏，余应浙江陈君建文友之邀，由台州赴乐清与众书友交流书艺。初二，陈建文、方志明、潘志明诸友陪同畅游永嘉之楠溪江。是日也，微风吹拂，细雨斜飞。三百里楠溪江溪深林茂，烟雨濛濛，飞瀑成群，而尤以龙湾潭瀑布为最。沿岸茂林修竹，层林尽翠，奇峰异岩，惟妙惟肖。飞瀑奔放，气势如虹。碧潭秀水，绚丽多彩。近观之飞流直下，声震如雷，此乃奇观也。能不为之惊叹？为之陶醉！仲夏初三，杨剑刻记。

字里行间充盈着才情，读之，欣欣然，如饮佳茗，联想其所赞赏的许地山为书虫的五个条件："身体健康，家道丰裕，事业清闲，志趣淡泊，智慧超群"，感受其为艺的真与纯。

戊子初夏四月十六日于双清山馆之北窗

（原载《都市文化报》2010年5月17日）

有感于郑培亮的书法博客

博客一词，听说很早，却弄不懂其含义。后来知道"博客"（Blog或Weblog）一词源于"Web Log"（网络日志）的缩写。等到自己开了博，方知其中的玄妙。但这也是距今不久之前的事，算起来也不过三百余天。

原本以为这是时尚潮人的专利，入门后才发现如我一样沉吟"古董"文化中的人也多在此安家，且年龄不一，内容却大同小异，除了日常趣事记闻之外，多是晒晒自己的书画作品或感想之类，但大多做不到天天更新。像我，能保持一周更新一次，已实属不易了。

我能在博客安家，皆因《青少年书法报》副社长葛世权先生。他知我好写文章，又鲜有发表，建议我在网络上，给自己的文字找一个家，开辟一个属于自己，网友又可以自由出入观光的园地，待时机成熟，可以将自己的博客文字剪裁成集。这个主意不错。于是，我有了自己的博客，却不知要到哪一天，博文才能够汇集成册。

窃以为，在书画界，我虽文笔不强，却也该是勤奋笔耕之人，出本集子，是早晚的事。却没想到郑君培亮，远远走在了我的前头。收到他的《郑培亮的书法博客》集子，一惊。开博不过早我一年还不到，散发着纸墨香味的集子就已摆在眼前了。一页文字，一页书法。书法楷行草隶，娴熟有致；文字则洗练，流畅，自然，幽默有度。一句话：不同凡响。

不久前，又意外收到其寄来的新书，还是其博文的集合，不过，这一次是正规的出版物了，书的名字更名为：《王羲之的手机号》。匪夷所思的书名，令人过目不忘。读了相关的博文，才知道，这个名字缘于其中的一篇讽喻时弊的博文，响亮，有漫画意味。照例的一页文字，一页书法。

　　再阅读一遍书中的文字，不愠不火，诙谐幽默间暗藏着机峰，透着灵性，见解独到，不乏令人拍案叫绝之处。文字胜过书法，有种自由驰骋的畅快，如行云流水，开合自如。文字虽曰书法博客，但其内容却远远超越了书法之外，即使谈书法也不是就书法而言书法，杂揉了人生的感悟。简而言之，生动有趣，又不失教义，是值得一读的好文字。

　　与其书法相比，我更喜欢他的文字.

王文英 夏日江村

李葵的文字

认识李葵，确切地说，知道李葵，始于她的文字。

零星地在报纸上读到一些她的散文、随笔，并一些墨迹，淡雅的文字与古朴的隶书。文字让人直觉一定流自女人的心肺间，有着女人特有的细腻和敏感，文辞华美流畅；而所书出自汉张迁碑，略参清人伊秉绶的隶书，透着几分古拙之气，似出须眉之手。对于这个抵牾的柔美和朴拙集于一身的女子，颇有几分关注。

不知从何而来的印象，隐约觉得陕西的女书家童辉和李葵似有什么联系，朦胧中以为她们是同乡，而我也是陕西人，就格外留心这些才情出众的"同乡"。

虽然我很反感以性别论艺术，过分关注作者的性别而非艺术，但在这个男人掌控话语权的圈子里，同为女人，多少有些惺惺相惜吧。我本是一个散淡不善交际的人，但对李葵却是例外，因为我欣赏有才情的人，尤其是女人。

今年仲夏出差西安，想借机会一会这个同乡，便通过《青少年书法报》社的副社长葛世权先生，联络到李葵，方知大缪，原来她不是我的同乡，而是辽宁营口人。我为自己的主观武断引起的唐突、冒失而自责，转念一想，因此而结识了一个才情俱佳的女书友，唐突冒失还是值得的，于是释然。

近日，李葵短信告之她要出版一本散文集，希望我能为她写几句评论文字，虽然我们从未谋面，但因文字和书法已结缘相知，何况她的文字清丽可人，也是我所喜欢的，遂一口应允。后又告之请我为她写序，多少有些惶恐，恐负其美意和她曼妙的文字。

再识李葵，还是从她的文字。

她通过网络发来E-mail，有行将结集的文字，还有简历并玉照和一些书法篆刻作品。灯下细细品味，人并非我想象中的娇小，却一样的清丽；文字还是那样的可人，不过，我看到她更为丰富的一面。读着她的文字竟莫名而生似曾相识的感觉。果然从其文字中读到这样的句子："由于对古典文学的热爱，经常阅读一些古代诗文，在浩如烟海的名篇佳什中，我比较倾心的还是宋词。""读古人诗词，我总是会被古代文人笔下的'情境'所感染，总是会被那些感情浓郁、寓意深沉的文字所打动，总是觉得他们比今人清雅脱俗，真是'恨我身不生在唐宋'啊！"她所爱也正是我所喜，这或许可称之为"审美共鸣"吧。她把这种爱和对古典文学的积淀挥洒在自己的文字中，融冶成自己的语言，笔触轻灵，开合有度，柔美之外有着一种韵律的欢畅，读之余香满口，不禁叹服她驾驭语言的能力。

平心而论，对于作文，我不太喜欢过于"文以载道"的文字，而倾心于表达趣味与心性而温润的文字，更赞赏东坡夫子的观点：作文"如行云流水，初无定质，但常行于所当行，常止于所不可止。文理自然，姿态横生"（《答谢民师书》）。故我心中一直无法排遣幽微的文字带来的美感享受，也希望自己笔下能流泻出这样超功利的，表现心性的文字，幽幽地透着一种情怀，一种淡远的自然的情趣。遗憾的是，下笔却总是另一番景象，自觉不自觉地将这种幽微的情怀深埋于心底，这或许是我这一代人特殊的成长环境所致吧，潜意识中有着一种本能的保护意识，心灵似被包裹着厚厚的防护衣，不可轻意示人。

而李葵的文字记录着她的幽微的情思和心路历程，她的喜怒哀乐愁，她对生活的感悟，对人生的思索，以及她学习书法篆刻的点点滴滴……淙淙流自心间，正是我所喜爱的。我喜欢她的自然的温润的心性流露，有如缓缓流淌着的清澈的小溪，温润着心田；有如行云流水，低吟浅唱之间，姿态万千。最可贵的是她的细腻与敏感，这正是艺术家所应有的气质，但愿生活的枝枝蔓蔓，世间的滚滚红尘不能遮蔽她的心性。

从李葵的简介知她先结缘文字，后结缘书法。高中毕业开始写作，1998年开始学习书法，而她的书法却后来居上，大有书第一，文第二之势。其实，这只是我一时的印象而已，正如作家冯骥才在《字画里的民间情怀——说说贾平凹的画》一文中所说的那样，"文人们都是这样：画如其字，字如其文，文如其画，皆因其人。他喜欢干什么，或者说他干什么的时候，什么就是第一。"

书法艺术的高下，不仅仅在笔墨，而在格调。所谓格调也即前人所言"神韵"、"气韵"、"意趣"。苏东坡曾言"作字之法，识浅，见狭，学不足三者终不能尽妙。"李葵的书法脱俗而有古意，胜在"韵"，这在一个学书十年的年轻人，是难能可贵的，这应归功于她的修养，归功于她的长期沉潜于古典文字，沉潜于读书写作。或许正是因为对传统文化的热爱，她才会亲近书法。我自己就是因了对传统文化的痴迷而涉足书画艺术的。我比李葵临池先行近二十个寒暑，至今笔墨功夫也不过如此，尚过不了关，面对后学的日渐成熟，自愧弗如，正是长江后浪推前浪，世上新人赶旧人啊。

大音希声，大象无形。我想，无论文字，还是书法艺术，最高境界还是纯然天放，平淡简约。随着时光的推移，有理由相信，李葵的文字及书法会更上层楼而臻此境，这也是我对她真诚的祝愿。

匆草至此，恐有误读并言未及处，请读者方家自己从李葵的文字和书法中去品读吧。

姑且为序。

2007年9月5日夜于京北之双清山馆

（原载李葵散文集《暂游桃源》，《青少年书法报》2008年3月15日）

云淡风清

——祭张健君

不知不觉中，张健君离开我们已经百余天了。而他的音容笑貌仿佛昨日，我们还在一起谈笑风生，一起研究笔墨，一起笔耕砚田……

我无法忘记那个清晨，经过一周的紧张，还沉睡在周末的松弛中，却突然接到噩耗，张健君去了，惊鄂之下，竟无法相信这是真的。这一天是2007年元月13日。

去岁冬至第二日，我们还相邀于美术馆，参加马世晓先生书法展开幕式并共进午餐。见他身体已比前时见好，又潜心向佛，真为他高兴，席间还在谈论着他的计划，品评着他的书法新作，感动于他的蓬勃向上的精神。不想二十日后竟天人永诀，这也成为我们最后一次会面。

每逢佳节都会收到他祝福的短信，我正暗自奇怪，为何今年元旦没有收到他的短信……

我知道他一直想进修国画，为书法他也没停歇学习，我也知道他因伤残和病痛的困扰每做一件事都要付出比常人多得多的努力，而他的坚强和勤奋是朋友中最为令人钦佩的，这一次他却没有战胜病魔。这次打倒他的不是他的令人担忧的痼疾，而是肺部感染。他的遽去，令深爱他的家人和朋友都难抑悲痛，灵前妻子儿女撕心裂肺的呼唤，声声啼血，是我平生所见最惨烈的死生告别。

他匆忙离去的这一天，相距48岁生日还有月余。

世间有一些人，他的灵魂太优美，太可爱了，而又柔又脆；仿佛一缕轻云，只能远远地照嘱人间，徘徊天上，一堕人间，就立刻感到他的不相宜，不在行，结果是遭受种种摧残挫折，人类的或自然的，而以他的痛苦，他们的不幸替人间留下了一朵美丽的昙花一现。

这是现代美学家宗白华先生在悼念英年早逝的诗人方玮德的文章中开篇的一段话，

也正是我所要表达的，炫人的美丽往往遭天妒而转瞬即逝，但他们的努力却为世间留下了美丽的昙花一现。而我以为张健君的灵魂的确是太优美，太可爱了，就仿佛一缕轻云，只能远远地照嘱人间，徘徊天上。

初识张健君于七年前，那时的他已失去右臂，而我惊讶于他左臂的灵活竟无异于常人，生活中的一切都由自己打理。更为令人敬佩的是他的书法功力颇深，苍劲有力，有生拙之趣，比许多书法家所书还要好，不由暗自佩服他的刻苦和坚毅。

张健君平素话语不多，处事平和，乐于助人，待朋友真诚无二。他经营石材，给过许多朋友以方便和帮助，我两次装修房子都曾得到过他的帮助。和他相处，很难想象他走过的四十八个春秋经历了多少磨难。

曾做记者的他，在采访中遭遇车祸，失去右臂。当时刚届而立之年，正是风华正茂的年纪，正是人生扯满风帆奋力前行的年纪。失去右臂，对于酷爱书画艺术的他，遭遇的又是怎样的打击。遗憾的是他在接受救治时，因输血不当又不幸感染上了病毒性肝炎——丙肝，真可谓雪上加霜。

我不知道一个人的意志力是否可以应对突降的接二连三的横祸，是否有能力重整自己，使生活而有另一番景象。

张健君做到了，他不仅没有被厄运击中，而且以惊人的毅力开始了人生的又一段旅程。他从河南老家来到北京打拼，一边在朋友的帮助下经营并不熟悉的石材生意，一边开始坚持用左手练习书法。这个过程充满了艰辛，不是常人所能想象的。这么坚强的人，也没少背着人掉眼泪，而人前，他依旧是一个好汉。寒来暑往，多年以后，他以坚强的意志力和智慧，终为自己的家庭撑起了一片天，书法艺术也日臻进步，频频在展览、比赛中获奖。

张健左手书 净空安乐

　　生活事业一步步走入正轨，张健君的健康却每况愈下，丙肝之外，又添了新病——糖尿病。而他于书画艺术的追求也愈加热切，参加中国书法家协会培训中心的学习，又欲进中央美术学院进修……许多的愿望还没有实现，他的人生之旅就这样匆忙谢幕，令人扼腕痛惜！

　　在他生命的最后时日，病痛的折磨已使他瘦弱成皮包骨，血管干瘪如蛛丝，护士为给他输液，常常不得不在他的锁骨下反复地穿来扎去才能进针。他颦蹙眉头，却连声说着"谢谢！"他的真诚和善良使所有在场的人，包括护士无不泪水盈盈。每说到此，他的妻子儿女都哽咽不能言。

　　人的生命价值不在于长短，而在于质量。故有人说，有的人活着他已经死了；而有的人死了，他却依然活着。张健君虽然走了，但他的美好的心灵，他的坚毅，他的善良依旧激励和感动着认识他的每一个人；他的灵魂徘徊在天上，远远地照嘱着人间，照嘱着他所关爱的一切。

　　临风想望，不能忘情，谨以此文衔哀致诚，"言有穷而情不可终"，望张健君在天之灵安息。也希望生活中的每一个人都能珍爱生命，珍爱生活中的一切，珍爱每一天。

（原载于《青少年书法报》2007年7月10日）

黄涛印象

军旅青年书画家黄涛来电话，要我为他行将举办的书画展览写几句话。

其实，我知道他一定约了不少人，多我一个不多，少我一个也不少，但我还是欣然地同意了。但凡年轻人找我写几句话，我都会如此。我虽不是什么名家，却也经历了许多，知道什么叫做不容易。

常常羡慕生活在民国时期的学子，能遇到像胡适这样古道热肠而又不遗余力奖掖后学的先生。当然，现在这样的故事不是没有，只是在我们的生活中不多见而已。

认识黄涛，记不清确切的时间，大概是近二三年的事吧。他知道我爱好文字，遂将自己创作的短篇小说E—mail给我，读之，很有些意识流的风格。一个年青人，书画文学并进，足以彰显其抱负所在。以后在一些展览或书画活动中常常遇到他，一样谦谦的真诚的，笑容可掬的样子。

生长于江南水乡的黄涛，从小喜爱书画。入伍十年来临池不辍。近些年，却也收获不少，作品连续荣获全军、北京书法大赛的一等奖。

从黄涛发来的作品照片，二件山水作品，几件行书作品并一件隶书，可知其书其画都深入传统，而不受时风影响。其行草书给人感觉二个字：清雅；唯一的隶书，有生拙之趣，却不失活泼。二种书体有着共同的特点：劲健，挺拔。以余之陋见，若能使线条更能呈现毛笔的柔美，增强其墨韵的丰富性，而增强作品的表现性，或可更上一层楼。

在当今思潮多元化的社会中，审美风潮此起彼伏，书法流派也可谓多矣。试图创新者不乏其众，而志于守成者也不在少数。但真正能推陈出新，领异标新，或真正深入古典之堂奥者，并不在多数。时光流转，风尚变迁，现代人的生活、意趣，人文环境早已与古人大相径庭。以今日之浮华喧燥，利益诱惑围困的当代人很难真正体会古人的生活态度、人文理想、审美情趣、风范胸襟，乃至心境，即使刻意为之，也会差之千里，自觉不自觉地也会有时代的印迹，以及个人的风尚。

继承是必然，创新亦是必然，但问题是如何地理解继承与创新，又如何地使之融入自己的创作中，全凭个人掌控。黄涛的书画经历的正是深入传统而再出新的历练，能在纷繁复杂的书法环境中，理性地厘清自己的追求而不盲目，是难能可贵的。

黄涛自述刚入伍时，因为喜欢涂抹，又没有条件，只能躲在厕所、哨所或储藏室练字读书。除了站岗训练之外，业余时间都用在了书法学习上。难怪小小的年纪就能成为部队的文艺骨干，处处得到领导的赏识和器重，还有了自己的画室，现在又要举办个人书画展览。很为他的努力得到肯定而高兴。

要知道，并不是所有的年青人都能有黄涛这样的幸运，当然，也并是所有的人都像他一样能把握住人生的机遇。机遇都是为准备好的人准备的。

我虽不甚了解黄涛展览作品的详细情况，但以他的努力和勤奋，以他的悟性和知性，相信这个展览一定会不负重望，也一定是他的一个新的起点。

王文英 山水小品

二 · 俯首即事

停的时候，
是为了欣赏人生

在家中翻捡旧物，发现一张早年留下的旧报纸，泛黄的纸页记录着时日的久远。却不知何时留下的，又为了什么。查看日期竟是1996年2月份的，距今已有十余年的光景。翻开报纸看到上面有一篇题曰《人，诗意的生活》的文章，想必是为了它而收藏的。

追求诗意生活是我由来已久的愿望，但遗憾的是时至今日这愿望却依旧还只是愿望。再读文章，竟如新读一般，没有记忆的痕迹，是否自己因为题目而留下了报纸，因为忙乱又如收藏书籍一样束之高阁了呢？或者真的读了，却没有用心去品，已不记得了。

诗意的生活，是很多文人雅士心向往之的生活。

近日读周作人散文集《雨天的书》，周先生在《喝茶》一篇中说："喝茶当于瓦屋纸窗之下，清泉绿茶，用素雅的陶瓷茶具，同二三个人共饮，得半日之闲，可抵十年尘梦。"

一杯清茶，三两朋友，瓦屋纸窗，半日之闲，真可抵十年的尘梦。其实，生活中寻求这样的时光，并不是难事，难的是你的心境真的抽离了繁杂琐事而如清茶一般透亮、清淡，真正享受这半日之闲。

我也常常"偷得浮生半日闲"，却很少能心迹双清，虽然我和夫君以此名书斋而名志，但也难逃浮生之累。常常身在山水之间，却不能有王摩诘[①]"行到水穷处，坐看云起时"的闲适与淡定。身暂离了热闹的凡尘俗务，心却有一半还留在红尘里，而无法真正地体味清净。

　　生活中像我一样的都市人不在少数，每日忙里忙外，生活就像绷紧的琴弦，稍一放松，就乱了音律，无所适从，紧张、忙碌早已成了惯性。行迹匆匆是现代都市人最真实，也最形象的写照，这恐怕就是被人称为的"现代都市病"。即使假日里的旅游观光，也大多在导游的日程安排下，紧张而劳苦，何以有悠闲自在，虽然身处山水林边，却很难领略自然风物之美而享受宁静与快乐，当然，就更不可能有神游物外的畅意。

　　人如何能脱离现实呢，更不可能离开人境而生活。就是在一千多年前崇尚精神自由、不滞于物的魏晋时代，辞官隐居的陶公渊明，虽然他的《桃花源记》，描绘出令人神往的桃源胜境，自己也还是"结庐在人境"。当然，他比我们幸运得多，"而无车马喧"，独得一分宁静与超然。

　　今日收到中科院院士，著名数学家刘应明教授的E—mail，曰"开卷有益"。

　　色彩绚丽的幻灯片讲的是人生哲理，没有生硬刻板的说教，却如春雨润物，的确开卷有益。其中有一页这样写着："停的时候，是为了欣赏人生"。读后感慨系之，于是抄录如下：

　　欧洲阿尔卑斯山中，有一条风景很美的大道，挂着一句标语写着："慢慢走，请注意欣赏！"

　　现代人看起来太忙了，许多人在这忙碌的世界上过活，手脚不停。就好像在阿尔卑斯山上旅行，乘车匆匆忙忙地过去，没有时间回一回头，或者停一停步子，欣赏一下风

景。结果，使这原本丰富美丽的世界，在我们眼中空无所有，只剩下匆忙和紧张，劳碌和忧愁。

去岁春，行旅湖北，于武汉东湖小住，在湖边的小憩时光，竟让我一时漠然，面对落霞里的湖光山色，绿树鸣禽，时光仿佛倒流，一种久违了的感动，宁静而又超然，愉悦何止心迹双清。

在车水马龙的人境，在忙碌的生活中，我们是否可以时时放慢脚步，欣赏一下身边的风景，"行到水穷处，坐看云起时"，享受片刻的清闲与优游，"再去继续修个人的胜业"（周作人《喝茶》）。

因为停的时候，是为了欣赏人生。

注释：
①王摩诘——即唐代山水田园诗人王维，摩诘是他的字。

（原载《青少年书法报》2007年5月1日）

防身的锦囊

今年儿子高考，虽不甚理想，但也是迈上了人生的又个一台阶。作为母亲，我应该为他的成长而高兴，也可以就此稍微松口气。而现实是我并没有轻松的感觉，反而有一种隐隐的担忧。

他将完成人生最后阶段的学习，而后步入社会，用自己的肩膀来挑自己的担子，他能行吗？生活中，他没有兄弟姐妹，一个孩子处在一群成人中间，不需要谦让，没有责任要负，家里的人都视他为掌中宝，于是，他就成了"至尊宝"，他的周遭皆是同他一样娇生惯养的独苗，眼中除了自己，更有何人？我真的怀疑他的肩膀是否能担当起他的人生？

我对儿子的未来不无担忧，却束手无策，不知道该如何使他明白他将来要面临的独立人生。一日，偶读胡适先生的文章《一个防身药方的三味药》，豁然开朗，这或许可以开他的心智。当然，让他接受这些并非易事，因为他此时的心思不在这里。

《一个防身药方的三味药》，是胡适先生应邀去台南成功大学为即将走出校门的毕业生所作的讲演，时间是上个世纪的1960年。虽然时光恍惚间过了近半个世纪，但今天读此讲演，却有时空错位的感觉，就像刚刚聆听的一般。

这个曾经的北京大学校长，研究著述遍布多个领域的大学者的演讲，没有虚无缥缈的大道理和刻板的说教，亲切、真诚就如邻家的大哥哥，其所言句句发自肺腑。坐在台上的他，并未以一个成功者的姿态，而是以一个曾历岁月的老大哥的资格，送给台下将要离开校门，自立于社会的毕业生一件小礼物——一个非常实用的，可随时防身救急之用的药方。

这个防身药方简单得只有三味药："问题丹"、"兴趣散"和"信心汤"。不要小看这三味药，它可以帮助你张起人生的风帆，驶向江河湖海。

胡适将这三味药的药方，形象地称为"防身的锦囊"。

胡适认为每个人离开学校，总得带上一两个不大容易解决的问题在身边。只要有问题跟着，就不会懒惰了，就会继续有知识上的长进，这就是"问题丹"，是入世的第一要紧的救命宝丹。他说：

问题是一切知识学问的来源，活的学问、活的知识，都是为了解答实际上的困难，或理论上的困难而得来的。年轻人入世的时候，总得有一个两个不大容易解决的问题在脑子里，时时向你挑战，时时笑你不能对付他，不能奈何他，时时引诱你去想他。

只要你有问题跟着你，你就不会懒惰了，你就会继续有知识上的长进了。

这颗救命宝丹或许正对儿子的病症。像他这样的城市独生子女，享乐主义是奉行得很彻底的，摆在面前的问题尚得过且过，更不要说自己找问题，带着它行路。如果他能心悦诚服地服下这颗救命宝丹，学会自己找问题，自己思考问题，自己解决问题，那他才可算是真正地长大了。

至于"兴趣散"，胡适先生认为，每个人进入社会，多发展一点职业以外的兴趣——"业余"的兴趣。他说：

一个人应该有他的职业，又应该有他的非职业的玩意儿。不是为吃饭而是心里喜欢做的，用闲暇时间做的，——这种非职业的玩意儿，可以使他的生活更有趣，更快乐，更有意思，有时候，一个人的业余活动也许比他的职业还更重要。

的确，如胡适所言，大学生选择专业，不一定都是自己的自由志愿，因而文凭也不真就可以代表一个人终身的志愿和真正的才能，终身的兴趣。四年的大学生活，也许会发现新的业余的兴趣，也许会发现自己在本行——专业之外的才能。

在建国50周年文艺作品征集评奖活动中，荣获一等奖

　　大多数的青年人在涉世之初，往往不具备选择生活的能力，不是自己选择职业，而是生活选择职业。更多的人是在人生的漫漫长途中，逐渐地发现或培养了自己的兴趣和才能，人生才呈现了又一番景象。有时候一个人的业余兴趣带来的成就比职业带来的还要大，古今中外不乏这样的例子。

　　无论一个人生存在什么样的环境或空间，总得有一点信心，信心可以移山。这就是"信心汤"。胡适告诉青年朋友们：努力不会白费，没有一点努力是没有结果的，即所谓"只要功夫深，铁杵磨成针"。

　　胡适先生的这个防身锦囊为行将毕业的同学开始独立人生点燃了一盏灯，有人称其为人生指南，还是很有道理的，它可以使青年人在创业的路途上少些徘徊和举棋不定。

　　胡适（1891——1962）是现代中国最具声望同时又争议最大的文化宗师与思想巨人。在《我的歧路》一文中，他曾这样说："哲学是我的职业，文学是我的娱乐，政治只是我的一种忍不住的新努力。"实际上，除了哲学教授的职业，他的文学、历史、语言、文字、伦理、教育、社会、政治等业余兴趣，也都建树卓越，在中国现代思想文化史上影响深远。

　　可以看出，三味药的防身锦囊，是胡适自己几十年人生的心得，在这里他毫不保留地送给了青年朋友。

　　在这个防身锦囊中，最令我感慨系之的是"兴趣散"。

　　"业余"的兴趣，不仅对于初入社会的毕业生重要，其实，对于各个年龄段的人都有意义。像我这样有了些许年纪的人经历了岁月的淬炼，少了火气，多了幽默，有了业余兴趣，大多只管耕种，不问收获，更多地是尽情地享受过程所带来的乐趣和愉悦。

　　人常以为，兴趣会因时因事而变，不断地发现自己的兴趣和才能，挖掘自己的潜能，才能使自己的人生更有意思，生活更充实而快乐有趣。这固然很有道理，一个人兴趣多了乐趣就多，但是不是兴趣越多就越快乐呢？以我这样的愚笨之人，不及胡适这样学识、胆识非常的智慧之人之一二，职业之外二三个业余兴趣，尚招架不住，故常想分个伯仲出来，有所为有所不为。自己的人生兴趣远离了职业，真的是很难照应彼此。

　　在中国，现实生活中像我一样的所谓的书法家大多是职业之外的兴趣所在，而大多如胡适所言，业余的活动比职业更重要。业余的兴趣确实为我的生活增添了些许的色彩、快乐和成就感。但这"业余"的兴趣却使我尝尽疲于奔命的滋味，我敢说有很多的人同我一样希望有朝一日能结束这样无奈的生活，而专注如一。

　　当业余的兴趣成为生活的主要部分，我想，这个业余其实就可以取代正业了。如果能使兴趣转化为职业，就可以过着散淡而悠闲的生活，每日做着自己喜欢做的事，而不必顾及其他，快乐地享受每一寸光阴。当然，这样的理想，不是每一个人都能实现的，懦弱优柔似我者，怕是今生难以实现。

　　无意间服了"兴趣散"，快乐并苦恼着，若说快乐多一些，还是苦恼多一些，我想还是快乐多过苦恼。因为你在做着自己喜欢的事，你会觉得充实，觉得快乐，觉得趣味横生，觉得人生有意义。

　　又因为兴趣而自觉服了"问题丹"，闲不住，也停不下来。而支撑我们这些游走于职业和业余兴趣之间的人义无反顾地一路走下去的勇气，我想应该是胡适所说的"信心

王文英 清夏

汤"了。他的"努力不会白费",也坚定了我对"业余"兴趣的坚守。

胡适先生的防身锦囊中的三味药可谓参悟了人生三昧。

试想,著述等身的胡适,如若不是内服"问题丹"、"兴趣散",外加"信心汤",仅仅靠着勤勉能否做出这么大的成就?我没有根据不敢妄加论断,但这三味药的防身锦囊一定是他的人生经验的浓缩,他也一定是带着这三味药的防身锦囊行他人生的路。

当然,也并不是所有掌握了这三味药防身锦囊的人,都可以使自己的人生如胡适一样的辉煌,但我想至少可以使自己的生活有声有色。

我虽不再年轻,但胡适先生的这个防身药方的三味药,我还是会作为自己的防身锦囊,带在身边以便随时防身救急之用。

(原载《涉事》总第一辑2008·9)

书房的风景

拥有自己的书房兼画室，已是第7个年头了。而我在里边工作的时间却大多是在晚上。因为白天，我不得不外出工作，书房就这样寂寥地空闲着。常常叹息，自己的世界其实在这里，却不得不每天奔波在外，它寂寞，我也寂寞。只有到了晚上的光景，才属于自己，可以在这里度过一天中最快乐的时光。

虽然，我的书房利用率很低，但还是越来越觉得近16平方米的空间，单纯作为书房尚可，而作为画室还是略显紧张了些，何况随墙而立的书柜，已分得半壁江山。创作尺幅大的作品，不得不在客厅的地上。

曾几何时，我们一家人与另一家人合居在一套只有40余平方米的单元房里。虽然居室逼仄，但我与双华拥有了我们平生的第一个书房，一个不到9平方米的画室。这着实让我们兴奋了好一阵子。

能有一个读书写画的空间，在二十世纪相当长的时间里，对于像我们这样的平头百姓来说，是一件极奢侈的事，许多人连独立的居所都没有。这样一个空间曾令许多朋友羡慕不已，一度成了朋友们聚会的场所。许多年以后，朋友们陆续拥有了各自的房子，而我们还蜗居在里面。

收藏的书籍越来越多，不断地蚕食着有限的空间。随着儿子的出生，本来狭小的空间，越发拥挤。不得已我们的书房兼作了儿子的卧房，而我们的卧室成了又一间书房。为了那些收藏的上千册的宝贝书籍，又为了一张不得不设置的画案，不仅牺牲了儿子的空间，就连自己睡觉的床也只好省了。白日，就是困了、累了，也没有地方躺一会儿。入夜，忙活了一天，为了休息不得不继续忙活，收拾书籍桌椅，好腾出休息的空间。

两人共用一个书房，书房中仅有的一张画案，自然成了争抢的对象，以至于关于书房的记忆，大多凝聚在那张宝贝似的画案上。

于是乎，儿子能有一个自己的空间，自己能拥有一张床，便自然而然的成了我的理想。

终于有了新房子，条件虽然有所改善，床有了，但儿子自由支配的空间依然没有，画案还是与双华合用。不过，这时，我们拥有了独居的房子，有了小却还可用的起居室和餐厅，自然就多了一张餐桌，使用餐桌的多半是我。这时的书房却只有7平方米，而这个独立的空间，多半还是双华使用。

如果儿子和我都能有一个自由支配的空间，那该多好。于是，鼓努之下，我们便贷款买了现在的房子。那是二十一世纪之初，自己掏腰包贷款购买房子这种商品的中国人还不多。朋友取笑我寅吃卯粮，就该每天吃窝头喝粥就咸菜。其实，我又何尝不担忧自己呢。要知道，中国人还是习惯手中有钱的日子，何况还有那么多，对我来说像天文数字一样的外债。

拿到新房的钥匙，带朋友家人去看，偌大的近40平方米的起居室，让在场的人啧啧赞叹。更欣慰的是房中有四个房间，可以分作儿子的自留地，我的书房，双华的书房，还有

王文英　山水小品

书房的风景

我们的卧室。更可心的是，房子的空间居然相差无几，都在15、6平方米，省了争抢的麻烦。

初有自己读书写画的空间，兴奋自不必言，常常关上门，自己一个人静静地欣赏着书房的风景，自由地享用着自己的画案，而不用再费口舌。世间的物质需求，似乎于我再没有什么。

接下来的日子，白天依旧如觅食的飞鸟离巢，只有晚上或者周末，才能站在画案前，但也大多是急急地应付着种种似任务一样的写写画画。

就这样，进进出出，忙忙碌碌，许多年过去了，竟再也没有静下心来细细地品味过书房里的景致，连最初的兴奋也渐行渐远，如日出后的雾，散尽了。

书房中的书越堆越多，连门关起来也不容易了。于是，又开始感叹地方太小，羡慕朋友们如教室般的工作室。看来，欲望是人世间最可怕的东西。

"快意人生"，是许多人的理想，也是我的人生理想。遗憾的是，我却从未真正地体味过，高兴与快乐也只是一时一地的情感变化。书法为我所爱、诗词歌赋也为我所爱，绘画亦为我所爱，山川风物又使我留连忘返。穿行在这些爱中，常常顾此失彼，不知所措。

有一天，我发现，沉浸在笔下的山川中，我体味到了一种从未有过的快慰，一种

王文英　行书唐诗二首

享受，一种沉静。从朝日到黄昏，再到晨星隐落，竟不知疲倦，兴味盎然。每日与山对话，与水对话，看到一张张白纸，经我手中笔的点染勾皴，有了山川湖泊，有了松风林壑，有了小桥流水，有了溪亭人家，有了心中的桃花源，感受着一种从未有过的恬静与安然，如同澄明如镜的湖水。

书房的桌上地下摆满了画集、纸笔颜料，连走路都要绕来绕去。虽然我依然很少有时间打量我的书房，虽然大多的白日里我依旧不得不外出，虽然窗外的景色依然很美、很热闹、也很诱惑，但我却独爱书房的风景。一室之内，有四季，有风雨变换，有山川风物，有心灵的安宁。

书法，绘画，诗词歌赋，对我来说就像一个母亲膝下的几个孩子，虽然照顾起来还是有些忙乱，虽然依旧地难免顾此失彼，但享受它们成长中的痛苦与快乐却是人生中无以伦比的幸福。

这是否就是快意人生？

我想，是的，对我而言。

人或曰：喜热闹。而吾独爱静，是以不同也。

书房中的日子，就这样痛苦并快乐着；书房中的风景，也成了我人生中不可或缺的风景。

（原载《书画名家报》2009年3月1日，《青少年书法报》2009年3月10日）

宅 女

一日，闲坐家中，翻看报纸，见"宅女"一词，却不知何意。知道现在是一个花样翻新，稀奇古怪的词汇常出常新的年代，故不以为怪，也不以为奇，当然也不好妄加揣测。

文章读完，依旧一头雾水。再看看报纸，一个版面竟全是一些所谓的"宅女""宅男"的感言。于是，又读一篇，渐悟。原来"宅女"、"宅男"，是指像我这样，喜欢猫在家里的女人和男人。

这词从何而来，不得而知，也无需考证，即便考证出个所以然，也没有多大意思。再一想，宅女，宅男，形容像我这样的喜欢蜗居在家的女人或男人，还是满贴切的。

一次，出差在外，与朋友饭后喝茶闲谈，说到个人脾气秉性，忽然想起"宅女"这个颇有意味的新词来，于是声明，自己是一个"宅女"！

一向以时尚自许的友人，一脸的诧异。看来，这世界变化实在是快，如此趟在时尚潮流之中的人，尚且不知，而我这个时常落伍之人，一不小心却走在了潮头。不免面露得意之色，告诉他如是这般这般，博得对方开怀大笑。笑毕，道，形象！你真该刻方印，以此名之。

名不名之，到在其次，重要的是，像我这样不愿时时在外奔波的人，还真不少，却不知是否个个都像我一样崇尚简单生活。

我常对双华说，在家，守着书、守着笔墨纸砚，有你这样的良友相伴左右，纵是神仙生活我也不换！一室之内，有春夏有秋冬，有青山有绿树，有田园风光，亦有风雨雷电，更有佳偶相知，可自娱也可自乐，自乐之外或可娱人。是问，人生至此，夫复何求？

只是人生活在这世上，除了吃饭穿衣，还要扮好各种角色，尽到父母儿女的责任，更少不了相知的朋友，不出家门，又如何。

　　寻一座空山林野而幽居，得一静。取两倾荒芜田亩而耕耘，得一足。栽一园山花野草而欣赏，得一闲。提两桶甘冽泉水而煮茶，得一清。找几个知心朋友，默契往来而弄月嘲风。游几处名山大川，回归自然而呼晴唤雨。静则无念，足则无欲，闲则无恋，清则无贪。无念、无欲、无恋、无贪，真可谓陈眉公云："放得下俗人心，方可为丈夫；放得下丈夫心，方可为仙佛；放得下仙佛心，方可为得道。"故曰练达之人，则撒手于悬崖；凡夫俗子，则沉身于苦海。皎月山林初上，亭榭危栏小倚，坐看山间烟云弥漫，心系飘渺虚无，恍惚若梦。脱尘俗之束缚，酌醇酒以陶冶性情，避世俗之纷扰，吟诗话以寄托襟怀。山林静默，何来荣辱？野泉清澈，可涤烦恼。清风作伴，取诗书以下酒。侠情一往，摘白云以赠人。

王文英题　沈忠英制

　　这是博友孤山散人博文中的一段话，却正合我的心迹，便毫不犹豫地ctrl加c，复制于此。然并未征得主人的同意，不知散人知道后会不会怪罪于我，不晓得要尊重知识产权。

每天的工课

文字可以复制，而心境如何复制？

散人，今之高士也，但为了生计却不得不离家抛妻舍子别友而远行。可见，人行走尘世间，却很难行走在自己的心迹里。

身居闹市而想山林，深陷红尘而想平淡，在无奈与欲望的挣扎中，始终念着陶公渊明的一句话——心远地自偏。这个生活在中国晋代的诗人哲人，他的理论与千余年后风靡美国的简单生活理论有着异曲同工之妙。

简单生活，是曾任律师的美国人丽莎·茵·普兰特女士提出的。她参与创办的《简单生活月刊》杂志，在全美产生了巨大的影响，一度被认为是"二十一世纪的新生活导师"。

陶公的话，影响的只是中国一部分文人和文人的生活；而普兰特的简单生活理论却得到众多人的响应，而且越来越多，却大多是普通人。

我的生活虽不似普兰特提倡的简单生活那样纯粹，但自诩也相差不多。所差的是我远离自然，依然穿行在都市的喧嚣与紧张中，头顶着灰蒙蒙的天空，呼吸着稀薄的空气，在为许多看似无甚价值的事物奔波忙碌着。相同的是，我的衣食住行都归为了简单，即使在做

王文英题　沈忠英制

"宅女"的日子里，饮食起居也一样的朴素简洁。

而我始终不能忘怀的还是陶公的名言——心远地自偏。

其实，宅女，宅男们的生活正是陶公与普兰特理论的实践者，也许他们并不曾想过这些。但在人们竞相追逐物质的奢侈品时，他们知道自然、阳光、空气和纯朴，才是真正的奢侈品；简单的生活才能让他们的心灵和健康同在。

想做"宅女"而不得的日子里，总在盼望周末的到来，又可以回复"宅女"的本来面目，兴奋如小时候盼望过年穿新衣一样。短短二日，忽忽而过，于是，又开始一周的奔波，又开始新的期盼。

日子的河就这样在奔波与期盼中，在忙碌与简单中悄然流过。

（原载《青少年书法报》2009年7月7日）

和日子一起行路

去的尽管去了，来的尽管来着；去来的中间，又怎样的匆匆呢？早上我起来的时候，小屋里射进两三方斜斜的太阳。太阳他有脚啊，轻轻悄悄地挪移了；我也茫茫然跟着旋转。于是——洗手的时候，日子从水盆里过去；吃饭的时候，日子从饭碗里过去；默默时，便从凝然的双眼前过去。我觉察他去的匆匆了，伸出手遮挽时，他又从遮挽着的手边过去，天黑时，我躺在床上，他便伶伶俐俐地从我身上跨过，从我脚边飞去了。等我睁开眼和太阳再见，这算又溜走了一日。我掩着面叹息。但是新来的日子的影儿又开始在叹息里闪过了。

这是朱自清散文《匆匆》中的段落，近来却不期然，常常闪入脑海。初读它已是二十多年前了，那时的我没有现在这样真切的感受：日子如飞。

不知从何时起，我竟无由地惶恐起来，为了去来中间的匆匆。"未觉池塘春草生，阶前梧叶已秋声。"看着眼前正在经历的一切，不知不觉中匆匆而过，俯仰之间，已为陈迹，一年、二年、三年……十年，去日如飞，不禁忧从中来。"眉上心间，无计相回避"，何以时间这般的瘦，而指缝又如许的宽。

我不知道自己从什么时候开始由时间的富翁，一变而成为时间的贫民。

在小时候的零星记忆中，时光的河流，慢得令人窒息 。一个总想快快长大的黄毛小丫头，非常羡慕邻家的姐姐，更仰慕比邻家姐姐还长几岁的同学的姐姐，那个在十几里外的镇上读高中的美人，高高的个子，白白的皮肤，粗黑光亮的大辫子长长的垂过腰际，走起路来左右摇摆，很是神气。常常在梦中看到自己长大了的样子，却总是朦朦胧胧的不真切。

于是，盼啊盼，一天又一天，太阳东升西落，日子却过得出奇的慢，寂寞得令人心慌。再长大些，记忆里装满了没完没了的考试，对时间似乎没有太多的感受。不知不觉

与金开诚先生在小浪底水电站

书坛巾帼。左起前排林岫、周慧珺、张改琴，后排李静、高虹、陈秀卿、孙晓云、王文英

中自己真的长大了，似乎也出落得有模有样，却依然不知流光偷换，总感觉有的是时光可以任自己挥霍。

但日子它有脚啊，走得健步如飞大步流星，没有丝毫的留恋。二十余年，弹指间，待梦醒，却与韶光共憔悴。

常常叹息，人生何以这样：当你不知道什么是生活的时候，日子过的像牛车一样慢；而你懂得生活的时候，日子却似上足了发条的钟摆，容不得你从容。

其实，爱惜光阴的故事从古说到今，不仅流传着许多美丽的传说和感悟的心语，而且人类还创造了许多形容时间短暂的美妙词汇："刹那"、"瞬间"、"弹指"、"须臾"等等。但大多数的人却总是要在挥霍时光之后，才知道光阴的珍贵，比如我。

"刹那"、"瞬间"、"弹指"、"须臾"，虽然都是用来形容最短暂的时间的，但它们之间却不尽相同，各代表长短不同的时间概念，足见人类的时间观念之严谨。（"刹那"来自梵文Ksana的音译，意译为"一念顷"、"一瞬间"，印度古代最短暂的时间单位。）在东晋僧人翻译的印度佛典《摩诃僧只律》中有这样的记载："一刹那为一念，二十念为一瞬，二十瞬为一弹指，二十弹指为一罗预，二十罗预为一须臾，一日一夜有三十须臾。"曾在报纸上读到有心人的推算：一天一夜24小时有480万个"刹那"或24万个"瞬间"，1万2千个"弹指"，30个"须臾"。一昼夜有86400秒，一须臾等于2880秒，一弹指为7.2秒，一瞬间为0.36秒，一刹那却只有0.018秒。我不知道这些推算结果是否准确，但从中还是体味到推算者的良苦用心。百年人生，看似漫长，实则短如一瞬，所以人们咏叹人生"譬如朝露，去日苦多"，"修短随化，终期于尽"。

我不清楚有没有人计算过自己走过多少个"刹那"，又有多少个"瞬间"、"弹

① 二十余年前，我与双华跟随钱绍武先生学习书法。左起王文英、钱绍武、官双华。
② 2008年教师节，在钱绍武先生的"朽木堂"。
③ 展览会上。左起梅墨生、王文英、张铁林、刘正成。
④ 在韩国著名书法家李敦兴书法展上。
⑤ 与龙瑞先生在《中山艺术》首发式上。

指"和"须臾"？

朱自清曾在默默里算着自己有八千多个日子从手中溜去，像针尖上一滴水滴在大海里，日子滴在时间的流里，没有声音，也没有影子，而头涔涔而泪潸潸了。我没有他的勇气，算算有多少日子从自己手中溜走，但一定比他要多很多很多，而且有时还以阿Q精神自慰，有意忽略今夕何夕，以换取片刻的心安。

朱自清说："过去的日子如轻烟，被微风吹散了，如薄雾，被初阳蒸融了；我留着些什么痕迹呢？我何曾留着像游丝样的痕迹呢？我赤裸裸来到这世界，转眼间也将赤裸裸的回去罢？但不能平的，为什么偏要白白走这一遭啊？"

是啊，赤裸裸来到这世界，难道转眼间也要赤裸裸的回去吗？飞起来不计东西的飞鸿，偶然之间，还会在雪泥上留下指爪印痕，而我呢，去来之间，除了匆匆，会留下像游丝样的痕迹吗？其实，我的忧虑不只在这里，更因为愿望太多，而日子却自顾自地匆匆溜走。被远远地甩在后面的我，不只是头涔涔而泪潸潸，还有惶恐和忧虑。

教师节那天，同双华去看望当代著名雕塑家、书

法家、教育家钱绍武先生。

我们二十多年前开始从先生学习书法，那时的我
十八、九岁，正是花样年华，转瞬之间我已过不惑，
而先生也已届耄耋之年。久不见先生，惊讶他还是从
前那样的谈笑风生，爽朗的笑声似有金属共鸣，周身
散发着蓬勃的活力和热情，感染着在座的每一个人，
知道先生何以被人称为"年轻的老夫子"了。

在他名为"朽木堂"的工作室里，四面墙上贴满
了书画作品和雕塑的巨幅照片，依墙矗立着他的雕塑
作品，有著名的《大路歌》，有仰天长笑的李白，风
清月白的李清照……还有尚在创作中的神情凝重的杜
甫。半个多世纪先生雕塑了许多的人物，而时光似乎
没有在他身上刻下岁月的痕迹，他依旧的每日忙碌
着，依旧的笑声朗朗，而我又惶恐着什么呢？

觉察日子去的匆匆了，不要试图伸手遮挽它，不
要惶恐，从容地挽起它的手，快乐地和它一起行路。
这是我从朽木堂中年轻的老夫子身上悟到的。

王文英　古琴名帖行草七言联

吾之字号之由来

　　兰堂乃吾字，仪羲乃吾之初字，双清山馆主人乃吾之号，皆非名也。

　　现代中国人，除却一些书画家或喜爱传统文化的人，大多只有姓和名。而在古代，人却不只有姓名，还有"字"，亦为表字，后来还有了号。名字号之间，个个独立却又相互依存。名为出生后所取，字却为成人后取。《礼记·曲礼》上说："男子二十冠而字"，"女子许嫁笄而字"。"古者，名以正体，字以表德"（颜之推《颜氏家训·风操》）。名是用来表明自身，区分彼此的，字则是表示德行的。字因名而来，一般是对名的释说或意的延伸与调整，是以二者相关联，通称名字。同辈或属下只可称呼尊长的字，而不能直呼其名。而号是一种别名，又称"别号"，是人在名、字之外的尊称或美称，除自署外，还有赠号。赠号又有官称、地望，谥号等等。"号，谓尊其名，更为美称焉"（郑玄注《周礼·春官·大祝》）。

　　作为现代人的我，在姓名之外，又取字，又取号，并非单纯复古，或自诩为书画家，或称异于人，或自己的"名"不够好。其实，恰恰相反，是因自己的"名"太好，恐实不相符也。不过，现在的我非常庆幸自己姓名之外，又多了字号。

　　说来好笑，催生字号的酵母，却是生活中因姓名而引起的一些"小麻烦"。

　　很多很多年以前，一日，不舒服去医院看病，却忘记带挂号证。因为家远，只好求助于挂号处的工作人员。她嘱我填写一张临时证。因忘记病历号，劳烦她找了很久，终未找到我的病历。于是，她将一摞厚厚的，说不清有多少人的病历推到我面前：

　　"自己找吧，免得耽误后面的人。"

　　原来，病历的主人都为姓"王"名"文英"者，有男，有女；有上了年纪的老人，有刚出生的小孩。多得一时半会儿数不清，怪不得她不耐烦。我也找了很久，才找到我的那份病历。

如果这算作生活中的"小麻烦",那么,接下来的一件事,却令人啼笑皆非。

一日,闲坐家中,忽接某君电话,不等我应声,对方已开始大声训斥。不明就里的我,如坠五里云中,疑其打错电话,谁知此君一口咬定没有打错。过了好半天,我才弄明白。原来,他刚于一个书画展览上,看到一件恶俗的书法作品,署名为"王文英"。依他的话说,从内容到形式都极为恶俗,心中疑惑,却又不识书法界还另有其他的"王文英",借点酒力,于是向我"伐罪"。

过一日,酒醒,又来电。还是不等我开言,径自道歉,说仔细看了,那的确不是我的作品,大概是另有其人,要我原谅他的酒话。我当然不会介意,朋友爱护我,才会有此举。但过后一想,若是换作他人,会不会也像此君这样直言不讳呢?

所以,自此以后,我尽量或在作品的款字中,或是印鉴上,加上兰堂或双清山馆主人,以别之。但于文章,却还不曾如此。是因如此又会带来诸多不便,生活中的许多事情只认身份证件,而我的身份证件上,只标明"王文英"。

说起姓名字号,还有许多趣话。

我曾将自己因姓名带来的不便,诉于母亲:知道若上网搜索,会出现多少个"王文英"吗?多得不可计量。每次上网搜索,需在"王文英"后附加"书法"二字。而我的诗文、绘画却不知如何搜索,似泥牛入海。母亲听后,大笑,曰:若不是"文英"之名,你怎么能如此沉浸于文墨,而小有成绩。余无语。

当初为取字,颇费心思,终觉自己才疏学浅,于是,求助于古典文学研究专家邱少华先生。先生湖南涟源市人,早年毕业于北京师范大学中文系。先生退休前,一直在首都师

兰堂 甘海民刻

兰堂 自刻

兰堂 崔志强刻

王文英印 崔志强刻

渭水王文英记 曾翔刻

双清山馆主人 翟卫民刻

范大学中文系讲授古典文学，为人谦和，与世无争，倾毕生精力于教学与学问研究，乃我所见最称得上谦谦君子之人。我虽未真正从先生学习，却因吾之夫君16岁即从其学习古文，故过往甚密，常有问题求教于他，对其道德文章十分佩服。惜未与之学。

知道我欲取字，先生一口应允，还写了一篇《文英字说》，以记此事：

文英，予弟子双华之俪也。秀外惠中，温文尔雅。名，美名也；名与实亦相符也。文英则以为天下之以此名而不符其实者多矣，欲有以别之，乃求字于予。予曰：星日云霞，天文也；山川花树，地文也；典章制度、文学艺术，人文也。书法在其中。英则文之精也。文英喜文而又喜书，书且日见其精进，以今日用功之勤，何患不能上追魏晋。而右军又出自君家，书之英，亦文之英也。右军既为书圣，文英其欲奉为楷模，而爱之，敬之，效法之乎？予字文英曰：仪羲。仪羲，心仪羲之也。文英勉之。

邱先生之文，美文也。情真意切，是对我的勉励，也是厚望。而吾却不敢以为天下以"文英"为名而不符其实者多矣，而别之。仪羲之于文英，实为好字，惜我胸中少文采，志向也不高远，恐负先生之美意，是故很少提及。时光荏苒，忽忽已近二十年，我虽勤奋努力，长进却不大，有负于"文英"之名，更不担"仪羲"之字，不知先生睹此，会不会大失所望。

因"文英"亦有芳洁之意，而意属"兰堂"。"双清山馆主人"，乃喻心迹双清，又因两个心性淡泊之人，同居一处。是故，常用。

（原载于《青少年书法报》2008年6月26日，《艺术中国》2009年第二期）

怀 旧

一直生活在紧张忙碌中，每天都有做不完的事情，很少有闲暇回忆往事。近些时日却常常因事因人因景因情想起过去的一些人和事，时常梦回童年，重温旧时的欢娱。行旅青山绿水间，抑或偶然触发诗情，都会引起对昔日生活的怀恋之情。

常听人说，人一旦有了怀旧情结，沉浸往事，是开始衰老的象征，或许有几分道理。人步入中年，不仅怀念过往，而且还多了一份多愁善感，一份悲悯之心。

今日翻阅周作人散文集《雨天的书》，集子中有一篇题为《怀旧》的文章，且不说文章内容，单就这"怀旧"二字，就足以勾起我的怀旧之思。

往事如烟似梦。说来奇怪，最令我愁肠百转，牵肠挂肚的竟是两排高大的白杨树，特别是夏秋时节，晨昏时分踟蹰其间的那种无以言表的愉悦与超然。

那是我少儿时代生活过的地处乡间的军营大门外坡道两旁"傲然地耸立，像哨兵似的树木"，笔直、挺拔，遮天蔽地，宛如一道绿色的长廊。不远处哨位上的哨兵与这一律的笔直向上的树，就像一道风景，深深地刻录在我记忆的深处。

清晨，东方既白，旭日如含羞的待嫁少女，若隐若现，麻雀清脆的鸣叫越发衬托出黎明时的寂静，一切都还在似醒未醒之间，我已背着书包，行进在这绿色的长廊中，呼吸着清新的空气，享受着片刻的清静。

黄昏时分，这里又多了一份神秘，鸟儿穿梭在枝桠间，斜阳穿过细密的枝叶，洒落一地斑驳的碎金，微风过处，碎金欢快地跳着舞，耳畔回响着沙沙的悦耳的声音。这时的我又背着书包经过这里回家。不必像清晨那样匆忙，可以放慢脚步，悠闲地慢慢地踏着碎金走过。

我不知道它们的年龄，自我认识它们，就已经这么高大，这么伟岸。后来在课本中学了茅盾的散文《白杨礼赞》，才知道原来这么平常的树，在作家的笔下，竟有如此高贵的品质：

那是力争上游的一种树，笔直的干，笔直的枝。它的干呢，通常是丈把高，像是加以人工似的，一丈以内，绝无旁枝；它所有的桠枝呢，一律向上，而且紧紧靠拢，也像是加以人工似的，成为一束，绝无横斜逸出；它的宽大的叶子也是片片向上，几乎没有斜生的，更不用说倒垂了；它的皮，光滑而有银色的晕圈，微微泛出淡青色。这是虽在北方的风雪的压迫下却保持着倔强挺立的一种树！哪怕只有碗来粗细，它却努力向上发展，高到丈许，二丈，参天耸立，不折不挠，对抗着西北风。

……

它没有婆娑的姿态，没有屈曲盘旋的虬枝，也许你要说它不美丽，——如果美是专指婆娑或横斜逸出之类而言，那么白杨树算不得树中的好女子；但是它却是伟岸，正直，朴质，严肃，也不缺乏温和，更不用提它的坚强不屈与挺拔，它是树中的伟丈夫！

十年前的我

重新审视打量我一日两次会面的白杨树，它们的确是极普通的树，在我生活的周围随处可见，可它们却又是那么的不平凡，充满了魅力，尤其是这两排如哨兵一样挺拔、严肃、庄重，坚

现在的我

守着岗位，陪伴我成长的白杨树。

时过二十余年，我开始担忧这两排曾经给过我许多美好意象、美好记忆和快乐的白杨树的命运。现在的城市建设不断地蚕食着乡村的土地，建设的步伐快得来不及记忆，何况几十年的光景。遇到儿时的玩伴或同学，我总是急急地寻问它们的状况，情知存在的可能性几乎为零，但我却无法回避自己的情感。其实答案我早就知道，可当他们告诉我，早就不见了，心还是骤然间痛了一下。

老同学们几次约我去曾经生活的地方看一看，大家都像我一样有一种挥之不去的怀旧情结，可我却婉言回绝了。我知道那里已决然不是我们记忆中的样子。与其感叹世事变迁，追忆从前，不如让那份美好的回忆留存在记忆里，还可以时时重温那份温馨。

其实，怀旧就像瘟疫一样充斥于社会的各个角落，老书画、老照片、老音乐、老歌曲、老电影、老书籍、老房子、老家俱……都成了人们追逐的对象。

网上有专门的怀旧的空间，还有专营怀旧的网站；有了像王安忆、陈丹燕、程乃珊等怀旧的作家文字；有了以专事拍摄或描绘旧日建筑、旧时的文化遗迹或废墟的摄影家和画家；以怀旧为题材的影视作品更是多不胜数。

有头脑的生意人抽取一片那些过去的已成为历史的旧日生活元素，作为店面的招牌，以招揽生意；时尚的人甚至在家中摆放几把老式的椅凳桌案，或随便放一个什么老物件，营造一份幽幽的略带岁月沉淀的厚重的韵味，以表明主人的情调品位。就连时装界、家居界也掀起了仿古热潮。据报载2003年开始了京沪怀旧文化车轮战……复古风的流行深深地影响着人们的生活，古香古色的字眼被人们颠过来倒过去，似乎每个人都沉浸在怀旧里。

王文英 山深云满屋

怀旧与年龄有关，又似乎没有必然的联系，它是一种超越物质的情怀，似乎又是那些热爱生活追求小资情调人的"通病"，抑或是那些追求高古之人的精神寄托……有人给怀旧穿上了漂亮的外衣，称作：怀旧文化。表现人们对已经逝去的文明的一种向往，一种追忆。

市场经济的繁荣，带来了物质生活的丰富，也同样刺激了人们追求物质的欲望，而物欲的膨胀势必带来了浮燥、喧嚣、粗糙、忙碌和紧张。人们开始透过岁月的尘封，追忆过往，追忆被时空滤过的神秘的一切，于是，怀旧情绪开始蔓延，流散于社会的角角落落。

而我怀念过去，是为了寻找一种失去很久、很久的恬静与淡然。

（原载《青少年书法报2007年7月3日》）

孤独的意境

好友北京画院的油画家张晓勇先生，曾多次只身驱车前往西藏写生。我很好奇，他一个人的旅途会是什么样子？

我知道他每次出发前，都会有计划地锻炼身体，做好充分的准备。但一个人的旅途，在广漠无垠的藏北无人区，白天黑夜，天地之间除了自己，有生命的不是天上的飞禽，就是地上的走兽。孤独、寂寞之外，生命时常还会遭遇威胁。面对我的询问，他的回答出乎我的意料，他说自己喜欢孤独，喜欢一个人的旅途。

每个人都有自己的追求和爱好，艺术家的追求就更不同凡响。晓勇的追求我理解。一个人的旅途，我也向往，但那只是相对而言，只是孤身一人处在陌生人中间，寻求暂时的心灵孤独。我知道晓勇追求和享受的是一种超越生命的审美体验。凡人如我者，却不敢想象一个人被抛至荒漠，天苍苍，野茫茫之中除了自己之外，再难以找到一个有语言功能的生命，恐怕想的最多的还是生命安全这样最实际、最直接的问题，不会是享受孤独、寂寞这样精神上的情感体验，而是生理上的反应——恐惧。这也许就是我不能执著于自己的追求，放弃一些本该放弃的东西而又始终没有放弃的原因吧。我不够纯粹，也不够执著，故我无法感同晓勇的追求。

尘世中的人或多或少都有过孤独的经历，或正在经历着孤独。但孤独的情形却千差万别，不尽相同。有空间上的孤独，有失意、失恋的孤独，有怀才不遇的孤独，有缺少知音的孤独……不一而足。昔日李白也曾感叹："古来圣贤皆寂寞。"圣贤的高洁不是凡夫俗子能够理解的，自然曲高和寡。当然作为圣贤之人，孤独、寂寞也是他们甘愿和乐于享受的。不然何以区分圣贤与

王文英　山水小品

俗子呢。如孔子所说："人不知而不愠，不亦君子乎。"

　　甘于孤独、寂寞者，盖因追求高远，得不到常人的认知。但他们不会因为没有钟子期那样的知音，不会因为不被世人所知所理解而改变自己，"任尔东西南北风"，淡定自若，默默地固守着自己的信念。

　　日本电影界的传奇人物，导演小津安二郎一生得不到认同，却依然孤独地坚守着自己的追求。曾经读过梵高与弟弟拉提奥的书信集，里边记录着一个孤独的灵魂。我无法描述初次阅读它时的复杂心境，只知道芸芸众生中只有拉提奥懂得他，支持他，欣赏他，拉提奥是唯一愿意听他倾诉的人。尽管如此的寂寞孤独，但梵高始终没有放下手中的画笔，放弃那炽热的象征生命的色彩，直至生命的终点。

　　这些寂寞的远行者，沉浸在自己的世界里，踽踽独行，大多在孤寂中走向人生尽头。而他们的人和作品却在身后被人发现，重新认识，拂去岁月的尘埃而大放异彩，赢得身后名。

　　小津安二郎百年之后，重新被发掘出来，他的电影成为不可忽视的风格特征，成为日本电影史上重要的一页。远在天国的梵高想不到自己一生穷困潦倒，"无人识得东风面"，有生之年只在拉提奥的帮助下以低廉的价格出售过一件作品，而身后他及他的画作却赢得天才艺术家和惊世之作的美誉，有那么多的追捧者、淘金者都梦寐以求地想要拥有自己的画作，且价格一路飙升，傲居榜首。

王文英 篆书扇面

乐于孤独、寂寞者，将此看作人生享受，一种人生境界。

被称为"老玩童"的北京大学著名学者金克木老先生，是著名的印度语言文学专家、翻译家，以学问和学识而享誉文化界，却很少为外界所知。十余年前曾读过《文汇报》上刊载的关于金先生的文章，是说他如何与记者周旋回避采访，名曰 "太极拳"。后来，在全国政协会议上见到先生，想起"太极拳"一事，说与先生听。他听后哈哈大笑，手舞之足蹈之，边挥手打拳边开心地讲解他的所谓"太极真功"。

看着眼前鹤发童颜的老先生，感受着他快乐的心境，自己也仿佛回到了童年，知道他何以成为了"老玩童"。我知道先生不喜声张，不爱浮华，不求虚名，淡泊宁静，避开外界的干扰，快乐地享受着自己的"孤独"生活。这是否就是孤独的意境？

"古来圣贤皆寂寞，唯有饮者留其名"。圣贤寂寞、孤独是一定的，但真的只有饮者留其名吗？如果孤独远离了人类，世界会是什么样子？人人都缠绕于尘世的欲念之中，人云亦云，追风逐雨，那么个性呢，追求呢？如果不是甘于孤独，小津安二郎还是那个小津安二郎吗？今天我们还会认识梵高吗？

我非圣贤，没有高远的志向，但我有个性，也有自己的爱好，我不希望自己泯灭个性，放弃追求，是否我也会孤独呢？

如果能像金克木先生那样快乐地享受孤独，是否赢得生前身后名都不重要，重要的是真正体味到了孤独的意境——快乐在自己的世界里。

也许有一天，我也能体味到孤独的滋味，而能乐在其中。

（原载《青少年书法报》2007年9月20日）

蓦然回首，
那人却在灯火阑珊处

"众里寻他千百度，蓦然回首，那人却在灯火阑珊处。"

这是南宋著名词人辛弃疾词《青玉案·元夕》中的名句。近代学者王国维将此喻为古今之成大事业、大学问者，必经历的三种境界中的最后一种境界（《人间词话》）。其实，很多人在生活中都曾有过这样的人生经历。

2005年底，书画国际网开通，开辟了"书法家王文英"专栏。网友留言很多。刚开通的一段时日，每日上网查看留言似乎成了我生活中一件不可少的事情。

一日，依旧上网，却惊喜地发现，一位署名"同社"的网友，留下一首调寄《临江仙》，题曰：丁亥仲夏万柳万泉新新家园得赏双清山馆主人王文英书。词中写道：

雨后蟠虬松骨，雪中舒瘦梅枝。惊鸿飘逸影参差。龙蛇游曲沼，舞燕掠平池。 隐隐仲姬神韵，忽忽卫铄风姿。临窗竹筱映青丝。管毫消烦虑，山馆有兰芝。

词后附注：仲姬——管道升字；卫铄——卫夫人名。此二人皆古代著名的女书家。前者为元代大书法家赵孟頫之妻，后者为东晋大书法家，书圣王羲之的老师。

词的上段以自然风物喻吾之书法，松梅雨雪，惊鸿龙蛇舞燕，动静相合，形象生动。下段转而写人，由今及古，古今相衬。词工而笔精墨妙。只是以古之名贤喻吾，实在惭愧不敢当。

而让我倍感疑惑的是，作者是谁？

"同社"，可以肯定，我们同为九三学社的社员，欣赏吾之书作是在我单位所在——万柳万泉新新家园，此人我必认识？可我的周围，似乎找不出这样一位诗词妙手。这个人是谁呢？

我让这个问题困绕着，却始终找不到答案。

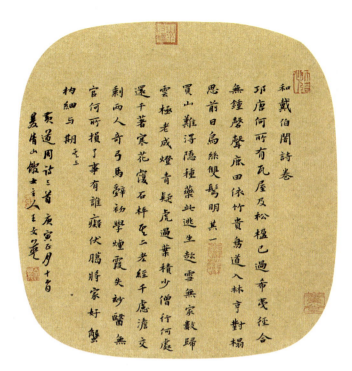

王文英　小楷

　　匆匆已过百日，我还是未找到这位神秘的词人。日子一长，竟渐渐地淡忘了。不觉已到年末，九三学社中央第九次全国代表大会如期在京西宾馆召开，我作为工作人员参加了大会。

　　五年一次的代表大会，使许多多年难得一见的老朋友相聚一堂，万分开心。

　　一日晚餐，十余年间曾经做过宣传工作的同仁要聚一聚。而此时，餐厅中人多拥挤，想找一张空桌子已不可能。召集人命我坐在一张尚还有空位的桌子前等候。桌上已有四五位先生在用餐，坐在我旁边的是我认识的四川代表团的罗懋康教授。

　　长髯美发的罗教授，酷似艺术家。我与他也只是几次开会时见过面，说话也不过三二句，只知他是九三学社中央委员，来自四川，其余皆不详。

　　坐着等位，看着别人吃饭，感觉怪怪的，似乎是在催促人家快一点。罗教授已在我们那位心急的召集人前后张罗下，明显地加快了进餐的速度。我有些不好意思，一边向罗教授道歉，希望他能照旧从容地吃完这餐饭，一边同他攀谈起来。原来他竟是位数学家，与著名的数学家刘应明院士同在四川大学任教。让我更为惊讶不已的是，他竟是我众里寻他千百度的那首《临江仙》的作者。

王文英 长夏江村

　　真是踏破铁鞋无觅处，得来全不费工夫。蓦然回首，那人却在我身边。人生的峰回路转，机缘巧合，就这样，常常出现在不经意间。

　　看到我惊异的表情，罗教授淡淡笑笑，只说我这里还有许多诗。说着拿出手机，一边按，一边念着，一首，又一首。而我，似乎还没有从刚才的惊喜中回过神来，只是觉得诗的意境很美，却不知诗中所咏为何物。

　　在当代这个传统文化几不被重视的时代，一个数学家，爱好诗词歌赋，且吟咏这样自如，又意象满飞，这着实令我惊叹不已。我喜欢中国传统的诗词歌赋，又喜舞文弄墨，而离此境界却遥之又遥。

　　当晚，我从罗教授那儿拷贝来许多他所作的诗词歌赋，以供欣赏学习之用。他的诗词歌赋，意象奇异，气势博大，用典巧妙。更为可贵的是他做诗填词，全因热爱，不为别的，只自得其乐耳。贴于网上，被人不打招呼"窃走"，他也不愠不恼，只当什么也没有发生过。

　　我曾与刘应明院士谈及罗教授的诗词歌赋，他感叹道："比一般文科教授写得还要好！"四川大学校庆所立石碑，上面所铭刻的纪念文字，乃罗教授的美赋。我也曾以拙诗求教于他，承蒙罗教授不吝赐教，使我获益匪浅，其认真程度，也令我深为感动。

　　让我一直不安的是，我答应罗教授，以草书书写他那首，曾让我牵肠挂肚的《临江仙》，却至今未书，实乃我无法担当词之所颂，不知罗教授可否谅解一二？

报 春

我的家中有两盆春兰，一盆是我的"草根"兰，一盆是双华出身高贵的"名门"兰。它们同时来到了这个家。

最早知道春消息的是我的那盆"草民"出身的春兰。顶了多日的花苞，在我的焦急等待中前日终于悄悄地打开了花苞，宛若刚出浴的新娘，羞答答体态轻盈且生气勃发，泻满一室的清香，淡淡的透着清雅。怪不得东坡夫子谓"春兰如美人"呢。

这一日离立春还有半月的光景。它是在给春天报信呢。

春兰开花，带给我意想不到的惊喜。这惊喜我等待了二年，终于在它来家的第二个春天快到的时候，有了消息。

"兰之猗猗，扬扬其香"（韩愈《幽兰操》）。我爱兰，由来已久。多年以前，还在恋爱中的我，曾和双华一起去中山公园赏兰花。第一次看到生长在幽谷中的兰花，竟也可以在室内生长得这么郁郁葱葱，生机勃勃；也第一次知道兰花还有这么多的品种。在色彩斑斓的各色花朵中，我尤其喜欢那生着小小的绿绿的花萼，散发着阵阵似有似无清香的春兰，优雅高贵得似长袖善舞的天女。特别是它那细但却挺拔劲健的叶和俊雅的身姿，有的如郑板桥笔下的兰秀劲挺拔，有的又似马湘兰①笔下的兰委婉秀雅。望着它，竟有了水墨的意蕴。那时，我正在学画兰。

绘画之人都知道，兰要以一辈子的功夫去画，也未必画得好，故有"一世兰"的说法。虽然简简单单的几片叶，几朵花，却是生机的全部，来不得半点的犹豫、轻率和马虎儿。我画了很久的兰，却始终感觉还是在纸上，缺少生命。自己也从未想过要搬一盆回家，与之朝夕相处，零距离地观察它，揣摩它。因为那时的我尚蜗居在集体宿舍里，

家中的两盆春兰

以后有了自己的家，又很长时间与人合居一套单元房，依旧的没有条件。

数年后的乙酉腊月，应邀去北京城南的花乡写春联。没有想到的是，写春联的地点，竟然是在一个大大的花房里。四周围满了色彩艳丽的叫得上名叫不上名的花花草草，富含氧离子的湿润的空气，和着花香，竟让我忘记了寒冷。在满园的芳菲中挥毫，的确是一种特别的体验，也是我半生里仅有的一次。

更令我兴奋的是，花卉市场的主人执意要送我们兰花，于是带我们去自选。我虽然爱兰，却不懂得兰花的品质，围绕架上架下一盆又一盆的兰花转了一圈又一圈，只有这棵栽种在普通紫砂盆中的根须略略泛红的春兰，让我喜欢。它枝叶挺拔秀劲，错落有致，这正是我意想中的春兰。主人告诉我，这是一棵极普通的春兰，但我依旧难舍所爱，最终还是将它带回了家。

兰花搬回了家，我却不会侍弄，又整天忙忙碌碌，全凭双华一个人照料。

两盆兰花喝一样的水，沐浴一样的阳光，呼吸一样的空气，可是我的兰花率先拱出了花苞，又开了花，放置书房的案头，满室清香。而双华的那盆名贵的兰花却不见动

我的草根兰

静。这使我多少有些得意，只是遗憾这不是自己辛劳的成果。双华养兰有些年了，而开花却还是第一次，带给他的惊喜和我是一样的。

和风习习的春日里，双华的春兰也绽开了笑脸。

又是一年的春天来临了，双华的兰花比前一年越发的有姿态了，而我的兰雍容的身姿却不见了，好像害了一场病似的变得干干瘦瘦。我嗔怪双华这是亲疏分明的结果。

其实，我知道这或许是上天对我不劳而获的惩罚。李白有诗"若无清风吹，香气为谁发？"兰的知音该是那缕缕的清风，而不是我这样的凡夫吧。

我寄望于来年，她还会容光焕发，秀叶挺拔，依旧会拱出那可爱的绿茸茸的花苞，说不定它还会第一个来报春呢。

注释：
①马湘兰——名守真，字湘兰，小字玄儿，又字月娇。明代歌妓、女诗人、女画家。"秦淮八艳"之一。家中排行第四，人称"四娘"。秉性灵秀，能诗善画，尤善画兰。

品书小语

　　近日在家中翻阅书籍，发现一本小巧且装帧精美的小书，蓝绿色的封套，封面正中一丛生机勃勃的荷花，清新淡雅，便有几分喜欢，且它还有着一个很雅致的名字《品书絮语》。里边一定装着不错的文字，于是带在身边，以便闲暇时翻阅。

　　书中辑录的是书评或读书感受，以及写作经验。作者皆是中国现当代文化史上的名家，文章大多为他们早期的文字。

　　先读了朱光潜先生的一篇品藻周作人《雨天的书》的文章《雨天的书》，以轻盈的笔触评述了闲适的文字，超功利的艺术品评，清雅冲淡且切中肯綮，读之若饮清茶，很享受也很受益。

　　继续按图索骥照目录选择两篇，不知为何再读却没有了感觉。又选一篇著名作家早年谈自己文学之路的文章，内容从阅读选择，再到创作，拉拉杂杂，文字拖沓，读了大半儿竟不知就里，味同嚼蜡，兴趣索然，实在没有再读下去的耐心。于是，重又翻开一篇，惊讶地发现上面赫然裸露的铅笔批注，分明是自己的笔迹。此文章我读过？这本书看来我是读过，只是没有了记忆。随手翻阅下去，希望找到曾经的记忆，极力搜索记忆的光盘，却失望地发现竟没有一丝印记。或许时间太久，而自己记性太差。总之，再没有继续阅读下去的兴趣。于是将书放回原处，想来自己也许只能让它束之高阁了。

　　对于文章的评价，仁者见仁，智者见智，好坏优劣，全凭读者的兴趣喜好，无一定

王文英　林泉高致

之规，盖须从心去品。但每个阅读者因修养、审美情趣、阅读经验以及经历的差异，认识和品评自然各不相同，也会有高下优劣之分。

就我个人而言，如果在记忆中不能留存的文字，我想不能说是好文字；相反读之若饮甘泉之恬美畅快，过目不忘，记忆深刻的文字，才可称得上好文字。当然，这只是我个人的理解。

对此书中的名家篇什，我本没有资格品头论足、说三道四、妄加评论，只是凭借自己的阅读兴趣、爱好和习惯，认识也仅限于直觉。感觉书中大部分文字过于自然，过于简单，过于意识化，笔触似流水随作者的意识自然流淌，没有梳理，也没有剪裁。像我这样的阅读者，很难把握文章的主旨或意趣所在，自然理解起来就有问题。这或许是我的理解水平有限吧，我竟不能认识这些文字的价值，感受它们的美感。当然，文字中透露出来的淡定与自然，却是当下人所难有的，即便刻意营造也难为之，因为我们早已没有了平和的心态和恬淡的性灵。

像这样的名家之作，是出版商竟相争夺的对象，各种的选本、合辑，选集、全集，不能说是汗牛充栋，也有数不清之嫌。家里之所以拥有这本让我"失去记忆"的小书，应该说是对名家的推崇和信赖，不排除世俗的名人崇拜心理作祟。却正中了出版商的下怀，也正可说明出版商洞察世事的精明。

名人崇拜心理作为社会现象古已有之，并非现代社会所独有，只不过现在有愈演愈烈之势，甚至有些走向异端而成为心理疾病。中外心理学家对此研究已很深入，有的学者认为现今名人崇拜泛滥，是电视网络传媒推波助澜的结果，或许有几分道理吧。

凡是出自名家的作品，就一定是杰作吗？我想答案肯定是否定的。

曾经读过一篇文章，题目早已忘记，只依稀记得大意是论大家、大腕、大师的。文中说大师或大家也是凡人，也有应酬、应急之作。对此我也感慨良多，"若迫于事，虽中山兔毫，不能佳也。"（蔡邕《笔论》）

正如那篇文章所言，名家也是凡人，也有喜怒哀乐愁，也有沮丧或找不到创作感觉的时候，也有不得已而为之的时候。何况名家也不是生来就是名家，也要经历成长的过程。

因而名家的行世之作，一定也有高下优劣之分。

因为名家崇拜心理作祟，凡人看重的是名望，是名气。举凡名家作品，无论绘画、书法，还是文字，只要出自名家之手，就一定是杰作，就一定价值不菲。于是乎，溢美之词泛滥，争夺之战不休，几近左右欣赏者的审美判断。价值取向直指名望和名气，而非真正的艺术审美价值。

尤其是书法艺术，因为历史的、社会的原因，这个古老的传统艺术，曾经淡出了人们的视线，远离了人们的生活，很久，很久，以至于多数国人对它已陌生为写大字、描红模子这样简单的审美判断。

自二十世纪八十年代，书法艺术复兴以来，创作者追求的步伐远远超过了欣赏者

王文英 隶书扇面

欣赏水平的提高，二者之间的距离日益加剧，不可避免地造成的审美落差也越来越大。大多数的欣赏者判定书法作品的好坏优劣的标准就简单而为名望与名气。于是，社会上追名逐利，甚嚣尘上，就如同一个名利场。名望和名气成为人们追逐的对象，成名者，希望名望继续加大，名声继续攀高；没有成名者，挖空心思，不择手段寻求名气指数上升，从而获取最大的利益。书法艺术的发展似乎陷入了一种功利怪圈，真正的有志于此追求的书法家不得不"寂寞打孤城"，备尝孤寂的滋味；喧哗热闹者却未必懂得书法艺术的个中三昧。

当然，成名成家是向上追求的动力，没有人不渴望成功，就如拿破仑所言，不想当将军的士兵不是好士兵。问题是如何看待成名、成家，如何对待名望和名气。

我早已过了是名家就崇拜的年纪，也不再会因为什么大家、大师而茫然激动。也许有一天人们不再要像我这样有了些年纪才不再盲从，不再被名家头上的光环所左右，而有自己独立的价值判断和审美取向。那样，书法家就有了一个健康的成长环境，书法艺术才会真正地得以发展。

面对无奈的现实，我突然想起了一句话，一句人们都知道，却常常忘记的话：

是金子总是会发光的！

那些寂寞求索的书法家或许正是因此而默默坚守着的吧。

（原载《青少年书法报》2007年9月4日，《书法报》2007年9月12日，《书法导报》2007年11月28日）

说润格

前日浏览博客，偶见朋友回答网友索字，大意曰：若应索皆满足，不睡不吃，恐也无法完成。

友之言，我也深有感触，常苦恼不知如何应付那些热爱书画的索要者。感叹于斯，遂蒙发了说一说书画家润格的念头。

润格又称润例、润资、笔润、笔资等等，古称润笔。简单地说，就是为人做诗文书画所定的报酬的标准。不过，中国书画作品与西画不同，不是以幅计价，而是以尺寸大小论价。

润笔一词出现似乎最早，语出《隋书·郑译传》。其上有这样一段记载："上令内史令李德林立作诏书，高颖戏谓（郑）译曰：'笔干。'译答曰：'出为方岳，杖策言归，不得一钱，何以润笔？'上大笑。"后来"润笔"就成为请人做诗文书画的酬劳。

宋代文学家欧阳修《归田录》卷二也记载了一件有关润笔的趣事："蔡君谟既为余书《集古录》目序刻石，其字尤精劲，为世所珍，余以鼠须栗尾笔、铜绿笔格、大小龙茶、惠山泉等物为润笔。"

蔡君谟，名襄，宋书法四家之一。苏轼称其书法为"本朝第一"。欧阳修所付蔡君谟的润笔乃物品，不同于现今流行的润笔——货币。润笔何时发展为货币，我没有考证过，有人说，始自唐朝。明季吴门四家之一的唐寅有诗句"闲来写幅青山卖，不使人间造孽钱"。想来至少在唐寅生活的时代就有以货币付润笔的了。

书画家自订润格的风气，大概始于清代吧。据传，扬州八怪之一的郑燮板桥先生，辞官还乡，以鬻书画为生，曾在扬州西方寺前立碑公布自己的润格。此举在当时被看作异端，自然是引来哗然一片，叫好者、抵毁者兼而有之。不过，后来其润格还是慢慢地为求购书画者所接受。

书画家的润格，较之其他商品的价目表的呆板一律，要鲜活生动得多，处处彰显着书画家的个人性情。且看郑板桥的润格：

大幅六两，中幅四两，小幅二两；条幅对联一两；扇子斗方五钱。凡送礼食物，总不如白银为妙。公之所送，未必弟之所好也。送现银则心中喜乐，书画皆佳。礼物既属纠缠，赊欠尤为赖账。年老神倦，亦不能陪诸君子作无益语言也。

润格中申明"现金交易"，并在其后附诗一首，再次表明润格的严肃性：

画竹多于买竹钱，
纸高六尺价三千。
任渠话旧论交接，
只当秋风过耳边。

郑板桥的润格生动诙谐有趣，令人不禁联想到其趣味性情毕现的六分半书，联想到其秀劲挺拔的水墨兰竹，联想到其人的落拓不羁和耿介的性格。

民国时期的漫画家丰子恺，则在《论语》上公开刊登自己的润格，以广而告之。

漫画（一方尺以内）每幅三十二万元。册页（一方尺）每幅三十二万元。

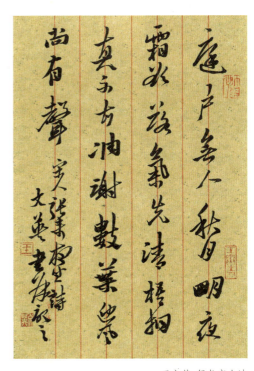

王文英 行书宋人诗

184

立幅或横幅，以纸面大小计，每方尺三十二万元。（例如普通小立幅两方尺，即六十四万元。余类推）扇面与册页同。指定题材者加倍，其余另议。

书润照画减半。对联四尺三十二万元。五尺四十万元，六尺四十八万元。指定题材者加倍。其余另议。属件先润后墨，半个月取件，或寄件。漫画不须送纸，其余纸请自备，或附款代买亦可，外埠请附回件邮资。广告、祝寿、贺婚等字画，除特例外，恕不应属。

高寿的齐白石，随着年龄的增长，画艺书艺的提高，声望的扩大，几番修改润格。七十余岁时重订润格，曰：

余年七十有余矣，若思休息而未能，因有恶触，心病大作，画刻目不暇给，病倦交加，故将润格增加，自必扣门人少。人若我弃，得其静养，庶保天年，是为大幸矣。白求及短减润金、赊欠、退换、交换诸君，从此谅之，不必见面，恐触病急。余不求人介绍，有必欲介绍者，勿望酬谢。用棉料之纸、半生宣纸，他纸板厚不画。山水、人物、工细草虫、写意虫鸟，皆不画。指名图绘，久已拒绝。花卉条幅，二尺十元，三尺十五元，四尺二十元。以上一尺宽。五尺三十元，六尺四十五元，八尺七十二元。以上整纸对开。中堂幅加倍，横幅不画。册页，八寸内每页六元，一尺内八元。扇面，宽二尺者十元，一尺五寸内八元，小者不画。如有先已写字者，画笔之墨水透污字迹，不赔偿。凡画不题跋，题上款者加十元。刻印，每字四元。名印与号印，一白一朱，余印不刻。朱文，字以三分四分大者为度，字小不刻，字大者加。一石刻一字者不刻。金属、玉属、牙属不刻。石侧刻题跋及年月，每十字加四元。刻上款加十元。石有裂纹，动刀破裂不赔偿。随润加工。无论何人，润金先收。

相较而言，白石老人的润格最为详尽。书画篆刻的尺寸，形式、材质，所提额外要求

王文英 草书扇面

等等，凡此种种，无一不规定得明明白白。

这些润格虽身为价目表，却透着书画家的性情、智慧、修养和底蕴，读来会令人有意外的收获。

遗憾的是，我虽查证了许多资料，却依然不能保证所引用的这些润格的正确。

在当代，书画家的润格，早已成了行规。社会上还出现了专为书画家定立润格的公司，网络也应运而生了此类的网站。当然，这样的公司和网站颠覆了书画家自定润格的传统，且其是否具有权威性、科学性、公证性、可行性，还有待于论证，我无权也无能力来判定，此问题也不在本文的讨论之列。

面对书画家的润格，许多局外人，或不理解，或不清楚。

书画作品的价值人所共知。任何的劳动都有报酬，何况艺术劳动？

也许很多人会认为书画家的作品，不过是挥笔之间立就的事，如同印刷机。其实，大谬！无论书法，还是绘画，其创作过程，对于书画者而言，都是一次苦心的经营，一次涅磐式的历练。对自己作品不负责任的艺术家，好像不存在，如果他称得上艺术家的话。当然，也有立就而成的，但这样的概率恐怕是低而又低的，况且，这种境界常常是可遇而不可求的。创作背后的积累过程，非一日之寒，是要付出许多艰辛的努力和岁月的积累，故有人说，二十年一个书法家，十年一个画家。况乎，书画家不是机器，也需要休整，需要再学习再积累。而润格在此，就如一道挡箭牌，多少可以令书画家获得些许的自由、时间和空间。尤其是那些年事高，名望大的书画家，要得片刻的清闲，怕是只有借助润格这道挡箭牌了。从郑板桥、齐白石的润格中大可以体会到他们的烦恼和苦衷。

　　我浸淫书画艺术近三十年，姑且忝列书画家之列，自然也就有了所谓的润格。我非以此为生，又无甚名气，且因性情粗放，故润格也就寥寥数语，所规亦简单几条。行事也因此而不可避免地随性随意。当代人，如我者恐怕也不在少数，周遭几位同仁的润格与我大同小异，同其他商品的价目表也没有太大差别，书画家的个性自然也就湮灭在这种简单粗率之中了。

　　书画家的润格是否会慢慢地变得随意可变，未为可知。当然，最重要的原因，是收藏市场的混乱。

　　当代书画家队伍空前的庞大，聚集着各色人等，自然良莠不齐。并非个个都称得上艺术家，也并非件件书画作品都可称得上艺术品，具有艺术价值和收藏价值。鉴赏和鉴别在这里显得尤为重要。某种意义上说，书画家的润格，不仅需要市场，更是需要历史的检验。

　　读了前贤的润格，反观自己的润格，差距不仅仅是详略，而是文化，是修养，是底蕴，是情怀。

（原载于《青少年书法报》2008年9月11日，《中国文化报》2008年11月2日）

王文英　山水胜迹

聪明人必做的十件事

朋友发来一篇文章，曰：《聪明人必做的十件事》，作者是日本人大前研一。

大前研一是日本著名的策略大师，但对其人其事所知却甚少。上网检索，方知其人的厉害。有人称他是亚洲唯一的世界管理学宗师，是"全球五位管理大师"之一，又被誉为"日本战略之父"。据说不只在日本，就是在中国、韩国，阅读大前研一著作的人也很多。他有多本享有盛誉的超级畅销书，已被翻译为多种语言在全球多个国家出版，其中在中国内地出版的中文畅销著作就有《专业主义》、《OFF学》、《M型社会》、《我的人生哲学》、《创意的构想》、《企业参谋》、《无国界的世界》、《即战力》、《全球新舞台》、《巨人的观点》、《创新者的思考》、《无形的大陆》等。可惜，我一本也没有读过。但对朋友发来的这篇文章，却饶有兴味。

像大前研一这么成功的人士，一定是聪明绝顶的人，而聪明人的行为方式一定有别于常人。大前研一眼中的聪明人必做的十件事，一定是支撑其成功的密钥。

那么，让我们来看看策略大师这样的聪明人是如何做事又经历成功的。

第一件事，储存友谊。

大前研一说："靠得住的友谊是今生最温暖的一件外套。它是靠你的人品和性情打造的，一定要好好珍惜它，如果到目前为止，还没几笔，那么，从现在用心去储存还来得及。"

靠得住的友谊是今生最温暖的一件外套。依我看靠得住的友谊是人生旅途中最温暖的一缕阳光，是可享用一辈子的财富。其实，我们中国人最是懂得友情的珍贵的，"在家靠父母，出门靠朋友"，"远亲不如近邻"，这些流行俚语虽不知起于何时，却无人不晓，直白朴素，但却形象地说明了这个道理。

第二件事，学会放手。

现实生活中的许多人都明白其中的奥秘，只是大多数人没有大前研一那样看得透彻，那样行动的决绝。策略大师认为：

"当你无力把握命运中的某种爱、某种缘、某种现实，就要学会放手。给自己一个全新的开始，只要信心在，勇气就在；努力在，成功就在。"

许多人因为拿得起却放不下，而使自己深陷苦海，痛苦不堪，既影响了健康，影响了生活的质量，又影响了事业的发展。不能学会放手，如何能再轻装的上路呢。

王文英 烟花三月

额尔齐斯河的余辉

第三件事，播种善良。

善良是人最质朴的品质，所以《三字经》上说"人之初，性本善"。人之初，都有一颗无比珍贵如水一样纯洁的赤子之心。因为世间万花筒般绚烂多彩的诱惑，有些人的赤子本性渐渐褪色，甚至变质了。

所以大前研一说："一定要极尽自己所能，让那些比你苦，比你难过的人感受到这世上的阳光和美丽。这样的善良常常是播种，在不经意间，就会开出最美丽的人生之花。"

学点音乐，懂一种乐器。是聪明人必做的第四件事。

"音乐会洗涤人的身心，打开你的记忆和想象，更会带来意想不到的宁静。此外，还有摄影、收藏的爱好，它们都能让我们的生活增添滋味。"大前研一这样认为。

音乐的美妙是每一个热爱它的人都能体会得到的。无论纯静的、热烈的，忧伤的，甜蜜的，抑或悲壮的，还是缠绵悱恻的，音乐都能调动你的情愫，感动你，进而打开你的记忆和想象，让你回复赤子之态，平静而美好。

人的爱好可以有多种，除音乐、摄影和收藏之外，书画、写作、阅读都可为生活增添乐趣。清人张潮的《幽梦影》中说"人不可以无癖"，林语堂先生也曾说过"人生必有痴，而后有成"，从另一个角度正可以印证大前研一的主张。

第五件事。避开两种苦。

大前研一说："尘世间有两种苦，一是得不到的苦，二是钟情之苦。前者在你付诸

握月

养心

山水方滋

心追晋宋风流

王文英篆刻

努力之后，就把一切当成一场赌，胜之坦然，败之淡然，好在人生还有机会卷土重来。至于后者，可说是世界上的最苦。如果这时有这样的情愫，一定要像清除灰尘那样，把它从心屋里扫出去。"

第一种苦的避开全在个人的修为和心态的把握。而钟情之苦，如果你努力了也无法得到，与其痛苦，不如立即断掉念头，快刀斩乱麻，把它像清除灰尘那样从心房里扫出去，你会重获新生的。说不定，在不远的前面会有新的感情等着你，或许正是你冥冥之中追索的。如果你能像哲学家金岳霖先生，抑或物理学家叶企孙先生那样，一生甘愿默默地守护着心中那份钟情而不以为苦，则又令当别论。

学会承受，是聪明人必做的第六件事。

大前研一认为："有些事情需要无声无息地忘记，经过一次，就长一次智慧；有些痛苦和烦恼需要默默地承受，历练一次就丰富一次。"

人生的旅途中，会遭遇各种各样意想不到的事情，有好的也有不好的。但一定要牢记，明天的阳光会比今天的明亮。正如大前研一所言，有些事情需要无声无息地忘记，有些痛苦和烦恼需要默默地承受。

第七件事，常怀感恩之心。

大前研一说："当我们参加完葬礼，总会涌起一些感慨；当我们大病初愈，总会有万般珍惜。感恩的心一定要时时保留，它不仅让你怜惜身边的人物，还能抚平欲望和争斗，甚至幸福的感觉也往往源于此。"

感恩之心是人最基本的品德之一。我们在教育后代时，都不会忘记告诉他们要有一颗感恩的心。但我们自己又做得如何呢？欲望争斗，嫉妒不平就像顽疾，在成人世界里，似乎永无停歇。很多人也因此失去了幸福的感觉还不自知。所以，我们不要等到参加完葬礼，或者大病一场，才会心有所悟。常怀感恩之心，你的幸福指数就会升高。

第八件事，热爱工作。

"尽管工作不像喝茶、聊天那般惬意，但它检验着我们的智慧和能力，得以让我们体现价值及获得成就。一定要全心爱它，毕竟它让我们有事做，有饭吃"。

大前研一的话只说对了一半，更确切地说是不全面，我这样认为。因为人首先应该尽可能的有一个自己喜欢的职业，这样你的智慧和才能才有可能最大限度的发挥出来，也才最有可能获得成功，体现价值；也才最有可能感受到幸福。当然，敬业精神是每一个职业人最基本的操守，正像大前研一所说，工作让我们有事做，有饭吃，所以要热爱它。

"读书和学习都是在和智慧聊天，每年至少要读五十本书，它不仅保证你的记忆力、感悟力，还能让你维持个性魅力。这可是练瑜珈美容所不能达到的效果。"

这便是第九件事，勤于学习。

我对大前研一所说的话深信不疑。我爱读书，也以此为乐，但要在正业和许多必做

的事情之外，每年至少读50本书，对我来说恐怕还是有难度的。也许智慧超群的人是个例外吧。但多读书，读好书，一定是没错的。

最后一件事，享受运动。

大前研一告诫说："善用时间运动，享受自然。你的体重就不会因懒惰而高涨，你的容貌也不会因岁月而减少生动，在某种程度上更能保持青春、快乐和健康。"

十件事情都做好了，你或许真的就能成为和大前研一一样出色的人，一样有成就，一样受到人们的尊敬，一样享受着成功的喜悦和快乐。

不信，你试试。反正，我正在努力地去做。当然成与不成，还要看个人的造化了。

王文英　山水清幽

正事·余事

"正事"者，职业也，关乎生存之事，不得不为，或可称为"正业"；"余事"者，事业也，乃自己所喜，终生追求之事，从心所趋，也可称之为"余业"。

一、二月前《北京青年报》载香港以散文著名的作家董桥的访谈文字。董桥在回答记者提问时说，其报人生涯是工作，写作才是事业。像董桥这样有正事、余事之分的人大有人在。我虽不才，谈不上事业，但自从浸染笔墨之初，便以此为乐，为伴，为追求，也便多了一份职业之外的喜怒哀乐，姑且算有了"正事"、"余事"之分。也因此常陷困顿之境，为孰重孰轻而烦恼。

所谓职业，领一份俸禄，就要尽心竭力，不枉为人之道德，便常无瑕顾及所喜之事。来来回回地转换角色，就像魔鬼符咒没有停歇的时候，遇事蜻蜓点水，应对表面，遑论优游之境。苦恼如影随形，挥之不去。于是感怀，便有了小令《采桑子》：

依稀昨夜童年梦，春草青青，溪水蛙鸣，争逗嘻嘻对雀莺。　清晨揽镜忙梳理，事事交并，烦绪相萦，那复闲愁寄我情。

生活中，窃以为如我一般每日被正事、余事的矛盾困扰着的人不在少数，尤其是在当今竞争激烈的商业社会。董桥为此会不会烦恼，我不知道，但我知道他远比我幸运的多，他所从事的编辑工作与自己的写作，距离并不远，都是交游于文字。而我的正事与余事之间，几经周折，距离依然十万八千里。

对于大多数书法家来说，如我一般，书法为余事，余事之外的正事是生计需要的职业。其实，书法史上的书法家，书法于他们来说，同我们一样大多也为余事。

古之书画名家、文学家，大多"正业"为官宦仕途。他们曾经寒窗苦读，目的就是为了成为经世之才，一朝中举，金榜提名，踏入仕途，读书、为文，作字、绘画皆为余

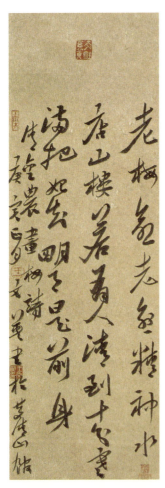

王文英　行书金农诗

事。但许多人的"余事"却也名垂千史，流芳百世，甚至远远超过正业。钟太傅、王右军、张长史、颜鲁公、苏学士①是也。古人"正事"不误，"余事"辉煌，概因自识字即结缘翰墨，且为书写工具，日日为伴，又有着崇尚书法翰墨笔札的文化氛围与情结。

而翰墨之于当代人，早已淡出了生活，成为了"古董"，只有那些钟情于此的人，才将它作为纯艺术的唯美追求，在苦苦地坚守着。古人不必像现代人教化之初便天文、地理、算术、语文、外国语等等一应皆学，稍长，还要物理、化学，上下五千年，纵横全世界，应对等在前方的应试和就业，面对万花筒般充满诱惑的花花世界。四平八稳的教育，面面俱到的应试需要，常使人之天赋遭遇淹埋的危险，早已没有了专门人才的成长环境。喜欢翰墨书章，也只能作为业余爱好和追求，以此为职业能够满足生计的毕竟是少之又少的个别人，而且还要经历艰苦的努力和漫长的积淀期。大多数的人和我一样只是享受所喜之事带来的喜怒哀乐的过程。

正事、余事的矛盾常使许多书法家备感无奈和折磨。如何能在二者之间来来回回的角色转换中游刃有余？我想不出高招，只知道"流光容易把人抛，红了樱桃，绿了芭蕉"。

什么才是人生最幸运的事？若一个人能使自己所喜之事成为职业，不再有正事、余事之分，不再为正事、余事的转换所烦忧，我想这该算是人生最幸运的事吧。在我的周围，有一些幸运的书法家成为了职业的艺术家。这令许多和我一样也深爱书法艺术的人羡慕不已，梦想有一天自己也能从心所欲，而不再为无奈所困扰。

在我们没有能力使自己成为幸运者的时候，那么，有没有解决问题的秘钥呢？

思忖良久，我想，解决问题的秘钥，或许还在自己手中。人生最大的困难不是来自外界，而是来自自我。

"三余"乃三国时魏国人董遇[②]珍惜光阴的故事，流传至今。据宋人裴松之注《三国志》引魏人鱼豢所著别史《魏略》中的记载，董遇"性质讷而好学"，曾与兄采稆负贩，却常挟带经书，一有闲暇就读书。兄长取笑他，但他依旧的闲时读书。后来终于成为魏之七儒宗之一。董遇曾对欲从其学者说"读书百遍而义自见"。从学者却答道"苦渴无日"。董遇回曰："当以三余"。又问三余之意，董遇言："冬者岁之余，夜者日之余，阴雨者时之余也。"

曾采访过著名书法家、诗人沈鹏先生，知其将自己的书斋名之曰"三余"，正是借用董遇惜光阴的典故，借重的是那份"三余"的精神。而他的书法成就、诗词创作皆为"正事"编辑之外的"余事"，而他"正事"、"余事"都很成功，余事似乎更为突出。

董遇惜光阴的故事，或许能给我们一些启示，我们是否可以像董遇那样，找到自己的"三余"呢？夜者，日之余；闲者，忙之余；节假日，工作之余也。这样，我们是否就会多了很多可以利用的时间呢？答案是肯定的。

① 2009年秋，在广州成功举办"水墨心语·兰堂王文英书画展"。
② 随中国书协下乡写春联。
③ 在广东茂名举办第二次"虹文庄水墨心象展"的开幕式上。
④ 随北京青联文化下乡。

　　当然，惜光阴只是一个方面，而另一个方面则是有所为有所不为。因为人的精力是有限的。人与人之间的区别就在于所为所不为的不同的价值取向。人生有得就有失，取舍之间关乎人的成功。而取舍之于人生的重要，不是每一个人都能认识到的，也不是每个人懂得了、明白了，就能做到的。毕竟生活当中能够决然于断的人是少数，更多的人生活在优柔、欲念之中。

　　学会放弃，将过多的欲念拒之门外，纯粹于自己的追求，就会觉得退一步真的是海阔天空。于是生活变得简单而条理清晰，钟太傅、王右军、张长史、颜鲁公、苏学士能做的事，我们也一样能做，至于能不能像他们一样成功，其实并不重要。虽然我们不能成为幸运者，但我们能以自己的方式优游于正事、余事之间，能从心所欲于所喜之事，快乐地享受其间。

　　这才是最重要的。

注释：
①钟太傅、王右军、张长史、颜鲁公、苏学士——钟太傅，即魏书法家钟繇。王右军，即东晋书法家、书圣王羲之，因官至右军将军，故世称王右军。张长史，唐代书法家张旭，官至金吾长史，故世称张长史。颜鲁公，唐代书法家颜真卿，官至吏部尚书、太子太师，封鲁郡公，人称"颜鲁公"。苏学士，即宋文学家、书法家、诗人、词人苏轼，曾任翰林学士知制诰，故称苏学士。
②董遇——字季直，三国魏国人。举孝廉，历任郡守、侍中、大司农等职。著有《周易注》十卷、《春秋左氏传章句》三十卷、《老子训注》二卷。《魏略》以董遇及贾洪、邯郸淳、薛夏、隗禧、苏林、乐详等七人为儒宗。

（原载于《青少年书法报》2007年6月19日，《书法报》2007年7月11日）

梦·梦想

梦，于人来说，是很平常的事，尤其像我这样睡眠不好的人，几乎夜夜都与梦相伴。

昨夜，我又梦到了那个让我魂萦久久，心旷神怡的地方。这是第几回，我说不清，但绝不是第一次。

层峦叠嶂的黛青色的远山；一弯不疾不徐，清澈见底，点缀着雪白浪花的溪水，玉带般蜿蜒在山脚下；溪水边的沙洲上杂树丛生，姿态生动又极富韵致。宛然一幅墨气淋漓的山水画卷，非丹青妙手不能为之。而我的家似乎就在那弯水的下游。

此时，我和我的朋友，正站在一个制高点上，眺望着眼前的画图，愉悦之情潮水般漫溢心头。此乐何及啊！

"这里是我魂牵梦萦的所在，这里的景致是我所见过最美的，最令人赏心悦目而流连忘返。"我由衷地感叹着。

朋友却不以为然。我急于让她认同我的感受，这个地方对于我的意义，远不止于此。

焦急中，却从睡梦中惊醒。如水的夜色透过窗帷的隙缝，泻在墙上，家具上，斑斑驳驳。半睡半醒之间，有一种说不清道不明的熟悉的味道弥漫在四周。

其实，现实中我不知道这是什么地方，也说不清它与我的关系，但我对它的熟悉程度却似"老相识"，而它于我分明又有一种牵挂，丝丝缕缕。

这样的梦，用心理学家的说话，是因人的潜意识作祟。而我对此知之甚少，无法清晰地解析自己的梦，但我知道这个梦与我的现实生活不无关系，只是我一时不能真切地解释它的由来。

因为梦而想到梦想，每个人都有梦，也有梦想。梦与梦想的差别不只是一个字。梦

王文英 山水小品

虚无缥缈，而梦想却具体而实在；梦被动，梦想却主动。但梦与梦想之间，有时就差一步，或可轮回转变。梦想有时可以转化为梦，而梦也可能成为梦想。

人生就是这样，在一个又一个梦与梦想的接续中，从春夏走向秋冬。"但使愿无违"！梦也许无法解说，而梦想人人都渴望成真。

起于童年时期，而真切于少女时代的梦想，是成为一名"不爱红装爱武装"，英姿飒爽的女兵。这不仅仅因为那是一个全民皆兵的年代，更因为我是一个军人的女儿。

从小生活在军营里，每日里听着军号作息。出入的人，不只军人戎装素裹，家属院的女人、孩子也都以一袭草绿色装束为时尚。邻家的姐姐们中学毕业，或邻近毕业，个个都毫无悬念地戴上了领章帽徽。

我的梦想也是妈妈的理想，她养育了四个孩子，有三个是女儿。她当然希望她的女儿们也能有出息，有个好的职业。因为那时候的孩子中学毕业不当兵，即下乡，当个工人也是奢侈的事。

我是家中的老大，当然知道这份责任。但从小

2010年夏于南非开普敦的乡间

因为家庭出身而遭遇的种种不幸，使我似乎没有自信的本钱，却生就忧郁的气质，知道圆满离自己很遥远。以至今日，从不敢奢望会有好事轻易地降临自己头上。我知道自己未必能如愿以偿，而现实真的就是这样。知道这一切不可能，便又和妈妈一样，将希望寄托在妹妹们身上。而当她们一个个选择了自己的职业，这个梦想也就宣告寿终正寝，只留下一个遗憾却依旧美丽的梦，尘封在记忆深处了。

能有一个自己喜欢的职业，这是我人生的又一梦想。曾经读过一篇文章，作者说，人生最大的幸福莫过于从事自己喜欢的职业。文章的作者姓氏名谁早已忘记，唯有这句话，过目不忘，至今记忆犹新。二十余年的职场努力，遗憾一直未能实现这一梦想。这或许又是一个美丽的梦，或许会开启生命历程中新的一页，或许现在这样就是人生最好的安排。

渐渐长大，初谙男女之情，便期望自己能遇到一个知性的男人。有才华，肯努力，懂得女人。这个男人高大英俊，或许应该像父亲那样是个军人。

这是我人生记忆深刻的第三个梦想。当我遇到现在的先生，恋爱、结婚、生子，我知道这个梦想只不过是成长历程中一朵必不可少的眩目的昙花。先生虽为一介书生，"百无一用"，但却是一个有才华，努力向上的男人，更重要的是，我们之间琴瑟相调的朋友关系更胜过单纯的夫妻关系。与子相悦，死生契阔，人生的缘分如此，不是千年能修来的吧。

① 快乐的全家福
② 快乐的老爸老妈

此后的梦想大多已不关乎己身。人到中年，考虑更多的是家人，而不是自己。是父母能快乐地安享晚年，是孩子能健康地成长，有一个美好的未来，或能继承自己的爱好，成为一个艺术家。

虽然努力不让父母再多操一点心，可以轻松地过着真正属于他们自己的日子，学学书画，写写诗词，与老朋友谈谈天说说地。其实，父母没有一天不为儿女操心的，尽管儿女们也早已膝下绕子，但在他们的眼中，还是需要呵护的对象。这一点是在自己做了父母之后才懂得的，唯一能做到的，就是让家中的麻烦事、难事尽量终结在儿女一端。

都说儿大不由娘，而小儿刚刚能自己上下学，就已不由娘了，现在的独生子，自我意识超常膨胀……

虽然小儿对于艺术之事敏感而天赋绝伦，但对我们的期望，却置若罔闻，不改顽劣的天性，一副无所谓的神态：奈得我何？我所能做到的，便是尽力给他创造一个健康的成长环境，竭力照顾好他的生活，提供好的学习条件，而将来的选择，全凭他自己，由不得我了。看来，我的这个梦想也只是一个美好的愿望。

……

其实，人生不如意事常八九。并不是所有的人所有的梦想都能实现，而实现的梦想也未

必就是最好的结果，就是幸福。得即失，失即得，得失之间的玄妙，全在自己判断。

年轮一天天地增长，梦想却越来越少，越来越看重眼前的现实的幸福。而梦却会越来越多，越来越缠绕着过往的经历。

昨夜的梦，一直搅扰至窗外大亮。梦醒时分，却惊异这个睡中清晰、真实得触手可摸的梦境，何以现在竟模糊不可寻迹，而我们分明似曾相识，是在哪里？

小时候，身为军人的父亲经常变换工作地点，而作为随军家属的母亲，只好带着我们也随之迁徙。而我们的家常常以山为邻。

"就是喜欢住在山旮旯里。"当年照看我和弟妹的外婆，曾这样戏谑母亲。

外婆一生生活在关中平原，所见过的山，只有位于县城南面，郁郁青青，锦秀如盖，被称为"绣岭"的骊山，也在离家几十里外。这也是我幼时对山唯一的记忆，虽然只是模糊的片断，却依稀记得她的秀美她的神秘，她的身躯上那火红火红的石榴花。外婆和我们一起生活的几段不长的时光，恰遇我们的家从一个山洼搬到另一个山脚。尽管这些山远比不上我家乡的骊山，却给我童年生活增添了许多乐趣。

山，在我童年记忆中是少有的亮色。每每看到山，便有一种温润的感觉划过心田。因为对山的这种莫名情感，这些年来，我走过南北西东许多知名不知名的或高或矮的山。

而昨夜的梦或许因此而生，而那个美如图画的景致或许是我对家乡的怀念，是对童年生活的怀念。这或许也是怀旧的一种表现吧。

初稿于2007年3月16日
二稿于2007年3月21日
再稿于2007年4月8日

也谈读书

　　《季羡林谈人生》中收录了一篇《天下第一好事，还是读书》。文章引用张元济先生的话"天下第一好事，还是读书"作为文章的题目，告诉天下人，读书乃天下第一好事也。

　　对此，我没有这么清醒地认识，但读书确是我人生中一大喜好。"读一本好书，就是和许多高尚的人谈话。"（歌德语）读书不仅增长知识，涵泳优游，还可以变化人的气质。学习书法之人都知道："作字之法，识浅，见狭，学不足三者终不能尽妙。"（苏轼语）即所谓"书（书法）之功夫，更在书外。"（韩愈语）而书外的功夫便是修养，而修养大多来自书本。我也深明此理，于是，读书买书成了我生活中不可或缺的事情。

　　平日读书，除却为了工作之外，全凭兴趣，正如英国作家毛姆所言"为乐趣而读书"。我生活的空间，随处所放皆是书籍，床头、枕边，沙发、椅子，浴缸扶手，就连洗手间的水箱上也都是书。随看随放，随拿随读，优游自在。因为自在，却破坏了家中的公共秩序，也因此，常遭丈夫批评。多年的积习，已非一日之寒，批评过后不出一二日，依旧还是随看随放。旧习实在难改。好在，日子一长，丈夫似乎也被我传染，桌上、地下，床头、枕边，沙发、椅子上也都是书，随看随放。

　　读书的选择和计划尤为重要。人的精力和时间是有限的，有所为有所不为，方能有为。而我因乐趣而读书，一任兴趣驱使，一时吟咏诗词，一时翻阅随笔、散文，一时小说戏剧，一时又历史美学文艺理论。几十年的生命历程，书读了不少，却少有积累，更不用说致用。概因读书杂而无章，又不讲究方法所至。现在的书籍之多，门类之杂，分科之细不说浩如烟海，多如牛毛，也差不太多。朱光潜先生曾作文告诫读书人，在现时读书选择的重要性。而我虽有选择——兴趣，却无一定计划，又不讲求方法，更没有苏东坡三抄《汉书》的精神，故而收获甚微。

读书讲究方法，是许多读书之人成功的法宝。苏轼抄书的"迂钝之法"、朱熹主张的"循序渐进"法，陈垣的"三分类"法等等，都是读书的好方法。

记得老舍先生也有一篇《谈读书》的文章，说自己有个很大的毛病，"读书不求甚解"。这毛病于我更甚之，读书常是看过即罢。老舍先生为此采取了二种矫正之法，

王文英 夏山多奇峰

其一就是"随读随作笔记"。我也偶有随读随作笔记之时，但仅限于自己非常喜爱的篇什佳句，或有所感触的问题。但终因没有长性，时记时弃。皆因书是自家的，用时再翻阅，岂不方便。却不想作文或有用时，明明白白记得是哪一家的著作，放在什么地方，找时却似泥牛如海，全无踪影，一任翻遍书橱、角落，也无所获，只好对着书房中十余个书橱和随处可见的书籍"望洋兴叹"。每每这时，就会想起随读随作笔记的好处。

老舍先生的这个矫正之法，我已坚持些许时日，颇有收益。随读随作笔记，不仅如英国哲学家弗朗西斯·培根所说"笔记使人准确。" 而且促使人思索，常于疑处有心得，正如宋人张载所说："读书先要会疑。于不疑处有疑，方是进矣。"达到学以致用的目的。

因乐趣而读书，是读书的首要。孔夫子曾曰："知之者不如好之者，好之者不如乐之者。"没有人愿意阅读令人厌倦的书，而养成习惯，而有收获。

读书是不是天下第一好事，每个人认识不同，但我想因乐趣而读书，确是一件快乐的事。当然，读书的选择和方法也是不可忽视的环节。

（原载于《青少年书法报》2007年4月3日）

王文英　山水小品

最少的对面总是最多

——从日本著名导演小津安二郎的电影人生所想到的

　　小津安二郎是日本著名的导演，他为电影忙碌了一生，生前却很少有人关注他，关注他的电影。

　　因为他的电影再平实不过，再琐碎不过，情节清淡，语言节省，总是按照一种既定的模式，追求一种刻意的形式感，记录着世俗的小人物平常事，朴实平淡而无波澜，更不要说悬念。因而，他的电影曾是被抨击的对象，他本人则成为日本电影界颇有争议的电影人。

　　然而有一点却是旁的电影人常常忽略而少关注的，这便是人物的情感刻画，小津安二郎电影中人物的情感刻画细腻入微，真实可亲。遗憾的是，这一长处也被湮没在曾经的争议与批评中，而遭忽略。

　　小津安二郎生于二十世纪初，生命旅程只有60年，一生拍过54部电影，可谓高产的导演。他的电影始终传达着一个永恒的主题，即使到了二十世纪六十年代，好莱坞的电影倍受人们追捧而大行其道，小津安二郎依然不为所动，默然地坚守着自己的追求：朴实平淡。这在当时的电影环境下，显得过分的传统和死板，游离于主流之外，而遭遇电影界的抨击也不足为奇。

　　非常有趣的是，小津安二郎一生默默坚守的，正是影评界诟病他的理由。他以自己的坚韧，坚守着自己的追求，直到生命的终点。然而，令人不不可思议的是，也正因为如此，他的坚守使他的电影成为不可忽视的风格特点，一种不可忽视的符号象征，一道

王文英 清夏图

不可忽视的风景。以至百年后，重新被发掘出来，被淹没的光芒渐渐成为一道异彩，成为日本电影史上重要的一页。小津安二郎被称为电影界传奇人物，与本国导演黑泽明齐名。我想，远在天国的小津安二郎是否早就预见了这一天呢，要不，他的坚守又为了什么呢。

小津安二郎的成功，正是因为他的坚守，他的自信。虽然这坚守与自信让人感觉多少有些偏执。但或许正是因为这偏执，才使他不人云亦云，不随波逐流而能无视旁人的诋毁坚持自我。

近日读报，看到一篇影评文章名曰《情深处红笺无色》，说的就是这位曾颇受争议而又充满传奇色彩的导演。文章中说，小津安二郎的墓碑上没有墓志铭，只有一个"无"字，这或许是对生命的理解，最少的对面总是最多。小津

王文英 待渡

安二郎的电影人生，恰恰诠释了这一点玄机。

最少的对面总是最多，可以说这是小津安二郎的电影人生给从艺之人的启示。

一个艺术家成功的因素很多，但风格的锤炼，无疑是诸因素中最为重要的因素。

"艺术的事情大都始于摹仿，终于独创。"（叶圣陶《弘一法师的书法》）追求新意和独特的表现方式，是艺术界所有从艺之人穷其一生的追求所在，也是艺术家安身立命的根本。没有人愿意重复历史、重复他人。领异标新，成为理想。如何能找到契合自己，表现性灵的最佳方式，而又具有独特鲜明的个人风格；如何能像小津安二郎那样能无视他人的品头论足，甚至是大家的批评，以至诟病，忍受孤寂、默默地坚守自己的追求而不动摇。

当今的社会，变化多端，令人眼花瞭乱，应接不暇。审美思潮如潮水般此起彼伏；批评的附庸地位；流行的物质价值取向；展览、竞赛，评委、名家，金钱、地位、权利……面对如此繁复的环境与诱惑，艺术家所面临的环境是否就比小津安二郎当时所面临的环境更为复杂而恶劣呢，我不能判断。我想，一个艺术家首先要对自己的审美追求有清醒的认识、足够的判断力和坚韧的意志力。

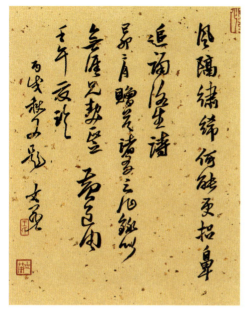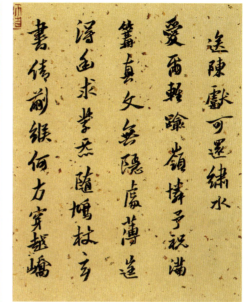

王文英 临明黄道周书

我常想，书法绘画不同于戏剧和影视艺术，需要大家彼此间默契配合、协作，共同创作才能完成，而是非常个性化的艺术劳动，依赖的是个体思维。如何能保持自己的个性，避免盲目的崇拜与摹仿，避免同道间的"近体相习"，潜移默化的影响，是非常重要，而又非常难于做到的。尤其是在今天这种比赛展览模式下，趋利似乎成为必然，没有人不希望得到认可和肯定。问题的所在是追求身前的繁华热闹，还是像小津安二郎那样寂寞追索，这是每个人选择的权利。虽然眼前的喧闹似乎很繁华，但繁华背后，也许是一片狼藉。起点也许相同，而终点却未必相同。

最少的对面总是最多。谁理解了这句话的含义，谁就离成功不远了。脱颖于流俗之外，需要智慧，更需要勇气和胆识。谁能像小津安二郎那样，抵住流俗的诱惑而默默坚守自己的追求，谁就是最后的成功者。

（原载《青少年书法报》2006年9月5日）

闲愁最苦

在清晨上班的地铁上，闲来读词，得"闲愁最苦"句，拨动心弦，几许。

此乃南宋词人辛弃疾词《摸鱼儿》中的句子。

淳熙己亥，不惑之年的词人自湖北漕移湖南，同僚王正之置酒小山亭，为其饯行。此时，正值暮春时节，落红飘飘，飞絮蒙蒙。南归十七年之久而一无所获的词人，推杯换盏之间，心，被触动了。这满目的晚春景象，恰似胸中郁积的苦闷，酒浇愁肠愁更愁，满腔的愁绪便化作了抑扬沉郁的曲调：

更能消几番风雨？匆匆春又归去。惜春长怕花开早，何况落红无数！春且住！见说道天涯芳草归路。怨春不语，算只有殷勤，画檐蛛网，尽日惹飞絮。

暮春的天气，禁不起再有几场风雨，便会匆匆归去。万般的痛惜却无计留住春离去的匆匆步履，只有画檐下的蜘蛛殷勤的结着网，网住些许的飞絮。无奈与惜惋之情流溢在词人的胸中笔底。

眼前的风物，令词人触目伤怀，由春意阑珊而美人迟暮，笔峰一转，由眼前景物而转入历史：

长门事，准拟佳期又误。蛾眉曾有人妒。千金纵买相如赋，脉脉此情谁诉？君莫舞；君不见玉环飞燕皆尘土。闲愁最苦。休去倚危栏，斜阳正在，烟柳断肠处！

"闲愁最苦"乃词人精神郁闷的深深叹息。

生活在偏安一隅又风雨飘摇的南宋，朝廷软弱无能越发不可理喻。漫漫十七年，从意气风发的青年而忧心忡忡的中年，词人抗金的主张无人理睬，空怀抱国理想却无法施展，恰如不幸失宠了的美人——那个曾经被汉皇武帝金屋藏娇的陈皇后，纵使千金换来司马相如的美赋，美赋得赏而脉脉深情还是无人能解，还是无法再得到君王的垂幸。忧愁风雨，家国危难，却无能为力，"闲愁"正如春草更行更远还生，词人的"闲愁最苦"！

虽然八百多年的时空相隔，世间也早已改天换地，而词人这超越文本之外的"闲愁"，我也能感同身受，深深地为之感动……

而此时的我，心动却并非仅仅因此。更多的是文本所带来的美感享受，绮思和闲愁。

这或许是因了生活的时代不同，境遇不同，经历不同，而审美情趣也有所差异吧。

花自飘零水自流，不只大观园中的林妹妹睹此而心生闲愁，荷锄葬落花，唱一曲《葬花吟》："半为怜春半恼春，怜春忽至恼忽去，至又无言去不闻。"我也常常暮春时节，见花残渐落，心中流过莫名的感伤。也有过东坡夫子 "泪眼问花花不语，乱红飞过秋千去" 的愁怀；也曾写下"看花伤流景，日暮掩门窗"的句子；也曾有"梦里寻春春欲去，落红无意恋红尘"的感慨。

春之意象，乃生之希望，又因其美丽而短暂，故惜春之情常流连于诗人词人的笔墨间，徘徊在怀春的少男少女的心头。其实，每个人对于春天都会有所感悟，只是或多或少的差别。

春来春去太匆匆，而作为万物之灵的人类，却无计相挽留。风光无限美艳如玉环飞燕者，最终也不过化为一抔黄土。

王文英 草书唐人诗

王文英　秋日江村

闲愁生处，斜阳烟柳。"试问闲愁都几许？一川烟草，满城风絮，梅子黄时雨"，宋朝的另一个词人贺铸这样感叹道。

何以会有这么多的闲愁？

人是有思想的动物。一旦有了想法，就会心生闲愁。有了闲愁就少了几分庸碌，多了几分心思。心思多少闲愁就多少。

试想人若失却了闲愁，心不再柔软，生活如茧如陀螺，不是自缚就是一味的只知旋转，而不知今夕何夕，不知酸甜苦辣，不知人间冷暖，不知爱恨情愁，生活是否就少了些许的滋味呢？我不是常常会因生活的忙碌而叹息少了闲愁，而少了情怀，而添了些许的烦躁。

闲愁最苦。因为闲愁也许会心生烦恼，因烦恼而生忧愁，因忧愁而人生缺少些许快乐。就像满怀忧国之愁，而"把栏杆拍遍，无人会，登临意"的辛弃疾。

但没有了闲愁，我是否就快乐了呢？

（原载于《青少年书法报》2009年4月14日）

关于女人

写下这个题目，却不知接下来该说些什么。并非我无话可说，只是不知怎么说。作为女人，一个有些阅历的女人，我的感受很多，多得不知如何来述说。

前日翻捡旧时的读书笔记，偶然看到有关女人话题的记录，而且不只一段。可见对此，我还是有些感触的。只是时光流转，年岁一天天增长，自己已不再那么敏感，也不再那么悲天悯人。更何况，女人这个话题被人反反复复地咀嚼着，不厌其烦，有女人，也有男人。

女人无论在文学语言，还是绘画语言中，恐怕是被描述概率最高的。于此，我本不想凑热闹，却无意间触动了雪藏的思绪，于是，便有了"关于女人"这个题目……

我想，大多数的女人是为爱情活着的，女人气质中充满了浪漫的因子，幻想着有朝一日能遇到一个心仪的白马王子，一个爱自己又懂得自己，懂得女人的男人。琼瑶的小说演绎的正是这种小女人梦幻中缠绵悱恻的爱情故事，是妙龄少女和怀春少妇所思所想的情景剧，所以赚得许多晶莹的泪珠。

女人似乎是为爱而活着的，所以与温柔不可分。但女人眼中的女人，与现实是有差距的，与男人眼中的女人也不是一回事。

女人对待自己与对待同性，以我多年的体味和观察，是有区别的。女人眼中的女人，可以欣赏，却很少能心心相印。大多数的女人，可以善待自己，善待异性，却很难善待同性，尤其是不能由衷地赞赏比自己优秀或出众的同性。曾经读过一篇题为《风雨梦舟——女人之思》的美文，不记得作者的名姓，却依稀记得出自女子的笔下。文中有这样一句话，印象极为深刻，大意是，苦争春色：女人的嫉妒。

女人的嫉妒，就像冬眠的野兽蛰伏在女人的身体里，随时都有可能苏醒。被嫉妒击中的女人，宛如皮影戏中掌控在演员手中的皮影，一任嫉妒操控，纵使貌若天仙，而心灵也会因妒火焚烧而扭曲而丑陋不堪。

中国古代宫廷中的女人，为了"万千宠爱于一身"，为了权利和地位，而相互戕害。二千多年前的大汉王朝，开国皇帝刘邦尸骨未寒，她的宠妾，那个美丽的戚夫人，即被另一个女人，他的皇后吕雉拔光了头发，戴着沉重的木枷舂米。要知道那个时代剃掉头发，对于一个男人来说是侮辱的刑罚，更何况一个女人，一个皇帝的女人。从人上人而一落为奴的戚夫人，噩梦也由此开始。残忍得不可思议的吕后并没有就此罢手，她砍断了戚夫人的四肢，挖去了她的眼睛，熏聋她的双耳，药坏了她的喉咙，最后将她扔在了茅厕。一个美丽的女人，一个曾经被主宰天下的男人所宠爱的女人，就这样成了惨不忍睹的"人彘"（人猪）。

这不是巫婆的诅咒，也不是故事大王的故事，而是真实的历史。

这段后宫女人间惨烈而血腥的争斗，有人形象地称之为大女人与小女人的争斗。

胜利往往属于大女人，而失败则垂青于那些相对敦厚，生性温良如戚夫人的小女人。她们也许无意争春，却无奈一任群芳妒，最后零落成泥碾作尘，只落得芳香如故，而这么美好的语言也只出现在诗人的笔下。

当然，这样极致的人间悲剧，只有在女人作为男人的从属而存在的封建时代才会发生，而如吕后、武则天、慈禧者，掌握绝对权力而又残暴无人性的女人也只是少之又少的个案。

但妒嫉似乎是女人的天性。女人与女人就像是天敌，正应了同性相斥的物理原理。"出头的椽子先烂"，"木秀于林，风必摧之"，在女人之间似乎演绎得更加充分。女人因妒嫉而生的怨恨，从来就没有停歇过。

　　而男人眼中的女人呢？大多数的男人往往可以宽容地对待女性，却不能容忍女人高于自己。"窈窕淑女，君子好逑"。男人追逐美貌的女人，喜欢女人的温柔，喜欢女人的善解人意，喜欢女人小鸟依人样的以自己为轴心。有男人说，"女人娶回家是为了疼的。"这话使许许多多的女人感动得眼泪稀里哗啦。因为这话正中了小女人的下怀，在她们的人生辞典里，女人生下来就是被人疼，被人爱的，是需要坚强的臂膀来呵护的。于是，大多数女人照着这样的模式培养和完善着自己，以期找到一个好的归宿。

　　只有少数的女人对此不屑一顾，她们认为命运应该掌握在自己的手中，而非他人。她们有着独立的人格，自主的意识，不依附于任何人，很少伤春而伤怀。爱与不爱，全取决于自己。即便受伤，也会躲在一隅，自己疗伤，用不了多久就会找回自我，依旧风光的站在人前。

　　这样的女人，被社会冠以女强人的"桂冠"，常被人忽略性别，尤其在男人的眼中。因为她们的独立，所以不受男人的青睐。很少有人关注她们的内心世界。其实，在她们的骨子里，女人的特质一样不少，同样希望得到关怀和关爱，特别是来自于男人的。只是因为她们矜持而独立的个性，限制了心扉的打开，更怕别人的怜悯。因为她们的独立，很少有人想到该去安慰和关怀她们。

　　还有一类女人，介于大女人与小女人之间。这样的女人，不

仅才情了得，且胆识过人，而又不失女人的阴柔之美，直使得识器过人的男人们爱怜有加，趋之若鹜。宋之李清照、明末之柳如是，现代之林徽音，各朝各代都不乏这样的女人。

男人可以没有爱情，但不能没有事业；女人可以没有事业，却不能没有爱情。所以有人说，男人是属于社会的，事业为上；女人是属于家庭的，爱情为上。

当然，凡事都有例外。不过，如英国的温莎公爵爱美人，不爱江山的男人毕竟凤毛麟角，而属于所谓"女强人"的大女人也为数不多。

男人和女人性情的不同，生存需求的不同，以及社会发展的现实，使这个社会依然是男人掌控的天下，虽然中国妇女解放了半个多世纪，虽然女人与男人一样同工同酬，虽然女人被赞美为美的化身，虽然母爱被赋予最伟大的爱。

"女人不是天生的，而是变成的"。

法国女作家西蒙娜·德·波伏瓦在《女人是什么》一书中这样说。她说："没有任何生理上，心理上或经济上的定命，能决定人类女性在社会中的地位；而是作为整体文明产生出这居于男性与无性之间的所谓女性。"

也就是说人之初，本没有性别的意识，只有生理的差别。性别的意识，是所谓的人类整体文明的结果，是后天教化使然。

"做女人难，做名女人更难"，这种感叹不仅仅来自于风光无限的名女人。其实，所有想做些事情，而成为社会一分子的女人都会有这样的感受：做女人难！正如西蒙娜·德·波伏瓦所说："女人要在事业上获得成功，比男人更艰难，无论如何，她同时必须还是一个女人，她不能够丢掉她的女性内容。"

卡米尔·克劳代尔，一个美貌又才华横溢的女雕塑家，本可以和罗丹一样成为杰出

的令人景仰的艺术家，但她与罗丹不同是，她同时必须还要是一个女人。在她成为罗丹的情人后，便在做女人与艺术家之间痛苦徘徊，因为爱而渐失了艺术，因为艺术又失去了爱。在成就罗丹的辉煌里，克劳代尔却芳容憔悴，艺术之泉慢慢枯竭，以至抑郁成疾，在牢房似的疯人院里，在孤寂中慢慢耗尽了生命。身后的墓碑上只刻着："1943——№392"的号码。

我是女人，一个有想法和抱负的女人，很体会个中滋味。我不想只做个小女人，也不想成为大女人，但我希望做女人的同时，独立而自主，做好自己喜欢的事情。我知道，这注定要付出许多、许多……

但我也知道，我不会后悔。

缺　憾

　　但凡人都有这样的一种人生经验：你得到的并不一定就是你想要的，而你想要的也未必就是你得到的，追求的过程充满了缺憾。

　　缺憾或曰遗憾，每个人的生活中都不可避免的经历过遗憾，没有人可以豪言自己的人生中没有遗憾。我曾询问一位每日看似快乐的朋友，生命中有没有缺憾？他很肯定地回答说："怎么可能没有，谁都会有缺憾。"的确，每个人的生活中都会遭遇遗憾，包括那些快乐地生活着的人们，只是因人因事不同，或大或小，或重或轻。

　　记得一篇文章中说："缺憾使荆轲赌命功亏一篑，使楚霸王在乌江边留下千古叹息，使孔明六出祁山落魄失魂，如此才有历代英雄气短，泪流满襟的遗恨。"正因为缺憾的存在，才有了英雄泪流满襟的遗恨这样的情感经历，才有了悲壮这样的情感体验。从某种意义上说，缺憾也是一种美，或可谓之残缺之美，相对于完美，缺憾更贴近生活的本真，也更为感人。

　　荆轲憾所憾矣，却常令后来者击节咏叹。"风萧萧兮易水寒，壮士一去不复返"，燕赵游侠，慷慨悲歌，这或许该是荆轲最好的归宿；力拔山兮气盖世的西楚霸王，曾几何时所向披靡，无人能敌，一时间却又赢得乌江别姬自刎，那场景凄美、悲壮，却豪气冲天，令人扼腕唏嘘；被誉为智慧化身的诸葛孔明六出祁山，却"出师未捷身先死，常使英雄泪满襟"。这都是因了缺憾而生的美感，比完美的结局更能憾动人的心灵。

　　一个人盘点自己的过往，就会发现生活中有意无意间错过许多事情，遗憾实在太多，或叹息时运不济、命运多舛，或感叹遇人不淑，或怨恨生活无情，或遗恨无人理解，或遗憾没有理想的职业、没有好的姻缘等等，还有诸如旅途中遭遇的种种意外、本心要做好事却适得其反……让人难以释怀。

　　丁亥仲夏五月末，出差青海西宁。这是我平生第一次踏上这片神奇的土地，可以借

大熊猫喜食的高山箭竹

风雨中的高山杜鹃

机亲近向往已久的青海湖，着实兴奋了好几天。

车出西宁市区，行程近二百公里，目光越过黄灿灿的油菜花、绿油油的燕麦，终于捕捉到宛若玉带镶嵌在天边的青海湖，湛蓝的湖水与蓝得耀眼点缀着雪白云朵的天空交相辉映，犹如重彩的画卷，徐徐展开，美不胜收。而我们的车就仿佛行进在图画里，又蜿蜒十余公里，方近身湖边。

当我们兴高采烈地踏上青海湖著名的鸟岛——一个传说鸟儿多得可以遮天蔽日的小岛时，却意外地发现，除了湖水和岸边的青草，只有静静地躺在地上的零乱的蛋壳，以及偶然划过水面的不知名的小鸟。

原来我们错过了季节，鸟儿们已经完成生儿育女的任务而飞往它乡了，只留下曾经生活过的遗迹。如果我们早来一个多月，就可以躬逢其盛了。

遗憾中正待转上可以观赏鹭丝嬉戏的鹭丝岛时，天上忽然飞来一片浓重的云，雨飘然而至，骤然间冷风嗖嗖，一行人只好作罢返回车中避雨。

又因为同行者中有人要赶飞机，只好驱车环湖而行，我也只能无奈地透过车窗，偶尔望见远远的时隐时现的蓝蓝的湖水。

青海湖之行就这样结束了，心中不由暗生遗憾，真不知他日是否还有机会再一睹其芳容。

生活中这样的小遗憾，不经意间就会遇到。去年暮春时节湖北之行，从襄樊而武当再神龙架， 个神秘而令人向往的地方。

怀着幽梦上路。

一路之上，春雨绵绵，山路崎岖湿滑，本应八小时的行程竟用了十余小时，午夜十分方至山下的木鱼镇，一个因神龙架自然保护区而发展起来的小镇。心中暗暗企盼天明

王文英　烟波风月

能放晴，孰料一早起来，天依旧的阴沉着脸。上得山来，但见雾霭迷茫，冷风凄厉，蒙眬中盛开的高山杜鹃在风中瑟瑟摇摆着纤弱的身躯，嶙峋的山石影影绰绰、扑朔迷离。视线所及不过丈余，越发显其神秘莫测。天公不作美竟又下起雨来，"雨横风狂三月暮"，此行终未识得庐山真面目，只好悻悻然下山，期盼下回能一探究竟。

这样的遗憾不过是人生中的小插曲，不会留下刻骨铭心的伤痛。然而有些遗憾却可能成为终生的缺憾，在我，没能从事自己喜欢的职业，而最喜欢的事情又没有时间和精力去做，或许由此缺少了许多人生乐趣和幸福。凡人如我这样的遗憾大多不会左右生命轨迹，且还有弥补的可能；而诸如荆轲、项羽、诸葛孔明的缺憾却只能抱憾终生。荆轲功亏一篑，楚霸王兵败乌江，孔明出师未捷身先死，关系重大都超越了个体生命，泪流满襟而空余遗恨。

凡人的遗憾虽然不似英雄的缺憾那么震撼人心，琐碎细小却更贴近生活的真实。一份不理想的成绩单，一段不堪回首的往事，一份刻骨铭心却没有结局的爱情，一段执著却没有回报的努

雨雾迷蒙的神龙顶

力……都是你我曾经有过的经历，真实而又自然。

"日中则移，月满则亏。"这是自然界的客观规律，人生何尝不是如此。宋人苏东坡曾言"月有阴晴圆缺，人有悲欢离合，此事古难全。" 晋之谢灵运《拟魏太子邺中诗集序》云："天下良辰、美景、赏心、乐事，四者难并。"

因为美之难全，就越要追求完美，而完美却可望而不可及，或确切地说完美是相对的，相对于缺憾而存在，没有缺憾何言完美。完美往往存在于人的理想之中，而非现实，所以才有"但愿人长久，千里共婵娟"的愿望。即使表面看似的完美，也如划过夜空的流星，还没来得及细细品味，就已转瞬即逝，烟消云散。唯有遗憾来得真实，不仅使人体味得之不易，更让人体味失败的滋味，从而生发欲望和动力，而又使人经历了一种特殊的情感体验。故有人说："人生就是一个遗憾的过程，也是一个不断弥补遗憾的过程。"就像青海宾馆服务员劝慰我的话："这不叫遗憾，叫念想！有了念想，你就不会忘记这里，还会再来的！"

不过，快乐的生活，我以为才是人生中最为重要的。要有所追求，更要学会放弃。要知道生活中的缺憾并不可怕，因为它是真实的存在，没有生命不遭遇缺憾，只要坦然地面对遗憾，学会欣赏缺憾，你就会发现生活原来是很美好的，快乐也就来到了你的身边。

记住缺憾也是一种美。

随

偶然读到这样一则故事。

三伏天，禅院的草地枯黄了一大片。

"快撒点草种子吧！好难看呐！"小和尚说。

"等天凉了。"

师父挥挥手："随时！"

中秋，师父买了一包草籽，叫小和尚去播种。

秋风起，草籽边撒边飘。

"不好了！好多种子都被风吹飞了。"小和尚喊着。

"没关系，吹走的多半是空的，撒下去也发不了芽。"

师父说："随性！"

撒完种子，跟着就飞来了几只小鸟，悠闲地啄食。

"要命了！种子都被鸟吃了！"小和尚急得直跳脚。

"没关系！种子多，吃不完！"

师父说"随遇！"

半夜一阵骤雨，小和尚早晨冲进禅房："师父！这下真完了，好多草籽被雨冲走了！"

"冲到哪儿，就在哪儿发！"

师父说"随缘！"

一个星期过去，原本光秃的地面，居然长出许多青翠的草苗。一些原来没播种的角落，也泛出了绿意。小和尚高兴得直拍手。

师父点头："随喜！"

故事结束了。没有起伏，也没有悬念，甚至没有情节，就这样平平淡淡。却像小石子落入池塘，原本平静的心底泛起了水花……

随，有跟从，顺从，沿着、听凭之意。故事中的师父告诉小和尚的"随时"、"随性"、"随遇"、"随缘"、"随喜"中的"随"，却不是顺从之意，而是顺其自然，是顺应天时。但也不是听凭，而是把握机缘，是求地利。

顺其自然与把握机缘之间，似乎不是递进关系，而好像一对矛盾冤家。顺其自然了，又如何能把握机缘？

对于顺其自然，抑或说是自然天成，我有着一种天生的偏爱。更确切地说，是一种热爱，是追求。无论从艺，还是为人。平生所过，走到哪儿算哪儿，很少刻意什么，也很少驻足回首。

而把握机缘，在我的人生经验中，除了按年龄进入学堂，似乎找不出第二件事。几十年的人生光景，好像一切皆等缘来。缘来，顺风顺水，自然心情顺畅；缘未到，也只心生些许烦恼而已，从未想过要改变什么。

生活中烦恼常常光顾，是缘未修到，还是不懂得把握机缘？或许二者皆有吧。

记得有句话叫做"世事洞明皆学问，人情练达即文章"。

王文英 草书宋人词节选

王文英 绿树阴里夏日长

故事中的师父可谓世事洞明。而我每每经事之后，不出一天就会忘记刚刚的伤痛或教训。距离师父的智慧，千里之外。

曾听朋友感慨："经验是不可复制的！"这话现在想来，还是有几分道理的。师父的老到，智慧，无论如何是不可能一按ctrl加c就能复制到我的身上，所谓"江山易改，本性难移"。也许再多读几遍故事，明天的我还是现在的我。但我还是让这个看似简单的故事搅动了心绪，我为何就不能改变自己呢？顺其自然的同时而又把握住机缘，人生或许会有另一番风景。

既顺其自然，又把握机缘。如何的顺其自然，又把握住机缘，其中的玄机，还是再读一遍故事，慢慢地领悟吧。

（原载于《青少年书法报》2008年12月25日）

闲话春节祝福

——人温暖并疲劳着

在爆竹的余香中，结束了2007年的春节假日，带着节日的余庆来到办公室，而人似乎还在节日中，打开手机，里边充满了节日的问候语；打开电脑，E－mail、QQ中也都是友人的祝福，人温暖并疲倦着……

曾几何时，流传于亲友间节日问候的纸质书信、贺卡，而今却逐渐少了，取而代之的是电子贺卡、手机短信、E－mail、QQ等等这种科技时代的节日问候方式，只有少数的老派人物还守着传统，执著地坚持着自己的习惯。

社会进步了，现代化的东西冲击着传统。信息化的时代，表达和传递方式不仅多而且迅捷，就连拜年这样的事情也可以在瞬间传递给对方，而不用再等待。人少了企盼的热情，少了想象的空间，少了记忆的留存，生活是否也少了一些情趣呢？

而我，手写的祝福书信不知从何时起就已完全让位于手写贺年卡了。虽然我收到的贺年卡逐年减少，但还是热爱用个性的名信片，印上自己得意的书画作品，亲手写上新春的祝福，寄给遥远的亲友。我想收到的亲友也会惊喜这份长途旅行而来的祝福。

凡事都有例外，朋友C君，一日来电，我突然想起多天以前寄出的贺卡，顺便问收到了吗，对方却说没看到。没有寄到吗？心存疑虑，是否需要再补寄一张？过一周C君又来电，自己无趣地又问了起来，答曰：收到了吧，没注意，好像有。

寄出了祝福，是想把祝福借着小小的卡片送到朋友的心间，并不求任何的感情回馈，但不想遇到这样的"无心人"，多少还是有些郁闷。看来，在过于繁忙的城市生活中不在乎这样祝福方式的人还是有的。当然这样的"无心人"毕竟是少数。

电子贺卡兴盛很多年，热衷于此的大多为年轻人，而我的忘年之交的友人，虽已年近七旬，却也是逢节就发来祝福的E－mail，不仅画面绚丽时尚，极尽变化，其中还有很多温馨并带有哲理的话语，颇令人感动和获益。心中很是感叹友人虽为科学家，却比我

王文英 蜃楼仙岩七言联

辈忝列所谓艺术家之列且年轻许多的人来得时尚。

今春收到很多类似的电子贺卡，颇觉有趣，于是开始触礁，舶来一些发给平时往来于E−mail、QQ的朋友，博得大家开心一笑，看到友人不乏赞叹的回复，感觉自己也时尚起来，多少有些得意。

手机短信越来越成了节日问候的宠儿，我周围许多老套的朋友也逐渐开始加入拇指一族。近日读《北京青年报》的统计，春节7天长假全国手机短信发送量152亿条左右，而上年春节假期这一数字为126亿条，足见其上升的速度。想着自己从丙戌腊月二十八开始，就在心急的朋友带动下，开始拇指运动，发了多少又收了多少，没有统计，总的感觉是应接不暇。

说起手机祝福短信，趣事很多。常见的是"做好事不留名"者，祝福短信发出了，却不署名，收者大多茫然不知此人何人，反正是祝福，照单收了，只好照地址再回祝一个。

还有更为有趣者，收编友人的祝福段子，一网捞转批至下家，竟粗心未将友人的大名删除。自己常常笑话这样的人，何以如此粗心地花钱替别人做好事。不想自己今年却犯了同样荒唐的错误，好在刚发出一个便及时发现，采取措施加以补救。在此，向收到这样短信的朋友道歉，并非我薄情于你们，实在是想赶在新春来临之时，奉上我的祝福。

今年春节前儿子正处于报考艺术类院校专业课考试期间，自己也要准备与朋友联展的作品，更不能耽误与家人朋友的欢聚，虽然已临近春节，心中却如长草一般。

手机不断地响起，朋友的祝福来了，提醒我新年来临了。

虽然寄出了不少的贺年卡，但更多的友人平日E－mail和话筒联系，竟忽略了通信地址而无法寄出贺卡；还有许多的友人即便寄了贺卡于我，在这个时候也不忘了再祝福一回；想着一年来给自己帮助和关爱的亲人朋友，在这个时候也不能不再送上新春的祝福。

翻检手机中的短信，忽见其中一条颇合自己的心意，于是略加改动，欲把"零售"改为"批发"，匆忙之间，竟忘记将友人的名字删除，不由汗渍后背，对朋友的感情顷刻间便打了五折。我想，如此这般群发的一定大有人在。有友人告之，春节收到短信有600条之多，自己群发回复不成，发动女儿一起群发才算完成。

近日《北京青年报》有篇文章说演员刘威不回群发短信，意思是说，这样的短信缺少真情实感，还是喜欢打电话给友人拜年。我知道大家更希望收到具有个性的、为自己而写的新年祝福，但如果真要这样一条一条的个性编辑，恐怕辛苦得连觉也没得睡了，还会错过拜年的时间。

将自己的荒唐事说与夫君，对方竟不以为然，答曰：这算什么，比你这更有甚者，将我上一个节日发给他的短信又原封不动的发了回来，还带着我的名字呢。得，成了自己祝福自己了。

我还是特别怀念以前收到很多书信贺卡的日子，白纸黑字记录着只有朋友间才能会意的话，带着墨香，辗转旅行，才到得手中，不禁让人心生感动和亲切，于是就好好地珍藏了下来，成了永久的美好记忆。

我想，来年的春节，不管自己收发多少的手机短信，收发多少的E－mail，我都要一张一张的写好贺卡，带着我的祝福，寄给友人。

（原载于《青少年书法报》2007年3月6日）

三·羁旅行思

春风十里扬州路

我镜头里的瘦西湖

扬州何以名满天下？

有人说，是因了当年隋炀帝为了观琼花，开凿了一条大运河，于是，扬州的繁华旖旎随着琼花的芬芳，自此传遍天下。从此后，扬州成了"腰缠十万贯、骑鹤下扬州"的销金窟，也成了"人生只合扬州死，禅智山光好墓田"的温柔乡。清朝时，康熙、乾隆二帝曾数度南巡来到扬州，当地的豪绅争相建筑园林，遂得"园林之盛，甲于天下"之说。

扬州的繁华旖旎，也使扬州的女人声播海内。"扬州自古出美女"，是否天下男儿竞相临芳城而睹芳姿呢？我不清楚。但我知道，晚唐的大诗人杜牧，也曾勾连此地，与扬州的女人纠葛之间，在"十年一觉扬州梦"之中，遗珠点点，却为扬州增添了一抹浓丽的色彩。还有那活跃江南画坛的"扬州八怪"，以及他们那领异标新的画作……

杜牧生不逢时，虽满腹经纶，却生在气数将尽的晚唐，纵然熟读史书，看透时局，却英雄无用武之地。于是，在扬州这个温柔乡里，常放浪于勾栏酒肆。内心落寞寡欢，狎妓饮酒，举杯放怀，逢迎唱和。他的风流轶事，与他的才华一样，"赢得青楼薄幸名"，也赢得"七绝龙有逸韵远神，晚唐诸家让渠独步"的美名。

赠别二首

其一

多情却是总无情，
唯觉尊前笑不成。
蜡烛有心还惜别，
替人垂泪到天明。

其二

娉娉袅袅十三馀，
豆蔻梢头二月初。
春风十里扬州路，
卷上珠帘总不如。

遣怀

落魄江湖载酒行，
楚腰纤细掌中轻。
十年一觉扬州梦，
赢得青楼薄幸名。

寄扬州韩绰判官

青山隐隐水迢迢，
秋尽江南草未凋。
二十四桥明月夜，
玉人何处教吹萧。

......

十年扬州，杜牧留下不少篇什，虽透却委婉温情，却也清新可人，为后人吟咏至今。而今，你若漫步扬州街头，也会不经意间读到这些诗句。没有那个诗人，像杜牧这样，因为扬州，而留下这许多的吟唱。

"扬州八怪"是清初画坛一道亮丽的风景，像清风划过水面，波动涟漪，给当时的画坛以冲击。他们的画作冲破陈规，师造化而又表现自己的性灵和感受，有着浓郁的写意风格，笔墨淋漓而意韵生动。虽在当时被"正统派"所排斥，甚至被视为左道旁门，但孤傲清高的金农、黄慎、郑燮、李鱓、李方膺、汪士慎、高翔和罗聘，始终"领异标新二月花"，故此，被人们冠之以"八怪"之称谓。其实，当时活跃在扬州画坛上的重要画家何止八人，他们中的多数人都是以鬻画为生，这在当时的中国极为罕见，或许只有扬州是个例外。有人称他们为"扬州画派"或"扬州派"。

我虽胸中点墨，又身为女人，但对这锦绣之乡，同样怀有别样的情怀。也许是因为杜牧那些氤氲着扬州独特柔美气息，文词清丽、情韵跌宕的诗章；也许是因为"扬州八怪"笔下灵动的水墨世界。我没有细想过。但养育了如花美人，又养育了骚人墨客的淮左名都，竹西佳处，在我，却只在想象中。因为我从未到过扬州，虽几出几进江南。

戊子春，又要出差江南。江苏的同志预先安排的行程中，又没有扬州。盖因扬州的盛名，他们不曾想到南北西东游走之人，怎会没有在这繁华锦绣之地留下足迹？

晨曦中的古街，清寂而神秘

流水画桥春梦里

　　此次会议的地点——镇江，与扬州一水之隔，我也因此添了些许的惋惜。幸好临行前修订了行程，加上了扬州，了却了遗憾。

　　昔日"京口瓜洲一水间"，现在舟楫往来的日子早已成为过去，镇江一侧的古渡口也冷冷清清。

　　依山的曲径两旁，各色林立的店铺，佛道一家的寺院、道观，客店……依稀可见昔日的繁华。晨曦中漫步街头，柔和的光线下的古街，清寂而神秘。岁月的沧桑从脚下光滑油亮的青石板上，从斑驳紧闭的门窗间，一点一点儿地渗透出来，让你顿觉岁月的久远。

　　坐在古津渡口，遥想当年的盛景，感受待渡旅人的心境。而今，京口瓜州"一桥飞架南北，天堑变通途"。交通的快捷便利，是古人无法想象的。而我却多少有些愁怅，挥之不去：快则快矣，少了旅愁，却也少了行舟江上的乐趣和情怀。试想，若王公安石活在当下，对此，是否也会感叹唏嘘：少了多少诗情？

　　会后的调研，一天一个地方。上午开会，午后赶往下一个目的地。而扬州之行，也是如此。

　　开过会，赶到扬州，已是斜阳树巅。放下行李，即赶往瘦西湖。依我，更想逛一逛那些文人雅士的旧日庭园，多少感受一下他们曾经的情怀。无奈东道主的盛情，到了扬州，哪有不到瘦西湖的，岂不白来一趟扬州！而我只有这半天的时光，可供驱遣，恭敬不如从命。

　　瘦西湖，攀附上杭州西湖，定是因为她的"秀气"更盛一筹，所谓环肥燕瘦吧。却没想到她的瘦，竟瘦得如飞燕①的裙裾，飘飘落地，迂回曲折，逶迤如带，更像一条河，却偏偏称作湖，还扯上了西湖。

原来，瘦西湖是由几个私家园林组合而成，连接起来的"湖"，自然就瘦成了这样，不过却比西湖多了阴柔飘逸的妩媚。

伫立湖边，你绝不会像欣赏西湖那样，可以尽收眼底。瘦西湖的美，还在她的婉转，她的少女的欲说还羞，你只有耐下性子，才可以一点一点儿，慢慢地感受她的美。

沿湖堤曲曲的岸边，依次有长堤春柳、四桥烟雨、徐园、小金山、吹台、五亭桥、白塔、二十四桥、玲珑花界、熙春台、望春楼、吟月茶楼、湖滨长廊、石壁流淙、静香书屋等等，景致连着景致。一路而来，嫣然丹青妙手的得意画卷，徐徐展开，不断地给你惊喜。

"烟花三月下扬州"，不知诗仙李白是否到过扬州。暮春三月的扬州是否烟花还盛，我不知道。而我来时，这里正值仲春二月暮，早已是柳绿莺飞，姹紫嫣红，如茵如烟，正是"花月正春风"的好季节。

蜿蜒的长堤，数百米，杨柳与桃相间。一眼望不到边的新绿，点染得湖水也似怡人的绿锦，微波荡漾；轻柔的柳丝，更如美人的长发，随风飘舞，撩拨着人的情愫。据说"长堤春柳"是扬州二十四景之一，果然名不虚传。

虽然时间紧迫，但难得心境怡然。不在乎是否踏遍所有。一个人徐徐慢步堤上，远远地落在人后。

路边的迎春、桃花虽已近迟暮，但散落在盛开的郁金香，玉兰和不知名的花丛中，生机不减。人行其中，如舟行五彩的花海里，芬芳四溢。微风过处，片片落红，扬扬洒洒，似漫天飞雪。一种说不清道不明的柔情漫溢周身，在这个温润的午后，偶拾一片诗情：

流水画桥春梦里，

轻移小步绿莺啁。

忽然一阵微风过，

片片飞红落发梢。

　　"二十四桥明月夜，玉人何处教吹箫"。行至二十四桥，但见姿态各异的小桥，左一个右一个，前一个后一个，桥桥相连相通，疑入桥林深处。我无意考证这是否就是杜牧当年流连之地，是否真的有二十四桥，单那斜阳影里的小桥流水，绿树鸣禽，就足以使人生发许多的情思。

　　"天下三分明月夜，二分明月在扬州"，是否这二分明月都在此处呢？

　　惜我虽在扬州度过一夜，也曾在晚餐后，行船古运河。虽是明月夜，却不似想象中的明亮，扬州城也不似想象中的那样韵致婉转。花哨的霓虹灯，闪烁之间，彰显着现代都市的性格，就连天上水中的月，也因了这五颜六色的星星般的灯海而暗淡了许多。而此时，诗情便也沉沦在这灯海里了。

　　结束了瘦西湖之行，薄暮时分，我们又来到此行的另一去处——何园。一行人，还似先前，在导游小姐的带领下，匆匆前行，穿庭院、水榭，过回廊、楼台，真正的过客！而我依旧慢慢的游荡，一个人。

　　何园，又名寄啸山庄，是清乾隆年间双槐园的旧址。清同治年间，道台何藏舫在双槐园的旧址上改建成寄啸山庄。园名取自陶渊明"登东皋以舒啸，临清流而赋诗"之意，辟为何宅的后花园，故而又称"何园"。为晚清第一名园。据说，物理学家，中科院何祚庥院士，就是何家的后人。

苦瓜和尚的假山叠石之妙

　　江南园林以紧凑，步步为景见长。而何园，在此中算得上秀气的一类：一榭、一山、一池，二楼也因回廊连为一体。园中的水榭，因主人曾经的经历而为船形，故称为船厅，单檐歇山式，也带回廊，很有特色。

　　在楼前的梁柱上，意外地发现了晚清书法名家何绍基手书的楹联：

　　　　退士一生藜苋食，
　　　　散人万里江湖天。

　　字迹宽博大度，遒丽端庄，姿肆中透出逸气。何绍基，别号东州居士，道州（今湖南道县）人，世称"何道州"。真草隶篆行五体兼善，尤以行书成就最高。其行书根植于颜真卿，而融入篆隶草书笔意。何道州的书法对晚清书风影响可谓大矣。此联是我所见其行书中的精品，甚是兴奋，盘桓了好一阵子。

　　转过楼角，远远地又见山墙上镌刻着"片石山房"四字。正疑惑间，同行的当地人告诉我：片石山房现在仅存遗迹，一般游人是寻不到的。那近旁堆砌的假山，就应该是出自清季大画家石涛之手的叠石吧。有人说这是石涛叠石的人间"孤本"。我没有考证这个传说的真伪，情愿相信它是真的。石涛也是我所喜爱的书画家。

　　石涛俗姓朱，名若极，小字阿长，广西桂林人。明藩靖江王朱守谦的后裔，其父朱亨嘉为第十三代靖江王。真正的皇亲国戚，却不幸赶上了改朝换代，与另一个清初的大画家朱耷同命，落得削发为僧。世间因此而少了一个官僚，却成就了中国艺术史上的一代宗师，以此观之，又可谓幸事。

出家后的石涛法名原济，一作元济。字石涛，号大涤子、清湘老人、瞎尊者、苦瓜和尚等。长于山水，擅花卉、蔬果、兰竹，兼工人物，也擅书法，难得的书画全才。"搜尽奇峰打草稿"的石涛，一反当时的仿古之风，其画重写意，抒发性灵，构图新奇，笔墨雄健姿肆，酣畅淋漓，于豪放中寓静穆之气。与弘仁、髡残、朱耷并称清初画坛四僧。而"扬州八怪"就是继"四僧"之后，又崛起的一个革新画派。

石涛60岁以后，结束了在苏杭一带的漂泊生活而定居扬州，其大写意画或许在这里才有了市场。潘天寿认为，石涛开"扬州画派"之先，或许是有道理的。

何园的假山叠石之妙，在于山峰耸翠，秀映清池，有奇峻之美。最为奇妙的是，峰峦起伏的山石中，藏有一天然洞孔，透着天光，映入山脚下的水池中，竟宛如满月。不知这是苦瓜和尚的匠心独运，还是机缘巧合？无论那种，这都是我所见过的人造景中的奇观了。

何园的主人归隐扬州后，光绪九年（1883）购得片石山房旧址，扩入园林。

何园在抗日战争时期曾一度落入日本人手中，抗战胜利后收为国有，一直至今，像我这样的普通人才能有幸来园中一游。

园中树木扶苏，花开年年。梁间的燕子依旧的飞来飞去，却不知早已是斯人已去，物是人非。感慨系之，遂成绝句一首：

> 小楼寂寂日迟迟，
>
> 穿石天光月映池。
>
> 燕子何知故人去，
>
> 飞来还立旧时枝。

扬州徘徊的这半日时光，这个融融的春日的午后，是我记忆中，有关春天最温润的记忆。

注释：

①飞燕——原名宜主，是西汉汉成帝的皇后和汉哀帝时的皇太后。《汉书》对她的描述不多，但野史记载很多。以美貌著称，所谓"环肥燕瘦"讲的便是她和杨玉环，而燕瘦也常用以比喻体态轻盈瘦弱的美女。同时她也是因美貌而成为媚惑皇帝的一个代表性人物。

己丑太行写生记

——初入太行之郭亮

　　己丑暮春，随国家画院卢禹舜工作室太行山采风团，西行太行采风写生。行程至河南辉县的郭亮村、十字岭张沟村、八里沟，山西晋城的王莽岭等地。

　　太行山又名五行山、王母山、女娲山。横贯北京、河北、山西、河南4省市。北起北京西部的拒马河之十渡，南达豫北黄河之北崖，西接山西高原，东临华北平原，绵延400余公里，又是河南与河北、山西两省的界山。

　　太行山大部海拔在1200米以上。据说2000米以上的高峰就有许多座，著名的有河北的小五台山、灵山、东灵山，白石山，山西的太白山、南索山、阳曲山等等。太行山不仅山峦峭拔，森然笋列，而且千余米的断层岩壁，峡谷毗连，流水深澈，既有大丈夫的伟岸气魄，又不乏小女子的秀美绮丽。故而太行山早已成为现代山水画家所关注的对象，许多地方还开设有专供写生的基地。每逢春暖花开，抑或秋风落叶，画家们便像候鸟一样，陆陆续续背着画夹进山写生了。

　　河南辉县境内的郭亮，就是一个画家常出没的地方。我曾经偶然得到过一本写生集，是著名山水画家陈平先生的一个女弟子所赠。其中就有郭亮的记录，峭拔的山峰，清澈的溪水，纯朴的石屋。因了这本写生集我也曾蒙发到郭亮写生的念头，想不到的是转年的春天快结束的时候，我便真的有了这个机会。

王文英　太行写生稿

　　其实，郭亮是我们此行写生的第二站，我因事耽搁，这里便成了我的第一站。

　　不要小看这个太行深处的村落，历史却相当悠久。据说郭亮村始建于西汉末年，当时王莽篡权建立"新"王朝，这期间爆发了大规模的农民起义。农民领袖郭亮，兵败失利后，退守太行山，欲凭借太行绝壁固守，可惜最后兵败山西。郭亮曾经驻扎过的山寨自此便以其名流传下来。

　　除了拥有悠久的历史，郭亮村还是抗日战争时期中共辉县县委和县抗日民主政府所在地，是著名将领许世友曾经战斗过的地方。电影《平原游击队》中李向阳的原型郭兴当年也曾在这里训练。

　　汽车从新乡市出发，近一个小时的车程，便开始进入山中，道路狭仄蜿蜒，两侧的山峰陡然而起，如屏如壁，如劈如削，巍峨高耸，这便是著名的太行大峡谷。

　　日常生活在都市里的人，忽然行进在这层峦叠嶂的山谷中，兴奋自不待言，又因此番是以画家的身份，为写生而来，面对高耸的层层叠嶂，硬朗的山石纹理，又有了别样的感动。既感叹造化之神功，更觉先人之伟大。"外师造化"，才能"中得心源"；如若终日盘桓于古人的画作中，造山林于一室之内，安得山水自然之灵气。

窗外偶然滑过的灰瓦石屋，古朴大方，是极入画的那种。虽然没有人影，但这偶然出现的石屋却使这肃寂的山石峭壁间，顿时有了些许的生气。

汽车愈前行，道路愈逼仄，山也愈发陡峭，似拔地而起的石嶂，天也只有头顶的一线，感觉似在谷底行进。其实，我们早已在海拔千米以上了。

现代科技的发达，可以用炸药爆破，挖掘机开山穿洞，公路一直修到深山里，人也可以坐着汽车随意的出入。而早先的山民，山沟沟里就是他们的天地，虽然人类的好奇心常驱使他们向往山外的世界，但大多数的人恐怕终其一生也没有走出过大山。出山对他们来说或许可比登天。

《列子·汤问》所记的愚公移山的故事就发生在太行深处。

愚公家的门口横亘着两座大山，一座叫太行山，一座叫王屋山。这两座大山阻隔了他们与山外世界的联系。

王文英 太行写生稿

已近九十高龄的愚公召集全家人商议，决定搬走这两座大山。

家人在愚公的带领下，不论酷热的夏天，还是寒冷的冬天，每天都披星戴月挖山不止。他们的壮举感动了天帝。于是，天帝派遣两名天神来到人间，终于帮助他们搬走了这两座大山。

虽然这只是个寓言故事，但我们都曾感受过愚公的精神，也都曾从中得到过教益而落入行动中。

但无论如何想象不出如果这个故事真的有现实版，而且就发生在你的近旁，你会怎样，仅仅是感动吗？

当我们接近目的地时，汽车驶入一个开凿在高高的崖壁中的绝壁长廊，人称郭亮洞。这是进入郭亮的必经之路。你想象不到这个长达1200余米，高5米、宽4米的长廊，是绝对出自人工，而且是凭借双手在悬崖峭壁上开凿出来的。长廊每相隔几米就留有一个支撑廊顶的石柱，而相隔的长方形的窗口，则自然成了廊中的"照明光源"。

据说这个郭亮洞被国际上称为"世界第八奇迹"。虽然，我没有考证它的出处，但

王文英 太行写生稿

我相信，这绝对可以算作人类的壮举。

郭亮村原本是一个贫困的村子，可以想象，如果没有这个千米长的绝壁长廊，村里的百姓要想下山是何等的困难。

为了让乡亲们能走下山，1972年在村党支部书记的带领下，全村人卖掉山羊、山药等山货，集资购买了钢锤、凿子。由13位村民在没有电力、没有机械的情况下，历时五年，完成了这个人类历史上罕见的浩大工程。更让人感动的是，有的村民为开凿山路献出了自己宝贵的生命。

这些质朴的山民，他们用的是自己的双手，凭借的是自己的毅力。他们没有得到天帝的眷顾，在近两千个日夜里，却创造了神话传说中，只有天帝才能创造的奇迹。

可以肯定，每个穿行在郭亮洞的人都会像我们一样，惊叹这一壮举。同行的画家，都把这与天工相媲美的人间奇迹收入到了自己的画作中。

郭亮这个峰峦叠嶂，山清水秀，洞奇瀑美，潭深溪长，有着质朴的石屋石磨石碾石头墙，石桌石凳石头炕，坐落在海拔1700米高高悬崖上的太行村落，这颗太行深处的明

珠，因为道路的开通，开始为外界所认识，所喜欢，被人称为"崖上桃源"。不仅招来了大批的中外游客，而且受到了影视厂家、艺术家们的厚爱。凡是喜欢太行山的山水画家，很少有不驻足郭亮的。

盘桓郭亮的几日，是我们行程中最为开心的旅程。不仅因为郭亮的景色、民风，更是因为老师卢禹舜先生也同我们一道写生。可以零距离地观摩老师写生，聆听老师中肯的点评，是做学生最幸运也最幸福的事情。

面对同样的山水林屋，不同的画家则有不同的取舍、提炼和表现方法。虽然短短几日，我从中汲取的营养，却远比长久的闭门作画多得多。

清晨，画家们背着画夹，早早地出发，寻找可心的景点。西阳西下，又似倦鸟归巢，三三两两，踏着暮色，悠然地聊着天，走向各自的住地。晚饭后，有继续作画的，有聚众谈天的，有交流写生感受的，忙碌一天却个个兴致不减。

在这里比画家更多的是各类美术院校的学生们，他们如初生之阳，更像满山遍野的

国家画院卢禹舜怀柔写生

嫩绿小草，蓬勃而有朝气，看到他们就看到了中国美术之未来。和他们在一起，让我们这些多少有些暮气的画家们感染了生气和活力。

离开郭亮，盘点收获之余，却多少有些遗憾。昔日的深山村落，交通阻碍，讯息不通，闭塞而不与外界相往来，建筑却质朴而有特色，深得今日画家摄影家的青睐。而今，科技发达，文化进步，公路穿山越岭修到了家门口，汽车的发达使过去车马劳顿多日的行程缩至半日甚至更快捷，何以现在的山村建筑却没有了韵味，一律的水泥砖墙，方正的外形，就像白开水无色也无味。画家摄影家们虽然下榻在设施相对齐备的新建筑群落里，却把眼光、笔墨和镜头毫不保留地给了老郭亮村。

美术家队伍的不断壮大与全民审美素质的提高似乎没有必然的联系。审美的高低也不完全取决于美术素养，更在于文化修养。联想到曾经见过的大都市中的雕塑垃圾，以及城市建设规划，建筑桥梁的单调呆板，更觉生活中美的重要。这其中是否也有美术家的责任呢？我想答案是肯定的。

（原载《道·论文集》中国美术出版集团，《中国文化报》2010年8月19日）

忽略的生活

——湖北行记

2006年阳春三月暮，正是草长莺飞的时节，出差湖北，行程至武汉、襄樊、十堰、宜昌等地，工作间隙偷闲游览了襄樊诸葛亮的故居隆中，地处十堰的武当山，鄂西北的神龙架，以及武汉的东湖、黄鹤楼。虽然行迹匆匆，但良辰美景却如影随形深深地印入了记忆里，而此行最忆还是回程中武汉武昌东湖边的小居时光。

真正拨动心弦的是落日黄昏，坐在湖边上的光景……

我们下榻的翠湖宾馆坐落在东湖之滨，与赫赫有名的素有"湖北国宾馆"之称的东湖宾馆相邻。毛泽东曾经居住过的梅林一号就在东湖宾馆，可想见其当年的荣耀。

遥望梅林一号，不禁想起毛泽东《水调歌头•游泳》中的句子"才饮长沙水，又食武昌鱼。万里长江横渡，极目楚天舒。不管风吹浪打，胜似闲庭信步，今日得宽余……截断巫山云雨，高峡出平湖。"想见当年他老人家畅游长江，梦想"截断巫山云雨"的气概。几十年的光景，壮观的三峡大坝真的如梦般截断了巫山云雨，峭拔的高峡变成了平湖。不知他老人家是出自诗人的浪漫豪迈，还是伟人的远见卓识，竟吟诵出了这有如建设蓝图一般的诗句。

据说梅林一号是毛泽东解放后除中南海之外居住时间最长的地方，足见他对此地的偏爱。而不巧的是，我们来时这里正在修缮，只能遗憾地站在远处瞭望。遥想当年，再看今日，弹指间忽忽近半个世纪，往日的荣耀早已尘封在岁月里。只有像我这样经历过那个时代的人，才会因此而感慨万千；而那些"70后"、"80后"，抑或"90后"的青年男女想必对此不会有太大的兴趣，毕竟这对于他们来说是过往的历史，来源于毫无情感可言的教科书。

东湖是中国最大的城中湖，湖面面积33平方公里。一望无际的湖水烟波浩淼，岸线曲折有致；与珞珈山、磨山隔岸相望。树高林密，鸟语花香，鹭飞鹤翔。高大的雪松、水杉、樟树如云般遮天蔽地，有绿色宝库之称。梅花、荷花、桂花等奇花异卉争奇斗艳。300多个品种的近万株梅树林占地800余亩，据说世界3次登录的200个梅花品种，这里就有上百个，真不愧为中国第一大梅园。1982年，东湖被国务院列为首批国家重点风景区之一。

唯一的一个黄昏，东湖边。

窗外，一道残阳斜映在密林环绕的湖水上，半湖瑟瑟半湖红，装扮得东湖如少女般美丽、端庄、沉静而又神秘。如何能辜负这样的良辰美景？旅途的颠簸劳累早已被眼前的美景化为乌有。

在湖边的小椅上，静静地坐着，看落日镕金，湖光山色。静谧的水面，时而飞过不知名的水鸟，偶尔传来一、二声布谷鸟的叫声，悠扬而又悦耳。身后的林木高大茂密而幽深。远处的珞珈山、磨山似隐若现，宛若飘浮在湖面上的仙山琼岛般神秘莫测，似梦如烟。不由想起了柳三变[①]的词句"良辰美景奈何天"，心慢慢变得如湖水般柔软、纯净，柔情似水慢慢洇开，仿佛出世般宁静、超然。

记忆的碎片如幻影盘旋于脑际，重叠又重叠。曾几何时有过这样恬静的生活，又曾追求过如此诗境般的生活？

儿时乡间，每日上下学绿树掩映的幽静小路，路边清彻见底的小溪，溪中优游自在的小鱼，溪边如茵的青草，嬉戏

摸鱼的孩童……这样恬静的生活已不知何时湮没在记忆的深处。每日除了忙碌，还是忙碌，就像被鞭子不停抽打的陀螺。没有了从容，没有了快乐，没有了自由的心灵，生活变得乏味、琐碎。

置身繁华都市，早晚穿梭于钢筋水泥林立的城市，如机械的运动，一日复一日，一年复一年，就如此这般地忙碌、奔波，忽略了生活中许多美好的东西，心也变得硬了起来，不再敏感，不再为什么而感动。

不知是生活变得琐碎，还是美不复存在？自诩热爱承载着中华传统文化精髓的书画诗词，崇尚文人雅士追求诗境的人文精神和诗意生活，却自觉不自觉地被喧嚣、浮燥之风所感染。身不由已地应付着生活，身陷各种展览、比赛的怪圈，很少能享受笔情墨趣，真正体味创作的愉悦。

现在的书法界可谓热闹非凡，你方唱罢我登场，仿佛一个大的竞技场，而每一个置身其中的人，无论初衷如何，大多都被裹挟着自觉不自觉地扮演着博弈者，又有几人能享受到乐趣和快乐呢？

人如何在喧哗热闹、急管繁弦的都市为自己寻找一片静寂的心灵寓所，能倘佯在自由驰骋的时空里，不再为无奈而左右，我不知道。但我清楚生活中的美无处不在，只是我们自身的原因而忽略了美的存在，忽略了原本有的诗意生活。

诗意和诗意的生活是属于追求文化精神的人，是属于真正热爱生活，真诚于艺术的人。

由此，不难理解书法艺术的高峰何以属于"采菊东篱下，悠然见南山"（陶渊明《饮酒诗》），"目送归鸿，手挥五弦"（嵇康《赠秀才入军》），追求超然玄远，风神潇洒，不滞于物的晋人；何以属于"清水出芙蓉，天然去雕饰"（李白《经乱离后天恩流夜郎，忆旧游书怀赠江夏韦太守良宰》），"会当凌绝顶，一览众山小"（杜子美《望岳》），追求自然雄浑壮阔之美，昂扬向上的唐人；何以属于"宁使食无肉，不可使居无竹"（苏东坡《放潜僧绿筠轩》），"无穷出清新"（苏东坡《书晁补之所藏与可竹》），追求意韵格调，表现意趣情怀的宋人……

而我们要接近或赶上以至于超越这些伟大的先人，首先必须像他们一样拥有一颗纯粹的心灵，去关注生活中的美，去追寻诗意的生活，而不再忽略生活中美的存在，以真诚去追求我们所热爱的文化艺术。那么，古老的书法艺术就会迎来又一个斑斓的春天，一个生机勃发的春天。

坐在湖边，望着金乌慢慢地坠入湖水那边的山外，听着鸟儿自由的鸣唱，心恬静如眼前的湖水，微微荡着清波……

注释：

①柳三变——即北宋著名词人柳永，婉约派最具代表性的人物之一。原名三变，字景庄。后改名永，字耆卿。排行第七，又称柳七。官至屯田员外郎，故世称柳屯田。他自称"奉旨填词柳三变"，以毕生精力作词，并以"白衣卿相"自许。

（原载《青少年书法报》2007年1月23日，《中国书法通讯》2007年4月10日）

枫桥夜泊

　　近日，在著名雕塑家钱绍武先生题为"朽木堂"的工作室，看到墙壁上张贴着一张巨幅照片，是先生为唐代诗人张继所作的青铜雕像。

　　画面中的张继斜坐在船上，悠然地依着书篓，头微微上仰，半闭着双眼，右手轻松自然地搭在略略弓起的右腿上，手指却似和着远处隐约传来的寺院钟声，轻敲着节拍，一副怡然自得的神情。

> 月落乌啼霜满天，
>
> 江枫渔火对愁眠。
>
> 姑苏城外寒山寺，
>
> 夜半钟声到客船。

远远地仿佛传来诗人低沉而悠扬的咏唱，穿越时空隧道，幽幽地萦绕在耳际。

　　雕像整个身躯线条流畅圆融、简洁，衬托着诗人神情的丰富与饱满，构成了"简洁与丰盈的和声"，真神来之作。

　　多年以前，我曾两度到过寒山寺，都未见此雕像。原来先生的这尊雕像作于1993年，立于枫桥边的苏州寒山寺枫桥文物陈列馆。

　　我第一次到寒山寺是1986年，二次是六年后的1992年，所以无缘邂逅先生的杰作。

　　第一次匆匆至此，印象模糊。二度再至，是在一个微雨的秋日午后，撑着雨伞，去寻找那个曾经出现在古人诗中虚淡如梦的枫桥。当我远远地望见那座千余年来被人吟咏的枫桥，我以为我走错了地方，这哪里是张继当年夜泊之处，不过是街市中一座过桥而已，只有石桥的梁柱斑驳中透着岁月的痕迹。

　　枫桥周围没有深深浅浅错杂的树木，更没有旷远落寞的景致。有的只是高高矮矮栉次鳞比的房屋，密得令人透不过气来。桥边沿街衍生出了街市，道路两旁，挂着各种幡幌的店铺，最多的还是所谓的古玩字画店，一派繁华景象。

穿行在这热闹的街市上，一边感叹诗人张继的功绩：一首《枫桥夜泊》穿越千年的岁月传唱至今，不仅使得姑苏城外一座平常的寺院，名满天下，香火鼎盛，而且还使得商贾云集；一边幻想诗人如果再世，睹此情此景，是否还会有诗情而怡然自咏。落寞的是自己此生是无缘领略诗人曾经感受的情和景，收藏多年的诗意梦境，顷刻间遗落在这个秋日午后的细雨中。

寒山寺平日里人影憧憧，若初一、十五或节假日，情形更不可想象。佛门圣地本是清静之所，而现在却宛若喧哗的场馆。来的未必都是香客，更多的是慕名而来的旅游观光客。

说到此，想起一个小插曲。

当年，我和同事就是这样的旅游观光客，我们倘佯在这里，并不是为了进香拜佛。我的那位漂亮的女同事，忽然心血来潮，试图拦住恰巧从身旁经过，手持斋饭托盘而目不斜视的老和尚要合影。老和尚面无表情，依然前行，没有要停下来的意思。看着同事的窘态，我笑问她是否真

王文英 半池一川隶书七言联

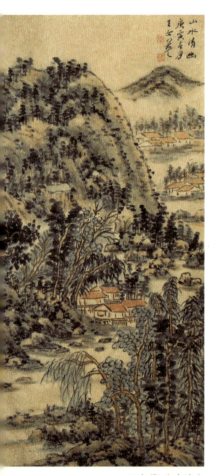

王文英 山水清幽

的想与出家人合影，她点头称是。我告诉她我有办法满足她的愿望。在她疑惑的目光中，我走向大门口，朝站在那里执手迎客的小和尚耳语几句，他便随我而来。同事如愿与小和尚合影留念，她不知道我是如何说服小和尚与她合影的。我说没费周折，只是告诉他，有位漂亮的女士想和他合影留念，如此而已。

其实，是小和尚的眼神告诉我，他不会拒绝。初进门时我就注意到眼光游离的小和尚，我知道他的心还不定，还有一半留在佛门外的红尘里。

今日读报，偶然看到这样一则消息，苏州寒山寺在武汉订造的108吨大铜钟在汉试音。

上网搜索得知，寒山寺内现存的古钟是一口具有百年历史的仿明钟，由日本友人赠送。因为此钟较小，为扩大影响，寒山寺决定在武汉重铸新钟，得到当地政府的大力支持。这个新铸的重108吨的大钟，唐式，上铸《大乘妙法莲华经》一卷，共7万多字，据说为华夏第一法华钟。

为迎接这个正在制造中的大钟，寒山寺正在修建大钟大碑，高16.9米，宽6.5米，重206吨的大碑。碑阳镌刻清人俞樾所书张继的七言绝句《枫桥夜泊》，围绕诗碑，还将建立碑林，陈列古今中外108首文化名人书写的《枫桥夜泊》或题咏寒山寺的诗与画，以

陳仲謀所獻箴点為他山之石然所云擲杯
推橋之說氣急不和点須有幾句屬聲如
不出一言推橋而入点不過正色耳小人誣害
善良至云謀逆行賄通叛截漕士君子與

之接舌和顏唯否誠鄉愿之精心中行所未逮
也仲謀但闇遠嚴之一節不知先後来歷宜
其訓討躁率若此至今日之事承祖甚惠示
丁亥臨黃道周致祖臺札文英

王文英 临明黄道周《致祖台礼》

传播寒山寺诗韵钟声的人文经典。同时还将建寒山寺古钟博物馆，展示收集到的古今中外108口古钟，以光大钟的文化。而寒山寺作为苏州的一张城市名片，打造千年古寺久负盛名的"钟声"文化品牌云云。心中如倒五味瓶，真是五味杂陈。

没有哪个国家、哪个年代可以和当代中国人相比美，这么懂得文化的重要，懂得利用文化的生财之道，而利用文化又这么的淋漓尽致。

曾经到过一些地方，见到大打故人或历史传说的由头，大兴土木，立品牌，搞旅游，增加收入。而那些没有掌故传说可用的地方，也想尽办法编造传说故事，更不要说有着一首传唱不衰的《枫桥夜泊》，还有与它相联的吴越文化的重镇姑苏城和城外的寒山寺了。

诗、诗人，诗中的意象：寺院、寺院的钟声，枫桥以及枫桥下的客船，都被当作了所谓的文化元素，构成了今天的寒山寺文化。特别是那钟声，诗人夜半泊舟偶然听到的远远传来的寺庙的缕缕钟声，那个为很多文人纠缠不清的晨钟暮鼓的寺庙，何以会响起的夜半钟声，似乎成了今天寒山寺的名片。而这个所谓的文化却恰恰远离了诗人当年夜泊枫桥时的感受、意境和由此而引发的情思，我不知道为此该感到高兴，还是别的什么。

一千多年前的诗人，一次偶然的路遇，一次偶发的诗情，却给后世带来如许的变化，我想，这也是诗人始料未及的。

矗立在枫桥边的这尊钱绍武先生创作的张继雕像，如果有生命，我不知道诗人日夜守护在这个他曾经偶然一过的地方，看着全然陌生的一切，是幸是惑？

快乐的法宝

到达芬兰赫尔辛基的时候正值盛夏。虽然匆匆而过，印象却是极深的。

午后的街上行人极少，安静中透着恬适。眼观街上的行人，多像我一样的外国旅游观光客，心中不由暗暗生奇，赫尔辛基的市民难道都窝在家里或忙于工作？

夕阳斜照下的西贝柳丝音乐公园①，满是怡人的绿意。港口的帆船、游艇静静地泊在那儿；微风荡漾的海面上，偶尔飞过一、二只白色的水鸟；不远处的绿茵里，男的、女的，老的、少的，三三二二，躺着或半卧着，看书或什么都不做，静静的没有声息。静谧里仿佛只有阳光挪着脚步。

而我们这些不远万里而来的行旅之人，匆匆忙忙，却很难留住自己的脚步。

因为我们的到来，打乱了原有的秩序，我多少有些歉意地望望那些静静地享受安宁的人们，莫名的竟心生感动。

我曾见过许多描绘欧洲乡野风情的风景画，画中也有点缀人物的，人物与景融洽和谐，给人以美的愉悦。而眼前的这幅真人秀的图画，色彩凝重而又明艳，线条分明而不失柔和，更重要的是它的祥和与安宁，让你感受到的远在这画面之外，不是一个"美"字就可以表达的。

原来，这些在绿茵里斜卧或半躺的人，才是赫尔辛基的主人。在这个季节里，在芬兰，上至国家元首下至黎民百姓，都在享受着盛夏里美妙的假期，享受着对他们这个位处极圈的国家来说极其珍贵的阳光。更有不少人走出国门去度假。

据说，这里的人不知道什么是竞争，更不知道进取，挖空心思，努力拼搏，对他们来说，这些就像天方夜谭。在他们生活的字典里，有的只是如何享受人生，快乐地生

活。这不仅仅是因为他们有着良好的社会保障制度，更在于他们的生活态度——因为知足所以快乐。

芬兰人的这种知足常乐的人生态度，可以说是生活快乐的法宝。而对于我们来说，多少有些不可思议，人怎么可以这样贪图安逸而不思进取地活着。

因为在我们的人生辞典里，写满了奋斗，努力、拼搏、进取。大多数的人认为，只有这样，人生才算得上健康积极向上，人才可称得上不枉人世走一遭。

所以，知足常乐在许多中国人看来是消极的人生态度，只有哲人，诸如老子这样的大智慧者，或者那些经历过而大彻大悟的人才会认为这是一种人生境界。但也并不是所有的人醒悟了就能从此偃旗息鼓而收起欲望的螺旋桨，从此知足常乐。

其实，对于饮食男女来说，七情六欲实在是再正常不过的事，就像人每天都要吃饭睡觉一样。故孔夫子说：饮食男女，食色性也。

但可怕的是欲望常常会像魔鬼，使人永远不知满足而欲壑难填，往往有了一种生活，就会幻想另一种生活。欲念就像一把双刃剑，它是一种原动力，可以使人不断地为了梦想而努力，而创造；但它又是一切纷争冲突掠夺以及烦恼的根源，使人远离快乐和幸福。追名逐利的人怕是人世中的绝大多数，所以司马迁说："天下熙熙，皆为利来。天下攘攘，皆为利往。"

芬兰著名的音乐家西贝柳斯纪念像

　　当然，并不是所有的人都为欲望所役使。知足常乐，也并不只是芬兰人的生活态度，中国二千多前的先哲老子，就曾说过："罪莫大于可欲，祸莫大于不知足；咎莫大于欲得。故知足之足，常足矣。"

　　只可惜，许多人往往经历了磨难或生离死别之后才能悟透人生的要义，但也有一些人经历了，痛苦了，甚至到了人生的尽头也未必懂得其中的玄机而死不瞑目。"世上无如人欲险，几人到此误平生"；"名利本为浮世重，古今能有几人抛。"

　　而我也是在成人之后才知道知足可以常乐。在我成长的历程中，所得的教育告诉我"知足常乐"是一种消极的人生态度，是不知进取或无法进取的人的一种说辞。

　　而我真正懂得其中的含义，却是走过了人生大半的旅程，经历了不多不少许多事情之后。而真实的情形却是常常想不起来这个可以使人活得快乐的法宝，只有遇到自己无法逾越的沟沟坎坎，或经历了生离死别之后，痛定思痛，才会想起，其实人大可以不必这样鼓努而为，一样可以快乐，只要知足，就会常乐。但往往事过境迁之后，和许多人一样一切又一如从前，好像什么都不曾发生过。

　　虽然我很向往陶隐居那样的田园生活，向往普兰特②提倡的简单生活，希望自己"跳出三界外，不在五行中"，但也无可避免地常常为欲念所左右。这大概就是凡人与智者的区别吧。

在这样一个夏日的午后，在这个异邦的浓荫里，终日缠绕的欲念就像轻烟不知不觉中散尽了，不留一丝痕迹，心中有的只是一片宁静，不由地想起"知足者仙境，不知足者凡境"的话来。许多人追求一生而未必脱胎换骨，而眼前的赫尔辛基的市民自自然然安安静静地生活着，却如在仙境里。而此时的我，也如在仙境里。

注释：

①西贝柳丝音乐公园——位于芬兰首都赫尔辛基市中心西北面。公园内鲜花怒放，绿树成林，碧草如茵，是市民休憩的好地方。1945年为庆祝芬兰最著名的音乐家西贝柳斯80岁生辰，而特以他名字命名。园内最受游客欢迎的西贝柳斯纪念像。纪念像后面是巨大的管风琴雕塑，由600多根钢管组成，洋溢着浓厚的现代气息。

②普兰特——参阅《简单生活》一文。

纯　净

纯净，是生活中平凡得不能再平凡的词汇，就连小孩子都不会用错。而我听一些到过西藏的人说，只有到了那里才知道什么是真正的纯净。那里的纯净和我们意念中的纯净会有怎样的差别呢？

我没有到过西藏，无法体味那些曾经出入过西藏的人的感受。那里的一切对于我，神秘得就像一个梦幻王国，深深地吸引着我。但凡描述那里的文字抑或描绘那里的画卷，只要我知道的，一定会找来认真的阅读并收藏。最深的印记，便是那瓦蓝瓦蓝的天空，和天空中自由自在的雪白雪白的云朵，色彩明丽，纯净得没有一丝杂质。

多年以前，当我知道一个叫巴荒的小女子，一个人独闯西藏，她将此行全记录在《阳光与荒原的诱惑》一书中，便想尽快地得到这本书。可惜我却因病不得不住进医院里，于是又托友人买来，在医院的病床上一口气将它读完。她不凡的经历，流畅的文字，还有那阳光与荒原的诱惑，使我对西藏更加的铭记于心，期望自己能早一天踏上那方土地，好体味那里纯净的美。

我要追寻什么呢？是纯净，还是别的什么？就像作家叶文铃在《梦萦南浔》一文中表白的："世上有许多的感情是道不明说不清的。"

久居热闹繁华的都市，很难看到辽阔而明朗的天空。只能透过千篇一律的水泥森林的缝隙，窥到被高大的水泥建筑分割成一小片一小片的天空。而那天空灰雾迷濛，就像巨大的灰色的幕布罩在城市的上空，常使人有一种想撕破那幕布的冲动，去呼吸新鲜而纯净的空气。

城市人于辽阔的蓝天白云有着一种本能的渴望。

当我知道好友油画家张晓勇，曾只身开车几入几出西藏，佩服羡慕得不得了。告诉他自己的梦想，他说如果愿意，下次我可以和他同行。然而，他却因腰病不能再开车长

途跋涉，而我终究没能和他一起去西藏。

丁亥仲夏，我有幸到了青藏高原的另一半——青海，也算了却多年的夙愿。一切都如梦中的一样，不，比梦中更加的真切。尽管是蜻蜓点水式的一掠一瞥，我还是难以言表袭上心头的感受。

湛蓝的天空，雪白的云朵，绿色的草场，绿色的青稞，还有黄灿灿的油菜花，清澈见底的溪水，明丽的阳光。脑海中满满的，却可以浓缩成二个字，那就是纯净。那是怎样的一种透彻心肺、净化心灵的纯净，绝不是用华丽词藻和艳丽的色彩就能描摹出来的。入目的一切都纯净得不染一丝尘埃。

青海，青色的海，蓝色的海洋，正是因为她的属地那一片蓝得令人心惊的青海湖而得名。青海湖的蓝，不知源自湖水本身，还是蓝色的天空，无论光景如何变幻，无论色彩是深是浅，一律纯然而不含杂质，宛若上乘的蓝宝石，晶莹透彻。

生活在这块土地上的汉、藏、回、土、撒拉、蒙古等二十多个民族，共享着一份蓝天，有着一样质朴的性情。人们熟悉的民歌"花儿"（亦称少年），是此地流传的一种热辣辣的情歌，自然纯情质朴。每年的农历四月至六月，春意盎然，百花争艳的河湟谷地一片翠绿，花儿演唱会也如春草一样相继开始。

我们在旅途中有幸和藏族、蒙古族、土族、撒拉族的歌手相伴。零距离地感受了他们的歌声，高亢辽阔一如脚下宽阔无垠的土地，如行云流水，流自肺腑而回荡在山谷

间，竟有一种撕帛裂魄般

的穿透力和感染力。尤其是那婉转啼莺般的土族花儿小调，抑扬婉转之间，那么自然，那么真挚，又那么朴素，有滋有味，令人回味久久。这就是所谓的原生态歌声吧，纯净质朴中没有一丝的矫揉造作。

满坡自由自在游荡着的牛羊，就像珍珠玛瑙散落在清溪绿草间。当地的朋友风趣地说，这些牛羊吃的都是绿色食品，喝的都是矿泉水。这话我相信。

对于这片雪域高原，自然纯净是随处触手可摸的，而于心灵的纯净，却是只有用心灵才能感悟得到的。

青海湖之行，我们坐在大巴车上，就像这里正在举行的环湖自行车赛的车手一样，环湖而行。窗外的风景，如王子敬①从山阴道上行，山川自相映发，应接不暇。

忽然，风景中嵌入一个孤独的僧侣的背影，三步一叩，行着五体投地的朝圣礼。烈日悬在他的头上，一辆辆疾驶的汽车，从他身边掠过，他似浑然不觉，依然不疾不徐，一个一个认真地重复着他的动作，缓缓地前行。

我对宗教本没有研究，所知也不多，曾在一些藏传佛教的寺院，见过磕长头的僧人。但像这样偶偶而行于旅途中的朝圣者，我还是第一次见到。据说，在通向拉萨的交通干道上，像这样的朝圣者不计其数，往往需要数月几百个风雨日夜才能到达他们心目中的圣地——布达拉宫。更为感人的是，如果路遇障碍无法行礼，他们会记录下距离，最后再补上所欠的距离。

　　没有人知道，这个朝圣者需要多少时日才能完成这一次的使命；也没有人知道，他一生要经历多少次这样的朝圣。我不知道他的年龄，只是从他被过强的紫外线照射而皱褶迭起的黑红脸膛上，判断他该有一把年纪，却还如此地心无杂念而真诚执著地坚守着自己的信念。这真诚执守就像这里的蓝天，蓝天中的阳光，阳光下的白云，纯粹得不含一毫尘渣。

　　我无法用语言描述自己看到这一幕时的感受，却有一种情感，那就是感动，深深地触动着我的灵魂。我知道它使我对纯净的认识，又有了别一番的理解。

注释：
①王子敬——即王献之，东晋著名书法家。见前文《王献之与〈中秋帖〉》。

完白^①故乡行

——由安徽名人馆想开去

丙戌三月，正是北方飞絮蒙蒙，桃红柳绿的时节，行至江南，更是姹紫嫣红，莺歌燕舞。

在安徽，有幸参观了安徽名人馆，始知安徽这地方从大禹至今有过太多的各界名人。在先期"入住"名人馆的从上古至清朝之间的50位安徽历史名人中，我遗憾地发现没有喜爱中国书法篆刻艺术的人所熟知的清代书法篆刻大家邓完白先生。遗憾的同时又不得不感叹这方水土真的是一个人才辈出的地方。

名人馆中的名人蜡像，与真人一般大小，虽然人物雕塑有欠生动，但总体来说尚有可圈可点之处，加之现代声光电的运用，让人多少有身临其境的感觉。所列名人中有政治家、军事家、科学家、文学艺术家，真可谓星光灿烂。

馆中讲解员告诉我们，在接下来的建设中，要把安徽这块热土上出生的各界名人"一网捞尽"。届时从古代的大禹、管子、老子、庄子、曹操、华佗、包拯、梅尧臣、戴震、朱熹、朱元璋、吴敬梓、方苞、程长庚、邓石如，到现代黄宾虹、陈独秀、陈延年、胡适、陶行知、冯玉祥、张治中、王稼祥、邓稼先等等名人，都会在此汇聚一堂。当然，在这些名人当中，尤其是一些古代先贤，故里尚存争议。

安徽省名称的由来，始于清康熙六年（1667），清政府正式设巡抚建省，驻安庆府，分别取安庆、徽州二府首字，正式定名。因境内古时有皖国、皖山之称，故又简称为"皖"。

浸淫翰墨的人没有不喜爱文房四宝的，而这文房四宝中的宣纸、徽墨、宣笔、歙砚又都产自安徽。又因为我喜欢的老子、庄子，邓完白、胡适、黄宾虹等都是安徽人，而

名人馆中的名人像

徽州建筑以及它的砖、石、木、竹雕，又都是我心仪的艺术瑰宝，故于安徽多了一份情谊，多了一份企盼。

当我再一次踏上这块土地时，心中竟莫名而生一种亲切。

一入合肥，又马不停蹄地前往巢湖。一路之上，聪明伶俐的导游姑娘，嘴不停地说着安徽、说着巢湖，时不时还为大家穿插唱上一段人人熟悉的黄梅戏的小段子，博得阵阵掌声。在大家为她的聪明伶俐、活泼可爱的喝彩声中，小姑娘面带微笑，得意地提开了问题：

"有一个在中国、在世界上知名的人，是我们安徽籍的，大家知道他（她）是谁吗？"

这么简单的问题还是问题吗，还没等我张嘴，同车的人已经鸡一嘴鸭一嘴地开始抢答了。等大家一一回答完毕，小姑娘不慌不忙，不紧不慢地微笑着摇晃着生气勃勃的脸庞，有板有眼地说："都不对！"

都不对！大家面面相觑，却又不知就里，只听小姑娘又道："成龙大哥呀，这么有名的人你们都不知道，他是我们安徽人！"小姑娘得意地微笑着，骄傲清楚地写在她的脸上。

这个答案的确出乎我的意料。成龙的确是个名人，他也的确在世界上为国人争得了荣誉，有这样的同乡，小姑娘的确应该骄傲。可我心里也的确有一种说不出的涩涩的感觉。这一方热土，几千年来养育了数不清的英雄儿女，有着悠久的历史和深厚的文化底蕴，传承着优秀的文化精神和文化传统，而这些何以敌不过娱乐明星对年青人的吸引。

虽然我对中国的山川风物历史掌故多少有所了解，但具体到安徽，有很多也是在我参观了这里的名人馆之后，重又梳理清晰的。

安徽历史悠久。早在旧石器时代就有古人类活动。怀远县境内的涂山，曾是中国第一个奴隶制国家夏朝的第一个国都。相传淮北地区曾是商朝的发祥地。春秋战国时期安徽多属楚地，古寿春（今寿县）曾为楚都。安徽江淮之间曾是三国时期的必争之地。东晋时期，著名的淝水之战的战场就在淮南八公山一带。濠州（今凤阳定远一带）是元末郭子兴、朱元璋起兵的地方，他们由此而席卷全国，推翻了蒙古人统治的元朝建立了大明王朝。

还有，东汉名医华佗及他发明的"麻沸散"，可以说国人无人不晓，却可能有很多人不知道他的家乡东汉沛国也属今日的安徽。据说"麻沸散"比欧洲人发明的麻醉剂"哥罗方"要早1000多年。著名的活字印刷术，它的发明者毕昇是北宋时的徽州人。还有文学史上的桐城派、新安理学，篆刻史上的徽派（皖派），绘画史上的新安画派，医学史上的新安医学，以及徽商、黄梅戏、徽派建筑、徽州的砖、石、木、竹雕瓷……等等，都是值得安徽人骄傲的。

虽然我所参观的安徽名人馆仅是正在建设中的一部分，但对其的印象却是深之又深的。我想，建立名人馆的目的正在于此吧。如果关注我们的历史，关注我们的传统文化艺术成为国人尤其是青少年自觉的意识，而那位聪明、可爱的导游姑娘，是不是就会向游人介绍更多的本土历史文化风情，及其创造这些的先贤呢？

我们国家经济实力和综合国力的发展，是令世界瞩目的，而本土文化艺术的发展是否一样令世界叹为观止呢？

咸陽宮殿鬱嵯峨
六國樓臺艷綺羅
自是當時天帝醉
不關秦地有山河

作为国人都知道我们的国家是一个有着悠久历史和文化传统的国家，现而今尤其是青年一代，对于我们的本土文化和艺术热爱多少？又知之多少？何以他们对于泊来的文化及艺术的热衷，对娱乐类的所谓通俗文化的追捧却远远超出了本土的文化艺术？

其中的原因是多方面的，但我们的媒体对此推波助澜的作用应该是不可忽视的因素之一。充斥报纸和电视的都是娱乐、财富，娱乐明星与财富英雄，而关乎中国本土文化艺术的却是凤毛麟角，这对于社会风气和年轻一代的引导作用是显而易见的。

但凡外国艺术家在中国办展览、演出或其他，无论对方是否是知名的艺术家，

王文英　唐人诗隶书四条屏

王文英 深山访友

艺术水准如何，媒体都会大肆宣传，而中国的艺术家，就是顶级的其宣传也不过蜻蜓点水。这种现象的原因，我没有探究过，但其中有没有崇洋媚外的嫌疑呢，我不能确定。但有一点我清楚，它的直接结果是使很多青少年更熟悉达·芬奇、米开朗基罗、梵高和毕加索，却不知道中国书画史上的大名鼎鼎的张芝、怀素、倪瓒和王蒙②。

多少有些讽刺意味的是相对于中国人这么热衷于外来的文化艺术，外国人尤其是年青一代却对中国文化及背景的了解却微乎其微，甚至有的认为中国传统文化精髓中的书法艺术和中国画皆源自日本。虽然我们越来越重视文化输出，在海外举办"中国文化月"、"中国文化季"、"中国文化年"，创办"孔子学院"，有越来越多的外国人开始关注中国文化。但据北京大学哲学系郭建宁的文章《当前文化研究若干前沿问题论析》透露（《河北学刊》2006年第3期），中国文化的进出口比例大约14：1。这是一个多么触目惊心的数字，令每一个文化人都感到揪心般痛楚：我们与世界的文化对话是多么的不平等。

近日去中国美术馆参加一个书法展的开幕式，入口处见许多人自己掏腰包买票，心中很是欣慰，越来越多的人于都市生活的挤压中开始关注文化精神生活。

进得中国书法绘画展厅，却是观者稀少。上得三楼，其上正有一个俄罗斯馆藏油画展，与楼下的冷清正好相反，里边人头攒动，摩肩接踵，而以青年人居多。俄罗斯绘画以写实为主，确实有很强的观赏性，我也很喜欢欣赏。但整个美术馆里仅有此一个外来的展览，竟吸引了来美术馆的大多数的欣赏者，不能不说这是个遗憾。当然这里还有许多其它的原因，不排除我们的艺术家创作态度的不严谨，粗制滥造等原因。

由此可见，邓完白先生的冷遇也就不难理解了。

人常说，越是民族的才越是世界的。要想让我们的民族文化艺术屹立于世界民族文化之林，我们必须首先要发扬光大自己的文化艺术。作为国人何以如此的不热爱自己的文化艺术呢？这是我们作为中国人，尤其作为一个文化人，一个艺术家应该思考的问题。

安徽名人的确很多，多得如邓完白先生这样的书法篆刻史上划时代的艺术大师都没能位列名人馆先期的50人中，但我知道很快在这里就会见到他的。

注释：

①完白——姓邓名琰，字石如，后改顽伯，号完白山人，安徽省怀宁人。是清代书法界巨擘。书工四体，尤以篆、隶负盛名。开创篆刻史上一大流派"邓派"，亦有人称为"皖派"。

②张芝、怀素、倪瓒、王蒙——张芝，东汉杰出的书法家，详见王献之与《中秋帖》一文注释。怀素，唐代杰出的草书大家，详见《张旭与〈古诗四帖〉》一文注释。

倪瓒、王蒙为元代杰出的山水画家，位列元山水画四家，对明清及近代山水画影响甚大。倪瓒，字泰宇，后字元镇，号云林，又署云林子，云林散人，别号荆蛮民、净名居士、朱阳馆主等，无锡人。为元代南宗山水画的代表画家，其作品以纸本水墨为主，风格萧散超逸，简中寓繁，小中见大。王蒙，字叔明，号黄鹤山樵、香光居士，湖州（今浙江吴兴）人。元书画大家赵孟頫的外孙。他的山水画写景稠密，布局多重山复水，善用解索皴和渴墨苔点，表现林峦郁茂苍茫的气氛，丰富了中国山水画的表现技法。山水之外，兼能人物。

（原载《青少年书法报》2007年年3月27日）

天一生水

——我的藏书梦

　　早就听说过天一阁，知道它藏书的宏富。而真正令自己心动的还是在拜读了余秋雨先生的散文《风雨天一阁》之后，希望有一天自己也能光顾天一阁，闻一闻书香，是不是醇厚绵远，能不能接近昔时读书人的情怀。但对其曾禁止女性登阁的禁令，却多少有些忿忿然，暗自庆幸自己生在了当代，不必再为身为女人而遭遇许多禁令。

　　二十一世纪的第一个深秋，借出差宁波的机会，终于有幸一睹宁波城月湖之滨的天一阁，了却多年的夙愿。

　　天一阁，距今已有430多年的历史，是国内现存的最古老的藏书楼之一。世界上现存的最古老的家族图书馆有三个，天一阁便是其中之一。

　　天一阁始建于明代，原名为"东明草堂"。过去的藏书楼多为木制结构，常易遭受兵火之灾。兵灾超出人力之外，而火灾是可以避免的。东明草堂主人范钦，为了防止火灾，他苦思冥想，查阅各种书籍，终于在《易经》中寻到"天一生水，地六成之"的句子，由此得到启发：书最怕火，而水能制火，于是将藏书楼更名为"天一阁"，期以水制火，使藏书楼永存而不被火灾所毁。他在建楼时，便依《易经》之意上通为一，取"天一生水"之意，下分六间，取"地六成之"之意。

　　范钦，字尧卿，号东明。明嘉靖十一年（1532）进士。曾做过湖广隋州知府、江西袁州知府、广西参政、福建按察使、云南右布正使以及陕西、河南等地的地方官。宦迹遍布半个中国，最后官升兵部侍郎。范钦生性耿介，不事权贵，曾顶撞过权倾朝野的武定侯郭勋，因此而遭受牢狱之灾。后在袁州知府任上，又因秉公执法而得罪了权贵严世藩，为了避祸，遂辞官回乡里。

　　范钦爱书成癖，在做地方官时，每到一处总是留心搜集各种刻本的书籍，无法买到的书就雇人抄录，可见其爱书之深。辞官一身轻的范钦，回乡后建造了藏书楼，让他多

王文英 夏村即事

年悉心收集的宝贝有了安身之所。

经史子集百家之书，古今刊本，范钦都悉收囊中，尤以当代著作和文献为重。在他的藏书中，明代地方志、政书实录、明人诗文集及历代科试士录，占很大比重；碑帖拓本的收藏也很丰富，其中就有著名的北宋拓本。更令范钦高于一般藏书家的是，他的收藏中，还有一大部分的"内部资料"——官书，如《军令》、《营规》、《大阅览》、《武定侯郭勋招供》、《国子监监规》等。这些都是一般藏书家很难轻意觅得的。

范钦的同乡好友藏书家丰坊，有藏书楼"万卷楼"，范钦常去借阅抄录。万卷楼不幸遭受火灾，伤心的丰氏无意再继续，爱书的范钦便得到了好友劫余之书，丰富了他的藏书。

在宁波除却天一阁之外，历史上还有许多著名的藏书楼，历来都是中华藏书文化的重地。由此可以想见宁波人的爱书癖，但遗憾的是这些藏书楼大多先后遭受兵燹之灾。只有天一阁历经四百余年的岁月苍桑还依然矗立在宁波城月湖之畔，人们形象地称它为"宁波的书房"。

2003年12月10日，藏书界的盛会在天一阁举行，这是天一阁首届藏书节，汇聚了全国52家藏书楼。

　　我从书中得知，藏书楼因其主持者身份的不同而分为皇家和民间两类。在中国，保存至今的皇家藏书楼有文渊阁、文澜阁、文津阁、文溯前阁四家；民间藏书楼除天一阁之外，名闻一方的具有代表性的还有湖州嘉业堂、绍兴古越藏书楼，无锡薛氏传经草堂。而意大利的马拉特斯塔图书馆、美弟奇家族图书馆则是世界上最古老的图书馆。

　　遗憾的是，我人虽到了天一阁，却也只能望阁兴叹，无缘登阁。只能在它的周遭转一转，踩一踩那些曾经见证天一阁风雨变迁的先人们的足迹，感受一下藏书楼特有的气息，而遥想它当年的风光。

　　藏书文化，我知之甚少，对于版本学了解也是一知半解。有好友为著名的藏书家，却遗憾不曾向其讨教一、二。对于书的热爱却由来已久，但还是逊于双华，家中收藏也多限于喜欢的文史哲、艺术理论和书画古玩几大类，却少有珍本善本，且多为铅印品。因为空间的有限，时常不得不忍痛割爱，送人或当作旧书处理掉。二个书房藏书六千册上下，靠墙十余书

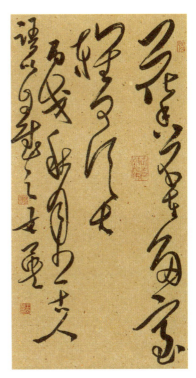

王文英　草书古人语

王文英 江村小景

橱，书多为前后双层立放。当然大多为双华淘来，且爱之如命。

我喜读书，却不分时间空间，随带随看随放，常因此招致批评，于是常用之书便一人一册，以避免磨擦伤了和气，即便这样，随意粗心的我还是常常拿错了书，依旧的随看随放，或不小心弄卷了书角，故批评责怪对我也就成了家常便饭。当然是江山易改，本性难移，最终还是说归说，做归做。

双华惜书如命，所以曾痛下决心自力更生。又见朋友囊中收入好书的陶然醉态，心生艳羡，收藏癖好渐生，却无奈银子、时间有限，空间更是有限，此生恐怕只能局限于自己所喜之书，做个藏书的末级"票友"。

做好末级票友于我却也实非易事，唯此梦不已，竭己所能吧。

（原载《青少年书法报》2006年10月17日，《书法导报》2007年6月13日）

四 · 兰堂偶记

心远地自偏

2010年春天的最后一场雪

因为喜欢晋人陶渊明的诗，故常吟咏之。"心远地自偏"，读过无数遍，却从来没有像今天这样的感受。

久居繁华热闹的都市，总感觉一种无形的压抑和拥塞，似乎连呼吸也不顺畅，总是怀念少儿时代的乡间生活。偶尔出行，也总喜人烟稀少的山野水边，好让心灵得以稍许的休憩。常常感叹自己没有勇气和胆量改变现在的无奈生活，远离都市，过一种恬静淡然的简朴生活。

今日再读陶公诗《饮酒》，心胸顿开，恍然洞开一扇窗。"问君何能尔，心远地自偏"！虽不能"采菊东篱下，悠然见南山"，此中的真意，便是"心远"，无所谓居所何在，自然"地偏"。

内心澄明空净，自然身处澄明世界。结庐人境，而有无车马喧哗都无关紧要，一样可以享受清净，而表里俱澄澈，这或许就是前人所言"大隐于市朝"吧。

（原载《青少年书法报》2009年9月1日）

山有起伏，人有高低

读南宋词人张孝祥词，感叹其传奇人生。

张孝祥，字安国，号湖居士，历阳乌江（今安徽和县）人。宋高宗赵构绍兴二十四年进士，廷试第一，却因此开罪了当朝的宰相秦桧。说来原因也很可笑，因为张孝祥的高中而使秦桧的孙子秦埙失去考中状元的机会。秦桧因此结怨于张孝祥，而张也因此遭诬陷下狱，直到秦桧死后，方才获释，出仕为官。

寒窗苦读，进士及第，是古时读书人的终极理想。人生美事不过"洞房花烛，金榜提名"！而张孝祥寒窗十数载，金榜提名终修成正果，却因此而招来横祸，真应了"世事无常"之论。所以老子有言：祸兮福所倚，福兮祸所伏。

走出牢狱的张孝祥虽然再度如愿为官，但也并非从此步入坦途，以后的岁月也并非一路的艳阳高照，风顺帆正，又曾两度被朝廷中的投降派弹劾落职。

像张孝祥这样命运多舛的人，历史上并不少见。大宋王朝的另一位才子苏东坡同样一生际遇坎坷。这是否就是圣人所说的，"天将降大任于斯人也，必先苦其心智，劳其筋骨，饿其体肤……"

而这样"苦其心智，劳其筋骨，饿其体肤"的修行，尘世间又有几人经得起。

试想，如若交此厄运的不是张孝祥，而是我，会怎样？

王文英 草书李白诗节选

王文英 溪山到处有芳林

十年寒窗，一朝中第，还没来得及高兴，刚刚踏上天堂的台阶，旋即又跌入地狱，顷刻间经历了天堂地狱之变。我是否能面对这突如其来的戏剧般的人生遭遇，而又不丧失意志、自信，不迷失心性？

其实，用不着设问，我很清楚地知道自己是经不起这样的磨难的。所以上天也眷顾我是一个平凡的小人物，无以担当重任，所以不用经历苦难修行，只做些诗文书画的小技而已。

即使这样，我也时常因为现实生活中遭遇的挫折、失意和不公正，而暗自神伤。而这与张孝祥的遭遇相比，又算得了什么呢？

人常说："不如意事常八九。"知道了这些道理，就可以坦然地面对生活中的一切了吗？

今日收到友人的E—mail，曰"人生之道"，里边有这样一句话，"人有高低，山有起伏"。

山有起伏，人有高低！此乃事物的常理。

有一首歌中唱道："阳光总在风雨后。"相信风雨后的阳光会更加明丽，也知道阳光后的风雨或许会更加的猛烈，但猛烈的风雨后一定又是明媚的阳光。

（原载《青少年书法报》2009年9月1日）

传统的失落

　　我不记得自己是在什么时候，在什么地方曾经读到过这样一篇文章，大意是说传统的失落。其实，我也常常在想，我们这样一个有着悠久历史，有着深厚传统和文明的国度，何以在今天竟会令人担忧传统在慢慢地丢失呢？

　　这个担忧不是没有道理。中国的传统文化在二十世纪的几次运动中，被反传统的革命，一次次地洗涮、革除，从人们的生活中，特别是从头脑里。深厚的古老文明形如古董，被尘封在线装书和一些人的记忆深处了。

　　像我这样出生在二十世纪六十年代，伴随着那场被称为文化浩劫的"大革命"成长起来的一代人，在很长的一段时间里，不知何为传统文化。只知道生活在很遥远很遥远的古代的先人孔丘，是个四体不勤五谷不分，到处游说，人人喊打的过街老鼠，所以才被千夫所指。却不知道这个老头儿和我们有什么关系，为什么要批判他。虽然我也跟着大人们，在小学校里写了不少的儿歌，画过不少的漫画。

　　而当这一切结束的时候，我已长大成人，才知道自己生长的国家还有着五千年的灿烂文明，而那个被批判得体无完肤，叫做孔丘的老头儿其实是个圣人，是中国古代伟大的思想家、政治家、教育家，儒家学派的创始人，在二千多年前活着的时候，就已被人称为"天纵之圣"、"天之木铎"、"千古圣人"，是当时社会上最博学的人之一，而且被后世尊为至圣万世师表，是读书人的祖师爷。现而今，他老人家不仅是本国文化人尊崇的至圣先师，而且还成为了世界的文化名人。

　　不知道智慧如彼的老人家是否预见到自己身后这极具漫画意味的奇异遭遇，会不会原谅像我这样的无知后辈的冒犯。我想，他老人家是不会和我们这样的不肖后代计较

王文英　雨带风摇行草七言联

的，要不，怎么称是"天纵之圣"呢。

　　曾经热闹非常的文化大革命结束之后，封闭很久的国门终于打开。而这一开，便是洞开，西洋文化如潮水般汹涌而至。尘封很久的传统文化，重又被拂去尘埃，而这些只存在于线装书和典籍中的文化，又如何能抗衡那些飘洋过海而来，看得见，摸得着的五光十色的外来文化。

　　二三十年的时光，很长，对一个人；而对于历史，却不过一瞬。而这一瞬，却让我们这一代人彻底的不识本土的传统文化，绵延数千年的传统文化从我们这儿断裂掉了。就像一根断裂的链条，再修复，即使再高明的工匠也会留下痕迹。我们今天叫喊的传统文化，还是那个传承了五千年的文化吗？被庸俗化的传统文化让那些热爱于此的人，不能不感到失落，一种深深的失落。

　　于是，有人感叹，现在"年轻的艺术家整体素质在发生变化，他们的文化素质，对传统的认

王文英 乡村即事

识和理解，使一些应当保持和发扬的东西没有得到有效的传承。也是因为这种状况，使我们确实有理由感到担忧。"

书法，这个承载着中国传统文化精神的艺术，是否在这三十年得到了振兴，我下不了结论。但现如今介入笔墨者多多，"名家"、"大师"满天飞却是事实。高雅的艺术变成了聚众的表演，遣兴怡情的游戏活动。看似热闹繁华，却越来越背离了中国书法的精神。大多数的人不过是以中国的笔墨纸砚这种传统的工具在写字而已，而非传承了几千年的书法艺术。

从某种意义上讲，书法变成了普及而庸俗的东西，其精华不仅没有得到很好地传承，而且还在慢慢地丢失，变得似是而非，这才是真正令人担忧的。

（原载《青少年书法报》2009年9月1日）

青青子衿　悠悠我心

——读沈鹏先生《祝愿》有感

在新年元旦之际，欣读《书法报》上沈鹏先生的新年寄语《祝愿》一文。先生站在了历史与时代的高度，回顾与前瞻中国书法这一极具民族特色的艺术，寄托了自己许多良好的祝愿，表现了奖掖后学，甘为人梯的胸怀。这些祝愿其实是书法界当前面临的形势与任务。读后获益良多，感慨系之，遂草此文，以和先生。

中国书法艺术复兴的二十余年来，其成就是有目共睹的。它使几近衰亡的古老艺术重又焕发了青春。无论在书法创作、学术研究，还是书法教育和普及，对外交流等许多方面都取得了不菲的成绩。

诚如沈先生所言，当代书法振兴与普及是二十余年来"书法热"的主要标志。书法振兴不是简单的"回归"。书法的发展是与当代文化的发展息息相关的，它有着很深的时代的"烙印"。"可以从书法测试当代文化的脉搏，反之，当代文化的种种现象也可从书法的发展折射出来。"

书法艺术的发展汇入了当代艺术、当代文化的发展大潮之中，它无法脱离时代文化精神而一花竞自开放。但这并不是说当代书法的发展就可以脱离它的母体——中国的传统文化，扬弃书法艺术的规定性。恰恰相反，中国书法必须植根传统文化的沃土之中，从中汲取营养。沈先生所言"对传统理解的深度，极大地影响着书法在当代所能够达到的高度。"可谓一语中的。

书法在当代走过了二十余年的发展历程，拂去繁荣喧嚣与嘈杂，书法艺术所面临的问题就会浮现出来，那就是在这急遽变化的文化思潮中如何把握书法发展的趋向。这就是沈鹏先生在《祝愿》一文中讲到的"为什么"的问题。他说："书法界实际上面临着观念上的提高。从确立书法的文化历史地位、审美本质、人文观念，认识我们从事的这门艺术的意义。"而困扰书法界的正如沈先生所言，是"观念"，是"认识"的问题，这也是决定书法艺术健康发展的首要的问题，这是机遇也是挑战。在机遇和挑战的面前，如何能沉潜下来，少一些浮燥，多一些思考，多问一些"为什么"。

"青青子衿，悠悠我心。" 沈鹏先生对于中国书法昨天、今天和明天的观照可谓真切之至，也深切之至。"人要有点自知之明。比我们年轻的朋友有许多优越的条件，今天已经或者将来必定超过我们。大批人才肯定会出现。至于超时代的顶级人物，在历史上也如晨星之稀少和可贵。我们不必因为暂时没有出现便自叹弗如或一味感叹今不如昔。我们自身多做固土培根的工作，甘为人梯，承前启后，便无愧于时代。"

面对明天，沈先生所表达的胸襟与气魄令年轻人也自叹弗如。他对年轻人莫大的鼓励和信心，令我辈后学不能不努力以谢先生，以谢时代。

如若沈先生的这些祝愿真的能够实现，中国的书法艺术定会迎来又一个发展的春天，会迎来繁荣发展的又一个高峰。

我们祝愿这些"祝愿"，能够成为现实。

（原载《北京书法》2002年2月20日第37期）

王文英 古人诗句篆书三条屏

在爱情里穿行

爱情是个历久弥新的话题，因为每个人都会经历爱情。曾经读过一篇文章，里面有这样一段话："一对相爱的人，按照正常的规律，要在一起生活，要用一辈子的相伴来证明这相爱确实是真的，是实在的，是牢不可破的，是能坚持到最后的。"

宋代词人秦少游有一首传唱很久的词《鹊桥仙·七夕》，有"两情若是久长时，又岂在朝朝暮暮"的名句。我想，现在那些彼此心仪，彼此热恋的青年男女，或许对这有了哲学意味的爱情观，会不以为然。秦少游词中所歌颂的是牛郎织女的爱情故事，虽然"金风玉露一相逢，便胜却人间无数"，但这却是人与神之间的爱恋，人类的爱情还是要真实实在的多。

宋代的另一位词人陆游，也有一首吟咏爱情的词《钗头凤》，同样传唱很久，而它所传达给欣赏者的，却是别样的情绪，是爱之无奈，爱之无望的凄清与悲苦，常使吟者唏嘘。

红酥手，黄藤酒，满城春色宫墙柳。东风恶，欢情薄，一怀愁绪，几年离索。错。错。错。　　春如旧，人空瘦，泪痕红浥鲛绡透。桃花落，闲池阁，山盟虽在，锦书难托。莫。莫。莫。

陆游与唐琬本是一对举案齐眉，琴瑟合鸣的恩爱夫妻，却因陆游的母亲看不惯他们的卿卿我我，而被迫劳燕分飞。虽然唐婉是陆母的亲侄女，但这桩亲上加亲的婚姻还是就这样走到了尽头。

离婚后的唐琬改嫁皇族赵士程，陆游也另娶妻王氏，生活就这样继续着。巧的是陆游与赵士程却是表兄弟，平日里自然断不了往来联系。

一日春游，陆游来到赵家沈园，恰与唐婉偶遇。离婚后的唐婉旧情难忘，今日再见昔日夫君，更是百感交集。同样感伤的陆游，面对美景、美酒、美眷，却是物是人非事

王文英　山水小品

事休，悲情愁绪一并袭来，词人的心颤动了，却只能将这满腔的悲苦倾泻在沈园的粉墙之上，这便是著名的《钗头凤》。

此情此景此语，令本已不胜悲伤的唐婉，愈加愁肠百转，哀婉凄恻，愁绪恰似倾盆的风雨，也化作了一曲《钗头凤》，却愈加的凄凄惨惨戚戚。

世情薄，人情恶，雨送黄昏花易落。晓风干，泪痕残，欲笺心事，独语斜阑。难。难。难。　　人成各，今非昨，病魂常似秋千索。角声寒，夜阑珊，怕人寻问，咽泪装欢。瞒。瞒。瞒。

独语斜阑，咽泪装欢的唐婉，不久便抑郁而亡。

在这一来一往的唱和中，透却多少的凄苦与无助。特别是词中那重叠的错，莫，难，瞒，令人读来不禁悲苦萦怀，唏嘘不已。

男女情爱本是人世间最正常不过的事情，也是人世间最美好的情感，却因为人类所谓的文明而带来的种种，而有了许多的悲剧，所以才会生出"愿天下有情人终成眷属"的良好祝愿。

近日读书，知一些学者推翻前人陈说，认为陆游《钗头凤》与唐婉无关，而为赠妓之作；唐婉的和词亦系他人伪作。

无论此说真实与否，陆游与唐婉的爱情故事，就像梁山泊与祝英台的故事，《西厢记》中的张生与崔莺莺的故事，早已深入人心。而于我，宁愿相信它曾经真实地发生过。

简单生活

近读普兰特《简单生活》，又勾起我向往悠闲生活的欲念。

普兰特说："现代文明正在走向尽头，生活中我们每天忍受繁杂的侵扰，简单正在成为侈奢品。"

在今天人们在竞相追逐物质的侈奢品时，却不知自己正在慢慢地远离真正的侈奢品。

丽莎·茵·普兰特，原是美国的一名律师，因为厌倦现代社会紧张纷繁的生活，1993年放弃律师职业，而从事简单生活的研究和实践。并与他人共同创办了《简单生活月刊》杂志，在全美产生了巨大的影响，被誉为"二十一世纪的新生活导师"。

这部完成于上个世纪末的《简单生活》，可以说是作者多年研究和实践简单生活的集成之作。在这之前她曾经出版了《简单生活就是美》、《越简单越快乐》等书。其著作被翻译成30多种文字，创下惊人的销售业绩。

简单生活思想越来越被人们所接受和实践。美国的报章杂志纷纷发表书评。

《纽约时报》："简单生活，它不是贫苦、简陋的生活，它是经过深思熟虑之后，表现真实自我，生活目标、意义明确的生活，是一种丰富、健康、和谐、悠闲的生活。

……

简单生活正以前所未有的速度渗透到我们生活的方方面面，它将在新世纪纷繁复杂的物质生活中凸现另类生存境界。"

《美国时代周刊》："简单生活现今已不再是空洞无物闲谈无味的书本理论，它作为二十一世纪新生活时尚，正开始贯穿于美国人的日常居家生活中，并越来越把我们的生活安排得健康纯净、简朴有序。"

《世界旅行家杂志》："过简单生活不再是意味着必须抛弃舒适的小轿车和豪华别墅，回到原始的山野中去，因为在森林和草原逐渐缩小的今天，返璞归真更主要的指向是回到精神田园的丰富多彩与轻松愉快中。"

普兰特所倡导的简单生活，其实是在现代都市文明中，寻求一种精神上的返璞归真，健康纯净、简朴有序。她的简单生活理论与一千余年前的中国晋代哲人陶渊明所言"心远地自偏"有异曲同工之妙。

爱的感觉

收到友人发来的E—mail。

美丽的风景在舒缓优美的音乐声中徐徐地变幻着，文字如乐符，一个一个轻灵地跃上画面，题曰《爱的感觉》。

有人说：喝酒的时候，六分醉的微醺感是最舒服的。肌肉可以得到松弛，眼中看到的一切都是可爱的，如果你还继续喝，很可能隔天你会头疼欲裂，全身不舒服，完全丧失了喝酒的乐趣。吃饭的时候，七分饱的满足感是最舒服的。口中还留着食物的香味，再加上饭后甜点、水果，保持身材和身体健康绝对足够。如果你还继续吃，很可能会肠胃不适、吃太饱想睡觉，完全丧失了吃饭的乐趣。当你爱一个人的时候，爱到八分绝对刚刚好。所有的期待和希望都只有七八分，剩下两三分用来爱自己。如果你还继续爱得更多，很可能会给对方沉重的压力，让彼此喘不过气来，完全丧失了爱情的乐趣。所以请记住，喝酒不要超过六分醉，吃饭不要超过七分饱，爱一个人不要超过八分喔。

听着轻柔的乐曲，欣赏着怡人的风景，品读着轻松而富含哲理的文字，紧张的神经慢慢舒缓，心池也随之泛起了涟漪……

月满则亏，水满则溢。这句古话阐释的正是这个道理。老子《道德经》中就有"强大处下，柔弱处上"之说。看来我们的先人早就懂得生活的艺术。

而包围在现代文明中的我们在现实生活中，却往往不懂或不讲究生活的艺术，常常率性而为，使他人或自己受伤；或因忙碌而使自己形同机器，忽略了生活，享受不到爱的感觉。

早年曾收藏过林语堂先生《生活的艺术》一书，读过也曾感悟过，却因忙碌渐渐地淡忘了。前日在上班的地铁上翻阅杂志，读到一篇随笔，名曰《下一回吧》。大意是说人往往不会释放自己，学会放下，享受生活。而我恰恰是这样的人，常常把"下一回吧"挂在嘴边，错过多少人生风景，自己恐怕也数不清楚。偶尔回首，心底也会泛起丝丝的遗憾。

只有那些懂得生活艺术的人，才不会错过人生路上的风景，而能时时享受到爱的感觉。

成熟·不成熟

曾经读过一篇文章，文中引用美国作家的一段话，颇有哲理，曰：

一个不成熟的人，会为了一桩事业而悲壮地死去，一个成熟的人，却会为了同样这桩事情而卑微地活着。

反复咀嚼着这段话，脑中却闪现着两个人，两个不相干的人：司马迁与项羽。如果以此话来衡量，司马迁当属成熟的人，而西楚霸王项羽则是一个不成熟的人。司马迁身遭宫刑大辱，却隐忍苟活，以著《史记》；项羽虽然力拔山兮气盖世，却意气用事，自了人生。

司马迁，字子长，汉武帝时的太史令，所著《史记》是中国第一部纪传体通史，被鲁迅称之为"史家之绝唱，无韵之离骚"，而成为中国历史上伟大的史学家、文学家。

汉武帝天汉二年（公元前99年），被匈奴人呼为"飞将军"的李广之孙李陵出塞攻打匈奴，却不幸战败被俘。司马迁因为其辨解，而触怒了当朝皇帝汉武帝，被投入监狱。第二年，汉武帝杀了李陵全家，处司马迁以宫刑。

宫刑乃大辱，不仅污及先人，而且见笑于亲友。"交手足，受木索，暴肌肤，受榜棰，幽于圜墙之中，当此之时，见狱吏则头抢地，视徒隶则心惕息。"（司马迁《报任安书》）司马迁在狱中备受凌辱，几乎断送了性命。但是他还是选择了忍辱苟活。因为他心存余念，那些经年累月收集起来的资料，还有他尚未完成的《史记》。

太始元年（公元前96年）汉武帝改元大赦天下，过了三年牢狱生活的司马迁走出监狱。出狱后的司马迁虽做了中书令，但他心中唯念《史记》，只专心致志著书立说。经过五年多的呕心沥血，终于完成全书，得130篇，52万余言。记载了上自上古传说中的黄

帝时代，下至当朝的汉武帝元狩元年（公元前122年）三千多年的历史。

试想，如若故事的主人公换作西楚霸王项羽，那情形会是怎样？以其刚烈的性情，绝不会忍辱偷生。那我们也无缘《史记》这部鸿篇巨制的史书了，而那段历史是否也会因此有被湮灭或误读的危险，也说不定。

项羽，名籍，字羽。下相（今江苏宿迁西南）人。一生大起大落，极富传奇色彩。27岁，就从一个普通的反秦将领一跃而为分封十八路诸侯的"西楚霸王"；31岁兵败乌江，自刎身亡。短短的5年光景，演绎了一场许多人用一生都无法企及的辉煌。所以太史公感叹："羽非有尺寸，乘势起陇亩之中，三年，遂将五诸侯灭秦，分裂天下，而封王侯，政由羽出，号为'霸王'，位虽不终，近古以来未尝有也。"

如果项羽是一个成熟的人，就会独享天下；如果他是一个成熟的人，兵败乌江，也会听从亭长的劝告："江东虽小，地方千里，众数十万人，亦足王也。"而渡乌江，以保全性命，再图霸业。但遗憾的是，项羽

王文英 半簾一砌行书七言联

王文英　山水小品

不是一个成熟的人，所以才会慷慨悲呼："独籍与江东子弟八千人渡江而西，今无一人还，纵江东父兄怜而王我，我何面目见之？纵彼不言，籍独不愧于心乎？"

力拔山兮气盖世，

时不利兮骓不逝。

骓不逝兮可奈何，

虞兮虞兮奈若何！

面对追随多年的美姬、爱马，霸王的这一曲慷慨悲歌，曾令多少人抚掌唏嘘。就连死对头刘邦也为之动容，而以鲁公之礼葬项王于谷城。

无论史家如何评价项羽，他都是人们心目中的盖世英雄。

司马迁也好，项羽也罢，其实，他们都成就了个人的伟业。因为司马迁的忍辱，《史记》得以天下留传；而项羽的率性，则让我们领略了英雄本色。

大千世界，万物众生，物理常然，人生亦复如是，无关成熟与不成熟。

吼秦腔

偶然在一个博友的博客里读到这样的文字：

我喜欢地方戏，喜欢那种音韵，喜欢那种往人心坎上飘香的艺术形式。

我是陕西人，当然最爱听秦腔，那种豪迈、雄浑的黄土味道着实让我入迷。对"吼秦腔"这种说法我特认可。一个"吼"字可以说概括了秦腔的主要特征。

我也是陕西人，虽然我在那里生活的时间有限，多是不记事的幼年，但是听到或看到乡音乡情，心中还是会油然而生一种亲切，尤其是长大以后。

于是，我在他的博文后留下了长长的文字。

我对地方戏没有研究，对秦腔也说不上有感情，因为我不懂。小时候，传媒娱乐不似今日这么繁荣，除了样板戏，很难看到或听到其他。年轻离乡的父母，偶然有机会听到一声秦腔或者她的近亲弯弯腔、眉户、弦板腔、商洛花鼓、关中道情，无论这时他们在做什么，那怕是再重要的事情都会放下，专注地侧耳听着。那专注的神情至今想起来都真切如昨日。虽然当时我与弟妹们听到这咿呀嘈杂的声响，直觉这是世界上最难入耳的噪音，怎么会是我的家乡戏。其实，我们不懂秦腔，不懂家乡二字的含义，更不懂乡情的含义。

从几岁离开家乡，一直到结婚生子，我没有回过家乡。这之中外婆、姥爷，舅舅、小姨都曾来过北京我们的家。尤其是外婆曾几次离开家乡来北京，照看我和弟妹的生活。所以对乡音，我并不陌生，甚至还能说上一些，遇到老乡还能秀上几句。

2000年，我随北京书法家协会的女书家考察团去陕西考察学习，也顺便回了趟老家。

虽然那里已没有我儿时记忆中的一切，没有了地域色彩，但我还是真切地感受到了

王文英 草书暮景天山雪

乡情的醇厚与绵远，也才有机会感受乡亲们对秦腔的那份热爱。随便什么人都能哼上几句，据说很多人还能唱整本戏。逢年过节，婚丧嫁娶，必备的节目就是秦腔戏。就是平日里，也常常有戏班游走在乡镇村庄。戏班的到来，就像过节一样热闹，男女老少早早地来到戏台下占座。坐在台下的观众，有的毫无顾忌地随着胡琴板眼，自顾自地，摇头晃脑地哼唱着，全然不顾台上的演员；有的随着剧情转换击掌叫好，那种热闹的场面，那种神魂颠倒，如痴如醉，在它处，是领略不到的。

秦腔又称乱弹，因其以枣木梆子为击节乐器，所以又叫"梆子腔"，俗称"桄桄子"（因以梆击节时发出"恍恍"声）。秦腔"形成于秦，精进于汉，昌明于唐，完整于元，成熟于明，广播于清"，是相当古老的剧种。我的家乡戏，可以说是中国戏曲的鼻祖。2006年被列入第一批国家级非物质文化遗产名录。

正如那位博友所言，很多人形容秦腔为"吼秦腔"，喜欢的人，痴醉；不喜欢的人，恶之。全因其的表演的朴实、粗犷、真挚，富有夸张性。只有真懂的人，才能感受到它的细腻深刻，它的质朴真情。

秦腔，时至今日，我依然听不大懂，但却能从演员的声腔表情动作里感到热烈质朴与真情，体味到一种说不清道不明的情愫。秦腔于我就像一个符号，一个地域的符号，那就是乡情。

找回自己

《北京青年报》刊登一篇孙郁的文章《汪曾祺与废名》。文中说："汪曾祺和他的老师沈从文都不喜欢过于载道的文字，趣味与心性的温润的表达，对他们而言意义却是重大的。"

文学的超功利性与"文与载道"，是两种不同的艺术观。前者强调文字的审美功能，而后者往往注重的是文字的社会功用。

其实，平心而论，对于作文，我也不太喜欢过于载道的文字，而更倾心于表达趣味与心性的温润的文字，更赞赏东坡夫子的观点"作文如行云流水，初无定质，但常行于所当行，常止于所不可不止。文理自然，姿态横生"（《答谢民师书》）。故我心中一直无法排遣幽微的文字带来的美感享受，也希望自己的笔下能流泻出这样超功利的，表现心性的文字，幽幽地透着一种情怀，一种淡远的自然的情趣。遗憾的是，下笔却总是另一番景象，自觉不自觉地将这种幽微的情怀深埋于心底，这或许是我这一代人特殊的成长环境所致吧，潜意识中有着一种本能的保护意识，不可轻意示人。

我生于二十世纪的六十年代，正是举国热火朝天地大搞着"文化大革命"的年代。无论男女都称革命同志，不讲科学，不讲人情，不讲文化，甚至不讲人性；没有民主，也没有个性，人人都将内心深藏起来，朝着"高大全"式的"人格神"看齐。而一切与之不符的都被看作是"封、资、修"，是要被打倒的对象。

从记事起，从会用笔写字，写得最多的便是"决心书"，再后来便是没完没了的各种各样的批判稿，以及深挖"灵魂"的思想汇报。当然还有学习毛著①的心得，虽然当时我还不能完全理解它的意思。这些文字充满了功利，离自己的心灵很遥远。自然那时我也不知道文字还有愉悦人性的功能。

后来，偶然在家中床下角落的纸箱中，发现爸爸旧日的笔记。漂亮的钢笔字迹，抄

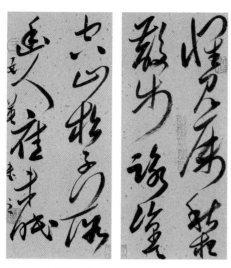

王文英 草书唐人诗

录着许多的诗歌。以我的能力，无法判断这超出我欣赏能力和范围的诗，是好是坏，但直觉它很美。里边还夹有一张泛黄的书页，上面印着戎装的穆桂英，当然是戏曲中的。虽然我不知道穆桂英是谁，为什么这样的装扮，却能感受到她逼人的英气。这一年，我读小学三年级。不知道爸爸是否知道我曾偷看过他的笔记，从那以后，我再也没有见到过那个纸箱子。

但那以后，我便经常想尽办法找各种书籍来读，包括偷看爸爸拿回家来的作为批判材料的文学作品。

我不知道自己从何时起喜欢上的文字，也曾经梦想当一个作家，也曾为此努力过，梦想虽未实现，文字却也没少写。但写来写去，那字符却始终无法深入自己的灵魂，那份幽微的情思到了笔下却成了缺少灵性的符号。

昨夜，偶然在电视上看到墨西哥电影《美丽的秘密》片断。只知道影片是纪念墨西哥一位伟大的女作家，却不知道她的名姓。

故事极其简单，却寓意深刻。一个隐居的生命将尽的老妇人，一个纯真的生命蓬勃的男孩儿，偶然邂逅。老人留给男孩儿可以享用一生的礼物。你无论如何猜想不出这个和女主人公一样神秘，被重重包裹，不能随意打开的礼物是什么。剧内剧外的人都被这个迷一样的礼物牵引着，猜测着，而谜底却出乎所有人的想象——它竟然简单的只有几个字。而这几个字，却让这个成人后的男孩从困顿中幡然醒悟。

"找回你自己"！便是这个神秘礼物的全部。

　　这分明也是送给我的礼物，我知道了自己的文字为什么会那样的干涩，是因为我始终没有找回自己。

　　这个孤独的老妇人，没有人知道她是谁，为什么会深居简出，她就像迷一样，让人们猜测不透。直到电影的尾声，迷底才解开，当然也包括她的那个神秘的礼物。

　　原来，这个老妇人是曾经才华横溢，容貌美丽而红极一时的作家。她在事业的颠峰时刻却突然淡出了人们的视线，而在人们几乎忘记她的时候，又悄然出现，而且以一种出人意料的方式，正如电影的名字——美丽的秘密。只可惜我只看了电影的片断，今晨上网搜索却只找到关于这个电影的片言只字，余皆不详。

　　不过，这个偶然看到的电影片断，却让我得到了一份最为珍贵的礼物，我会努力地找回自己。

注释：
①毛著——即毛泽东著作。毛泽东（1893～1976），字润之（原作咏芝，后改润芝）。伟大的马克思主义者，无产阶级革命家、战略家和理论家，中国共产党、中国人民解放军和中华人民共和国的主要缔造者和领导人。

书法批评的批评

多年以前，曾著文《呼唤批评》，刊载于《书法导报》。我虽不敢言其正确与否，也不敢言其有多大的作用。但共鸣我想还是有的，此文被报纸作为了头条刊登在头版上。事过十余年，文艺批评的状况又如何呢？

看报道，去岁，某文艺研讨会。会上有人说，现在的文艺批评边缘化，作品的讨论会，演变成捧角会，树碑立传会。也有人说，现在的文艺批评的要害是"没有是非观，价值体系和立场"云云。批评之声不绝于耳。

这些批评都是很有道理的，除了上述的分析之外，我想，恐怕批评没有独立的品格，没有立定自己独立的地位，是最为要害的。严格地说，现在的所谓艺术批评，不能称其为批评，批评早已演变为一种附庸。正如有人指出的，中国当代的文艺批评，缺少的与其说是各种时髦的理论，不如说是说真话的勇气。可谓一语中的。

何为艺术批评，《大英百科全书》这样解释：指对艺术作品的描述、阐释和评价。

《辞海》中释义为：艺术批评是批评家在艺术欣赏的基础上，运用一定的理论观点和批评标准，对艺术现象所作的科学分析和评价。

真正的艺术批评是指有独立思考、有判断评价的一种写作活动，其主观性大于客观性，体现了写作者个人的强烈个性和态度。越是具有独立态度和观点的批评，越是具有批评的价值和可读性。

而现实的状况却是，一边是创作者市场培育的需要，一边是批评家的自说自话，创作与批评就像两股道上跑的车，各不相干。

市场衍生了需求，需求刺激了书画创作，创作需要鼓吹。艺术批评家要么沦为创作者的鼓吹手，要么背离创作现实而自说自话。

另类人生

与朋友聚会回家，已近午夜。如水的夜色洗去了白天的喧哗和聒噪，偶尔的虫鸣，越发衬托了夜的宁静。

行走在昏黄的路灯影里，一个人。气温已不似白日里那样燥热，可以心静气闲地慢慢踱着步。这样走着走着竟有些走神，胡思乱想起来。

独自一个人，慢慢地走着，想着，那份惬意、懒散和自在，却是难得的享受，真希望眼前的路就这样一直延伸下去……

在平日的世俗生活中，人如上了轨道的火车，一味地朝前跑着。一件又一件事情，等着去做；一个又一个的角色等着去扮演，责任担待、营生劳顿，那得片刻的清闲，自然难得自在。而在这个有着虫鸣的夏夜，朦胧的灯光，斑驳的树影，一个人自由地踱着步，可以什么都想，也可以什么都不想。

另类人生，就在这个时候蹦到脑海里，真真切切，挥之不去。

何谓另类人生？这类的问题，若在白日的繁忙中，如何能想得到。

也许我的骨子里就有一丝的不安分，就像很多人一样，企盼着自己的人生有个起伏，有个变化，不似现在这样日复一日，平静地重复着生活，就像演奏家不愿意总弹奏一支曲子一样。

每个人都会有欲念，没有欲念的人是不存在的，只是或多或少的差别而已。就连出家一心供奉佛祖的僧人，也会心存欲念，希望自己的修行离佛祖近一些，再近一些，何况我这样的凡夫俗子。

在现实生活中，欲念有些是可以实现的，而有些是通过努力也无法实现的。这就是成人社会的无奈，如果把这话说给小孩子听，他们也许会用诧异的眼神看着你，嘴角也许还会流露出不屑。赤子之心，就这样在岁月的流失中，不经意间一点点的失去，留下的是成人世界的烦恼和无奈。每到这时，常梦想回到童年，就像小时我总是盼着自己长大一样。

其实，每个人的人生都可以称之为另类人生。因为在这个世界上，没有哪个人的人生会像两个大小相等的圆，可以重合。从这个意义上来说，相对他人，你的人生就是另类人生。

这样想着，家门到了，却有种淡淡的失落。能这样心无挂碍的，又在这样一个弥漫着诗意的夜晚，一个人踱着步，慢无边际的胡思乱想，实在是难得的惬意时光。

王文英 临墙盘

读书的乐趣

曾经接受《中国文化报》书家读书栏目记者的采访，约略谈了我对读书的兴趣。

读书是我生活中不可或缺的内容。学生时代，除必须按课程要求的课本外，常听从性情的支配，读了许多的文学作品，古今中外，小说、散文居多。走上社会，读书便更多从心所欲，散文随笔、书画、诗词歌赋……

有个电视栏目叫做"有多远，走多远"，说的是羁旅山川风物。而我常常想到这句话，却是心性使然，兴趣广泛读书庞杂，想到哪，读到哪。

《随笔》、《读者文摘》、《新华文摘》，亦或唐诗宋词，是我的口袋书；王国维的《人间词话》，张潮的《幽梦影》、《石涛画语录》一类的书则是我的行旅伙伴。而那些枯燥的美学哲学艺术理论的书籍文章，却是因为需要不得不读，是要正襟危坐在书桌前的。平日里读得最多的还是散文、随笔，偶尔也会阅读一些名人传记，抑或小说、戏剧。

早年曾经因为一本《射雕英雄传》，竟与双华争得不亦乐乎，谁都想早早的知道结局。结局却是两人不得不各自让步，趴在那儿一起读，夜以继日。读书快的我，又常因不能及时翻看下一页而着急生闷气，于是发誓：以后不再误入武林之中，更不可与人共享爱好。

就是在这样漫无边际的随性中，慢慢地享受着读书的乐趣。当然，依旧的还会偶入武林，争抢更是在所难免。

近日又留连于林语堂先生《生活的艺术》，好在这本书放在手边，无人争，可以静静的随意品读。

《生活的艺术》早于二十世纪的三十年代在美国出版，次年便高居美国畅销书排行

王文英 临古帖

榜榜首达五十余周。足见其受追捧的热度，绝高于今日的明星自传写真集。后又被译成十余种外国文字，且接连再版四十余次。再版次数之多，在现当代的作家中，我不敢说是第一，但出其右者怕是没有几人、几本书。

林先生在书中谈论了庄子的淡泊，赞颂了陶渊明的闲适，吟诵了《归去来辞》，讲了《圣经》的故事，以及中国人如何品茗，如何行酒令，如何观山，如何玩水，如何看云，如何鉴石，如何养花蓄鸟、赏雪听雨、吟风弄月……他以中国文人特有的散淡笔调，向西方人娓娓道出了一个令人向往，又可供仿效的"生活最高典型"——来自神秘东方的中国人的旷怀达观、怡情遣兴，又充满浪漫高雅的东方情调的生活方式。

时光流转了大半个世纪，而今的中国人与曾经的诗意的生活方式，与曾经的浪漫高雅，已渐行渐远，早已变成了如同发黄的月历牌一样的旧日记忆。或困顿于生计，或为欲望所左右，或往往率性而为，不懂或不讲究生活的艺术，而享受生活的乐趣。

这本旧日藏书读过也曾感悟过，却因忙碌渐渐地淡忘了，依旧因于紧张忙乱中。再读的感受亦不同于当初，不仅年龄、阅历的增长，就是生活本身的变化，足以让我的感慨多于往日。

读书不仅仅是为了乐趣，但它的确却让我的生活变得丰富有趣。

平淡快乐也是一种成功

很多人，常常为了某种自己未必真正明白的所谓成功而活着。这个成功可以是名，也可以是利；可以是地位，也可以是……为了它，甘愿舍弃本来拥有的美好生活，去选择接受无尽的煎熬。其实，只要我们能够感受到生活中的快乐，那么你眼中的世界就是美好的。

有这样一个故事，你也许听说过，也许没有听说过。无论你听说还是没有听说，都可以静下心来听我慢慢道来，或许你会像我一样有所感悟：成功不仅仅来自于轰轰烈烈，平淡快乐也是一种成功。

故事发生在一个美国商人和一个墨西哥渔民之间。

一天，一个美国商人坐在墨西哥海边的一个小渔村的码头上，看着墨西哥渔夫划着小船慢慢地靠岸。小船上有好几尾大黄鳍鲔鱼。美国商人对渔夫能抓到这样高档的鱼恭维了一番，又问要多少时间才能抓到这么多鱼？

渔夫回答："只一会儿功夫就抓到了。"

美国人再问："你为什么不待久一些，好多抓些鱼？"

渔夫不以为然："这些鱼已足够我们一家人生活所需啦！"

"那么，你一天剩下的时间都在干什么呢？" 美国人不解地又问。

渔夫回答道："我每天睡到自然醒，出海抓几条鱼，回来跟孩子、老婆玩一玩儿，再睡个午觉，黄昏时晃到村子里跟哥们儿玩玩吉它，我的日子过得充实又忙碌。"

美国人听后不以为然，于是帮渔夫出主意："我是哈佛大学企管硕士，我可以帮你的忙。你应该每天多花一些时间去抓鱼，到时候你就有钱买条大一点儿的船，自然你就可以抓到更多的鱼，再买更多的渔船。你就可以拥有一个渔船队。到时候你就不必把鱼卖给鱼贩子，而是直接卖给加工厂。然后你可以自己开一家灌头工厂，你可以控制整个

生产，加工处理和营销。然后，你可以离开这个渔村，搬到墨西哥城，再搬到洛杉矶，最后到纽约，经营你不断扩充的企业。"

渔夫问："这要花多少时间呢？"

"15到20年！"美国人回答道。

渔夫又问："那然后呢？"

美国人大笑着说，"然后你就可以在家当皇帝啦！到时候你就可以宣布股票上市，把你的公司股份卖给投资大众。到时候你就发财啦！你可以几亿几亿地赚。"

"然后呢？"渔夫接着又问。

美国人接着说，"那时候，你就可以退休搬到海边的小渔村去住。每天睡到自然醒，出海随便抓几条鱼，跟孩子、老婆玩一玩，黄昏时晃到村子里和哥们儿玩玩吉他。"

渔夫疑惑地说："我现在不就是这样吗？"

人生就是这样，就像一个圆，也许你挣扎奋斗了许多时日，转了一圈却发现又回到起点，返璞归真！而这时的你也许不再年轻，也许你对生活中的许多事情都力不从心，也许你曾经饶有兴趣的事也不再打得起精神，才知道最踏实，也最享受的生活其实就在眼前，而你却错过了十年、二十年，甚至更长的时间。

回想过往的时日，除了忙碌你的快乐在哪里呢？

后记

这本散文随笔集的出版，凝结的不只是我一个人的愿望和辛劳。我的老师、家人、朋友，对我这本集子的出版，给予了大力的支持、鼓励、鞭策和帮助。

特别要感谢的是家中的另一半宫双华先生。一直以来，他都是我文字的第一个读者，因为他的阅读，而使我对自己的文字不仅放心，而且有了信心。而这本散文随笔集，他又认真地校读了全稿。感谢《青少年书法报》的副社长葛世权先生。是他鼓励我在网络上开博客，记录生活，记录喜怒哀乐愁，记录所思所想所感，并以文会友、集腋成裘，而我的许多文字也是在他们的报纸上变成铅字的。还要感谢好友画家高良先生和廖田才先生为本书所做的精美的装帧设计，感谢文化艺术出版社并责任编辑褚秋艳女士，感谢《水墨味》主编项堃先生的鼎力相助。

其实，给予我帮助和支持的师友还有很多，很多，对他们的感谢并不是一二句致谢的话就能够表达的，在此，我送上真诚的谢意和祝福，希望以后的岁月中还能得到你们的关心爱护和帮助，我也会一如既往地继续努力而不负亲友们的厚望。

还要说明的一点是，文集中一些早年的文章，在编辑时略有删改。